Über dieses Buch Die einen, charakterisiert Schnitzler, sind zu Geliebten geschaffen, nicht zu Gefährten – andere sind es zu beidem. Begegnungen von Liebhabern und Geliebten ohne Bindung fügen sich leicht, fast schwingend, ohne sich selbst zu verlieren, zum Reigen, bei dem stets einer der Partner wechselt; Begegnungen von Liebenden, deren Beziehung die Gesellschaft aus falschem Selbstwertgefühl nicht zulassen mag und das Vermächtnis, den Enkel, sentimental dennoch hinnimmt, münden schließlich in Verachtung der Betroffenen; Begegnungen des Selbstsicheren mit dem Illusionslosen machen die Vermengung von Lüge und Wahrheit wahrscheinlich; Begegnungen von Menschen ungleichen Alters in der Ehe verführen allzu leicht zu einem Sowohl-als-auch der Jüngeren; Begegnungen von Schauspielern und Adeligen am Abend der Revolution zeigen auf, was immer gilt: Wirklichkeit geht in Spiel über – Spiel in Wirklichkeit.

Der Autor Arthur Schnitzler wurde am 15. Mai 1862 in Wien geboren. Noch bevor er auf das Akademische Gymnasium kam, als Neunjähriger, versuchte er, seine ersten Dramen zu schreiben. Nach dem Abitur studierte er Medizin, wurde 1885 Aspirant und Sekundararzt; 1888 bis 1893 war er Assistent seines Vaters in der Allgemeinen Poliklinik in Wien; nach dessen Tod eröffnete er eine Privatpraxis. 1886 die ersten Veröffentlichungen in Zeitschriften. 1888 das erste Bühnenmanuskript, 1893 die erste Uraufführung, 1895 das erste Buch, die Erzählung ›Sterben‹ bei S. Fischer in Berlin. Beginn lebenslanger Freundschaften mit Hugo von Hofmannsthal, Felix Salten, Richard Beer-Hofmann und Hermann Bahr. Das dramatische und das erzählerische Werk entstehen parallel. Stets bildet der einzelne Mensch, die individuelle Gestalt »in ihrem Egoismus oder ihrer Hingabe, ihrer Bindungslosigkeit oder Opferbereitschaft, in ihrer Wahrhaftigkeit oder Verlogenheit« (Reinhard Urbach), den Mittelpunkt seiner durchweg im Wien der Jahrhundertwende angesiedelten Stoffe. Arthur Schnitzler hat, von Reisen abgesehen, seine Geburtsstadt nie verlassen; am 21. Oktober 1931 ist er dort gestorben.

Arthur Schnitzler
Das dramatische Werk

In chronologischer Ordnung

Arthur Schnitzler
Das Vermächtnis

Dramen 1897–1898

Fischer
Taschenbuch
Verlag

Ungekürzte, nach den ersten Buchausgaben durchgesehene Ausgabe
Veröffentlicht im Fischer Taschenbuch Verlag GmbH,
Frankfurt am Main, April 1994

Lizenzausgabe mit freundlicher Genehmigung
des S. Fischer Verlags GmbH, Frankfurt am Main

Gesamtherstellung: Clausen & Bosse, Leck
Printed in Germany
ISBN 3-596-11503-5

Gedruckt auf chlor- und säurefreiem Papier

Inhalt

Reigen

Zehn Dialoge

Personen

Die Dirne
Der Soldat
Das Stubenmädchen
Der junge Herr
Die junge Frau
Der Ehegatte
Das süße Mädel
Der Dichter
Die Schauspielerin
Der Graf

Die Dirne und der Soldat

Spät abends. An der Augartenbrücke.

SOLDAT *kommt pfeifend, will nach Hause.*

DIRNE Komm, mein schöner Engel.

SOLDAT *wendet sich um und geht wieder weiter.*

DIRNE Willst du nicht mit mir kommen?

SOLDAT Ah, ich bin der schöne Engel?

DIRNE Freilich, wer denn? Geh, komm zu mir. Ich wohn' gleich in der Näh'.

SOLDAT Ich hab' keine Zeit. Ich muß in die Kasern'!

DIRNE In die Kasern' kommst immer noch zurecht. Bei mir is besser.

SOLDAT *ihr nahe* Das ist schon möglich.

DIRNE Pst. Jeden Moment kann ein Wachmann kommen.

SOLDAT Lächerlich! Wachmann! Ich hab' auch mein Seiteng'wehr!

DIRNE Geh, komm mit.

SOLDAT Laß mich in Ruh'. Geld hab' ich eh keins.

DIRNE Ich brauch' kein Geld.

SOLDAT *bleibt stehen. Sie sind bei einer Laterne* Du brauchst kein Geld? Wer bist denn du nachher?

DIRNE Zahlen tun mir die Zivilisten. So einer wie du kann's immer umsonst bei mir haben.

SOLDAT Du bist am End' die, von der mir der Huber erzählt hat. –

DIRNE Ich kenn' kein' Huber nicht.

SOLDAT Du wirst schon die sein. Weißt – in dem Kaffeehaus in der Schiffgassen – von dort ist er mit dir z' Haus 'gangen.

DIRNE Von dem Kaffeehaus bin ich schon mit gar vielen z' Haus 'gangen... oh! oh! –

SOLDAT Also gehn wir, gehn wir.

DIRNE Was, jetzt hast's eilig?

SOLDAT Na, worauf soll'n wir noch warten? Und um zehn muß ich in der Kasern' sein.

DIRNE Wie lang dienst denn schon?

SOLDAT Was geht denn das dich an? Wohnst weit?

DIRNE Zehn Minuten zum gehn.

SOLDAT Das ist mir zu weit. Gib mir ein Pussel.

DIRNE *küßt ihn* Das ist mir eh das liebste, wenn ich einen gern hab'!

SOLDAT Mir nicht. Nein, ich geh' nicht mit dir, es ist mir zu weit.

DIRNE Weißt was, komm morgen am Nachmittag.

SOLDAT Gut is. Gib mir deine Adresse.

DIRNE Aber du kommst am End' nicht.

SOLDAT Wenn ich dir's sag'!

DIRNE Du, weißt was – wenn's dir zu weit ist heut abend zu mir – da ... da ... *Weist auf die Donau.*

SOLDAT Was ist das?

DIRNE Da ist auch schön ruhig ... jetzt kommt kein Mensch.

SOLDAT Ah, das ist nicht das Rechte.

DIRNE Bei mir is immer das Rechte. Geh, bleib jetzt bei mir. Wer weiß, ob wir morgen noch 's Leben haben.

SOLDAT So komm – aber g'schwind!

DIRNE Gib Obacht, da ist so dunkel. Wennst ausrutschst, liegst in der Donau.

SOLDAT Wär' eh das beste.

DIRNE Pst, so wart nur ein bissel. Gleich kommen wir zu einer Bank.

SOLDAT Kennst dich da gut aus.

DIRNE So einen wie dich möcht' ich zum Geliebten.

SOLDAT Ich tät' dir zu viel eifern.

DIRNE Das möcht' ich dir schon abgewöhnen.

SOLDAT Ha –

DIRNE Nicht so laut. Manchmal is doch, daß sich ein Wachter her verirrt. Sollt man glauben, daß wir da mitten in der Wienerstadt sind?

SOLDAT Daher komm, daher.

DIRNE Aber was fällt dir denn ein, wenn wir da ausrutschen, liegen wir im Wasser unten.

SOLDAT *hat sie gepackt* Ah, du –

DIRNE Halt dich nur fest an.

SOLDAT Hab kein' Angst...

DIRNE Auf der Bank wär's schon besser gewesen.

SOLDAT Da oder da... Na, krall aufi.

DIRNE Was laufst denn so –

SOLDAT Ich muß in die Kasern', ich komm' eh schon zu spät.

DIRNE Geh, du, wie heißt denn?

SOLDAT Was interessiert dich denn das, wie ich heiß'?

DIRNE Ich heiß' Leocadia.

SOLDAT Ha! – So an' Namen hab' ich auch noch nie gehört.

DIRNE Du!

SOLDAT Na, was willst denn?

DIRNE Geh, ein Sechserl für'n Hausmeister gib mir wenigstens! –

SOLDAT Ha!... Glaubst, ich bin deine Wurzen... Servus! Leocadia...

DIRNE Strizzi! Fallott! –

Er ist verschwunden.

Der Soldat und das Stubenmädchen

Prater. Sonntagabend.
Ein Weg, der vom Wurstelprater aus in die dunkeln Alleen führt. Hier hört man noch die wirre Musik aus dem Wurstelprater; auch die Klänge vom Fünfkreuzertanz, eine ordinäre Polka, von Bläsern gespielt.

Der Soldat. Das Stubenmädchen.

STUBENMÄDCHEN Jetzt sagen S' mir aber, warum S' durchaus schon haben fortgehen müssen.

SOLDAT *lacht verlegen, dumm.*

STUBENMÄDCHEN Es ist doch so schön gewesen. Ich tanz' so gern.

SOLDAT *faßt sie um die Taille.*

STUBENMÄDCHEN *läßt's geschehen* Jetzt tanzen wir ja nimmer. Warum halten S' mich so fest?

SOLDAT Wie heißen S'? Kathi?

STUBENMÄDCHEN Ihnen ist immer eine Kathi im Kopf.

SOLDAT Ich weiß, ich weiß schon... Marie.

STUBENMÄDCHEN Sie, da ist aber dunkel. Ich krieg' so eine Angst.

SOLDAT Wenn ich bei Ihnen bin, brauchen S' Ihnen nicht zu fürchten. Gott sei Dank, mir sein mir!

STUBENMÄDCHEN Aber wohin kommen wir denn da? Da ist ja kein Mensch mehr. Kommen S', gehn wir zurück! – Und so dunkel!

SOLDAT *zieht an seiner Virginierzigarre, daß das rote Ende leuchtet* 's wird schon lichter! Haha! Oh, du Schatzerl!

STUBENMÄDCHEN Ah, was machen S' denn? Wenn ich das gewußt hätt'!

SOLDAT Also der Teufel soll mich holen, wenn eine heut beim Swoboda mollerter gewesen ist als Sie, Fräul'n Marie.

STUBENMÄDCHEN Haben S' denn bei allen so probiert?

SOLDAT Was man so merkt, beim Tanzen. Da merkt man gar viel! Ha!

STUBENMÄDCHEN Aber mit der blonden mit dem schiefen Gesicht haben S' doch mehr 'tanzt als mit mir.

SOLDAT Das ist eine alte Bekannte von einem meinigen Freund.

STUBENMÄDCHEN Von dem Korporal mit dem auf'drehten Schnurrbart?

SOLDAT Ah nein, das ist der Zivilist gewesen, wissen S', der im Anfang am Tisch mit mir g'sessen ist, der so heis'rig red't.

STUBENMÄDCHEN Ah, ich weiß schon. Das ist ein kecker Mensch.

SOLDAT Hat er Ihnen was 'tan? Dem möcht' ich's zeigen! Was hat er Ihnen 'tan?

STUBENMÄDCHEN O nichts – ich hab nur gesehn, wie er mit die andern ist.

SOLDAT Sagen S', Fräulein Marie...

STUBENMÄDCHEN Sie werden mich verbrennen mit Ihrer Zigarrn.

SOLDAT Pahdon! – Fräul'n Marie. Sagen wir uns Du.

STUBENMÄDCHEN Wir sein noch nicht so gute Bekannte. –

SOLDAT Es können sich gar viele nicht leiden und sagen doch Du zueinander.

STUBENMÄDCHEN 's nächstemal, wenn wir... Aber, Herr Franz –

SOLDAT Sie haben sich meinen Namen g'merkt?

STUBENMÄDCHEN Aber, Herr Franz...

SOLDAT Sagen S' Franz, Fräulein Marie.

STUBENMÄDCHEN So sein S' nicht so keck – aber pst, wenn wer kommen tät!

SOLDAT Und wenn schon einer kommen tät, man sieht ja nicht zwei Schritt weit.

STUBENMÄDCHEN Aber um Gottes willen, wohin kommen wir denn da?

SOLDAT Sehn S', da sind zwei grad wie mir.

STUBENMÄDCHEN Wo denn? Ich seh' gar nichts.

SOLDAT Da... vor uns.

STUBENMÄDCHEN Warum sagen S' denn: zwei wie mir? –

SOLDAT Na, ich mein' halt, die haben sich auch gern.

STUBENMÄDCHEN Aber geben S' doch acht, was ist denn da, jetzt wär' ich beinah g'fallen.

SOLDAT Ah, das ist das Gatter von der Wiesen.

STUBENMÄDCHEN Stoßen S' doch nicht so, ich fall' ja um.

SOLDAT Pst, nicht so laut.

STUBENMÄDCHEN Sie, jetzt schrei' ich aber wirklich. – Aber was machen S' denn... aber –

SOLDAT Da ist jetzt weit und breit keine Seel'.

STUBENMÄDCHEN So gehn wir zurück, wo Leut' sein.

SOLDAT Wir brauchen keine Leut', was, Marie, wir brauchen... dazu... haha.

STUBENMÄDCHEN Aber, Herr Franz, bitt' Sie, um Gottes willen, schaun S', wenn ich das... gewußt... oh... oh... komm!

– –

SOLDAT *selig* Herrgott noch einmal... ah...

STUBENMÄDCHEN ... Ich kann dein G'sicht gar nicht sehn.

SOLDAT A was – G'sicht...

– –

SOLDAT Ja, Sie, Fräul'n Marie, da im Gras können S' nicht liegen bleiben.

STUBENMÄDCHEN Geh, Franz, hilf mir.

SOLDAT Na, komm zugi.

STUBENMÄDCHEN O Gott, Franz.

SOLDAT Na ja, was ist denn mit dem Franz?

STUBENMÄDCHEN Du bist ein schlechter Mensch, Franz.

SOLDAT Ja, ja. Geh, wart ein bissel.

STUBENMÄDCHEN Was laßt mich denn aus?

SOLDAT Na, die Virginier werd' ich mir doch anzünden dürfen.

STUBENMÄDCHEN Es ist so dunkel.

SOLDAT Morgen früh ist schon wieder licht.

STUBENMÄDCHEN Sag wenigstens, hast mich gern?

SOLDAT Na, das mußt doch g'spürt haben, Fräul'n Marie, ha!

STUBENMÄDCHEN Wohin gehn wir denn?

SOLDAT Na, zurück.

STUBENMÄDCHEN Geh, bitt' dich, nicht so schnell!

SOLDAT Na, was ist denn? Ich geh' nicht gern in der finstern.

STUBENMÄDCHEN Sag, Franz, hast mich gern?

SOLDAT Aber grad hab' ich's g'sagt, daß ich dich gern hab'!

STUBENMÄDCHEN Geh, willst mir nicht ein Pussel geben?

SOLDAT *gnädig* Da... Hörst – jetzt kann man schon wieder die Musik hören.

STUBENMÄDCHEN Du möcht'st am End' gar wieder tanzen gehn?

SOLDAT Na freilich, was denn?

STUBENMÄDCHEN Ja, Franz, schau, ich muß zu Haus gehn. Sie werden eh schon schimpfen, mei' Frau ist so eine... die möcht' am liebsten, man ging' gar nicht fort.

SOLDAT Na ja, geh halt zu Haus.

STUBENMÄDCHEN Ich hab' halt 'dacht, Herr Franz, Sie werden mich z' Haus führen.

SOLDAT Z' Haus führen? Ah!

STUBENMÄDCHEN Gehn S', es ist so traurig, allein z' Haus gehn.

SOLDAT Wo wohnen S' denn?

STUBENMÄDCHEN Es ist gar nicht so weit – in der Porzellangasse.

SOLDAT So? Ja, da haben wir ja einen Weg... aber jetzt ist's mir zu früh... jetzt wird noch 'draht, heut hab' ich über Zeit... Vor zwölf brauch' ich nicht in der Kasern' zu sein. I' geh' noch tanzen.

STUBENMÄDCHEN Freilich, ich weiß schon, jetzt kommt die Blonde mit dem schiefen Gesicht dran!

SOLDAT Ha! – Der ihr G'sicht ist gar nicht so schief.

STUBENMÄDCHEN O Gott, sein die Männer schlecht. Was, Sie machen's sicher mit einer jeden so.

SOLDAT Das wär' z'viel! –

STUBENMÄDCHEN Franz, bitt' schön, heut nimmer ,– heut bleiben S' mit mir, schaun S'–

SOLDAT Ja, ja, ist schon gut. Aber tanzen werd' ich doch noch dürfen.

STUBENMÄDCHEN Ich tanz' heut mit kein' mehr!

SOLDAT Da ist er ja schon...

STUBENMÄDCHEN Wer denn?

SOLDAT Der Swoboda! Wie schnell wir wieder da sein. Noch immer spielen s' das... tadarada tadarada *Singt mit*... Also wannst auf mich warten willst, so führ' ich dich z' Haus... wenn nicht... Servas –

STUBENMÄDCHEN Ja, ich werd' warten.

Sie treten in den Tanzsaal ein.

SOLDAT Wissen S', Fräul'n Marie, ein Glas Bier lassen's Ihnen geben. *Zu einer Blonden sich wendend, die eben mit einem Burschen vorbeitanzt, sehr hochdeutsch* Mein Fräulein, darf ich bitten? –

Das Stubenmädchen und der junge Herr

Heißer Sommernachmittag. – Die Eltern sind schon auf dem Lande. – Die Köchin hat Ausgang. – Das Stubenmädchen schreibt in der Küche einen Brief an den Soldaten, der ihr Geliebter ist. Es klingelt aus dem Zimmer des jungen Herrn. Sie steht auf und geht ins Zimmer des jungen Herrn.
Der junge Herr liegt auf dem Diwan, raucht und liest einen französischen Roman.

DAS STUBENMÄDCHEN Bitt' schön, junger Herr?
DER JUNGE HERR Ah ja, Marie, ah ja, ich hab' geläutet, ja ... was hab' ich nur ... ja richtig, die Rouletten lassen S' herunter, Marie ... Es ist kühler, wenn die Rouletten unten sind ... ja ...
Das Stubenmädchen geht zum Fenster und läßt die Rouletten herunter.
DER JUNGE HERR *liest weiter* Was machen S' denn, Marie? Ah ja. Jetzt sieht man aber gar nichts zum Lesen.
DAS STUBENMÄDCHEN Der junge Herr ist halt immer so fleißig.
DER JUNGE HERR *überhört das vornehm* So, ist gut.
Marie geht.
DER JUNGE HERR *versucht weiter zu lesen; läßt bald das Buch fallen, klingelt wieder.*
DAS STUBENMÄDCHEN *erscheint.*
DER JUNGE HERR Sie, Marie ... ja, was ich habe sagen wollen ... ja ... ist vielleicht ein Cognac zu Haus?
DAS STUBENMÄDCHEN Ja, der wird eingesperrt sein.
DER JUNGE HERR Na, wer hat denn die Schlüssel?
DAS STUBENMÄDCHEN Die Schlüssel hat die Lini.
DER JUNGE HERR Wer ist die Lini?
DAS STUBENMÄDCHEN Die Köchin, Herr Alfred.
DER JUNGE HERR Na, so sagen S' es halt der Lini.

DAS STUBENMÄDCHEN Ja, die Lini hat heut Ausgang.

DER JUNGE HERR So...

DAS STUBENMÄDCHEN Soll ich dem jungen Herrn vielleicht aus dem Kaffeehaus...

DER JUNGE HERR Ah nein... es ist so heiß genug. Ich brauch' keinen Cognac. Wissen S', Marie, bringen Sie mir ein Glas Wasser. Pst, Marie – aber laufen lassen, daß es recht kalt ist. –

Das Stubenmädchen ab.

DER JUNGE HERR *sieht ihr nach, bei der Tür wendet sich das Stubenmädchen nach ihm um; der junge Herr schaut in die Luft. – Das Stubenmädchen dreht den Hahn der Wasserleitung auf, läßt das Wasser laufen. Währenddem geht sie in ihr kleines Kabinett, wäscht sich die Hände, richtet vor dem Spiegel ihre Schneckerln. Dann bringt sie dem jungen Herrn das Glas Wasser. Sie tritt zum Diwan.*

DER JUNGE HERR *richtet sich zur Hälfte auf, das Stubenmädchen gibt ihm das Glas in die Hand, ihre Finger berühren sich.*

DER JUNGE HERR So, danke. – Na, was ist denn? – Geben Sie acht; stellen Sie das Glas wieder auf die Tasse... *Er legt sich hin und streckt sich aus* Wie spät ist's denn? –

DAS STUBENMÄDCHEN Fünf Uhr, junger Herr.

DER JUNGE HERR So, fünf Uhr. – Ist gut. –

DAS STUBENMÄDCHEN *geht; bei der Tür wendet sie sich um; der junge Herr hat ihr nachgeschaut; sie merkt es und lächelt.*

DER JUNGE HERR *bleibt eine Weile liegen, dann steht er plötzlich auf. Er geht bis zur Tür, wieder zurück, legt sich auf den Diwan. Er versucht wieder zu lesen. Nach ein paar Minuten klingelt er wieder.*

DAS STUBENMÄDCHEN *erscheint mit einem Lächeln, das sie nicht zu verbergen sucht.*

DER JUNGE HERR Sie, Marie, was ich Sie hab' fragen wollen. War heut vormittag nicht der Doktor Schüller da?

DAS STUBENMÄDCHEN Nein, heut vormittag war niemand da.

DER JUNGE HERR So, das ist merkwürdig. Also der Doktor

Schüller war nicht da? Kennen Sie überhaupt den Doktor Schüller?

DAS STUBENMÄDCHEN Freilich. Das ist der große Herr mit dem schwarzen Vollbart.

DER JUNGE HERR Ja. War er vielleicht doch da?

DAS STUBENMÄDCHEN Nein, es war niemand da, junger Herr.

DER JUNGE HERR *entschlossen* Kommen Sie her, Marie.

DAS STUBENMÄDCHEN *tritt etwas näher* Bitt' schön.

DER JUNGE HERR Näher... so... ah... ich hab' nur geglaubt...

DAS STUBENMÄDCHEN Was haben der junge Herr?

DER JUNGE HERR Geglaubt... geglaubt hab' ich – Nur wegen Ihrer Blusen... Was ist das für eine... Na, kommen S' nur näher. Ich beiß' Sie ja nicht.

DAS STUBENMÄDCHEN *kommt zu ihm* Was ist mit meiner Blusen? G'fallt sie dem jungen Herrn nicht?

DER JUNGE HERR *faßt die Bluse an, wobei er das Stubenmädchen zu sich herabzieht* Blau? Das ist ganz ein schönes Blau. *Einfach* Sie sind sehr nett angezogen, Marie.

DAS STUBENMÄDCHEN Aber junger Herr...

DER JUNGE HERR Na, was ist denn?... *Er hat ihre Bluse geöffnet. Sachlich* Sie haben eine schöne weiße Haut, Marie.

DAS STUBENMÄDCHEN Der junge Herr tut mir schmeicheln.

DER JUNGE HERR *küßt sie auf die Brust* Das kann doch nicht weh tun.

DAS STUBENMÄDCHEN O nein.

DER JUNGE HERR Weil Sie so seufzen! Warum seufzen Sie denn?

DAS STUBENMÄDCHEN Oh, Herr Alfred...

DER JUNGE HERR Und was Sie für nette Pantoffeln haben...

DAS STUBENMÄDCHEN ...Aber ...junger Herr ...wenn's draußen läut' –

DER JUNGE HERR Wer wird denn jetzt läuten?

DAS STUBENMÄDCHEN Aber junger Herr... schaun S'... es ist so licht...

DER JUNGE HERR Vor mir brauchen Sie sich nicht zu genieren. Sie brauchen sich überhaupt vor niemandem ... wenn man so hübsch ist. Ja, meiner Seel'; Marie, Sie sind ... Wissen Sie, Ihre Haare riechen sogar angenehm.

DAS STUBENMÄDCHEN Herr Alfred ...

DER JUNGE HERR Machen Sie keine solchen Geschichten, Marie ... ich hab' Sie schon anders auch geseh'n. Wie ich neulich in der Nacht nach Haus gekommen bin und mir Wasser geholt hab'; da ist die Tür zu Ihrem Zimmer offen gewesen ... na ...

DAS STUBENMÄDCHEN *verbirgt ihr Gesicht* O Gott, aber das hab' ich gar nicht gewußt, daß der Herr Alfred so schlimm sein kann.

DER JUNGE HERR Da hab' ich sehr viel gesehen ... das ... und das ... und das ... und –

DAS STUBENMÄDCHEN Aber, Herr Alfred!

DER JUNGE HERR Komm, komm ... daher ... so, ja so ...

DAS STUBENMÄDCHEN Aber wenn jetzt wer läutet –

DER JUNGE HERR Jetzt hören Sie schon einmal auf ... macht man höchstens nicht auf ...

Es klingelt.

DER JUNGE HERR Donnerwetter ... Und was der Kerl für einen Lärm macht. – Am End' hat der schon früher geläutet, und wir haben's nicht gemerkt.

DAS STUBENMÄDCHEN Oh, ich hab' alleweil aufgepaßt.

DER JUNGE HERR Na, so schaun S' endlich nach – durchs Gukkerl. –

DAS STUBENMÄDCHEN Herr Alfred ... Sie sind aber ... nein ... so schlimm.

DER JUNGE HERR Bitt' Sie, schaun S' jetzt nach ...

DAS STUBENMÄDCHEN *geht ab.*

DER JUNGE HERR *öffnet rasch die Rouleaux.*

DAS STUBENMÄDCHEN *erscheint wieder* Der ist jedenfalls schon wieder weggangen. Jetzt ist niemand mehr da. Vielleicht ist es der Doktor Schüller gewesen.

DER JUNGE HERR *ist unangenehm berührt* Es ist gut.

DAS STUBENMÄDCHEN *nähert sich ihm.*

DER JUNGE HERR *entzieht sich ihr* – Sie, Marie, – ich geh' jetzt ins Kaffeehaus.

DAS STUBENMÄDCHEN *zärtlich* Schon ... Herr Alfred.

DER JUNGE HERR *streng* Ich geh' jetzt ins Kaffeehaus. Wenn der Doktor Schüller kommen sollte ...

DAS STUBENMÄDCHEN Der kommt heut nimmer.

DER JUNGE HERR *noch strenger* Wenn der Doktor Schüller kommen sollte, ich, ich ... ich bin – im Kaffeehaus. – *Geht ins andere Zimmer.*

Das Stubenmädchen nimmt eine Zigarre vom Rauchtisch, steckt sie ein und geht ab.

Der junge Herr und die junge Frau

Abend. – Ein mit banaler Eleganz möblierter Salon in einem Hause der Schwindgasse.

Der junge Herr ist eben eingetreten, zündet, während er noch den Hut auf dem Kopf und den Überzieher anhat, die Kerzen an. Dann öffnet er die Tür zum Nebenzimmer und wirft einen Blick hinein. Von den Kerzen des Salons geht der Lichtschein über das Parkett bis zu einem Himmelbett, das an der abschließenden Wand steht. Von dem Kamin in einer Ecke des Schlafzimmers verbreitet sich ein rötlicher Lichtschein auf die Vorhänge des Bettes. – Der junge Herr besichtigt auch das Schlafzimmer. Von dem Trumeau nimmt er einen Sprayapparat und bespritzt die Bettpolster mit feinen Strahlen von Veilchenparfüm. Dann geht er mit dem Sprayapparat durch beide Zimmer und drückt unaufhörlich auf den kleinen Ballon, so daß es bald überall nach Veilchen riecht. Dann legt er Überzieher und Hut ab. Er setzt sich auf den blausamtenen Fauteuil, zündet sich eine Zigarette an und raucht. Nach einer kleinen Weile erhebt er sich wieder und vergewissert sich, daß die grünen Jalousien geschlossen sind. Plötzlich geht er wieder ins Schlafzimmer, öffnet die Lade des Nachtkästchens. Er fühlt hinein und findet eine Schildkrothaarnadel. Er sucht nach einem Ort, sie zu verstecken, gibt sie endlich in die Tasche seines Überziehers. Dann öffnet er einen Schrank, der im Salon steht, nimmt eine silberne Tasse mit einer Flasche Cognac und zwei Likörgläschen heraus, stellt alles auf den Tisch. Er geht wieder zu seinem Überzieher, aus dem er jetzt ein kleines weißes Päckchen nimmt. Er öffnet es und legt es zum Cognac; geht wieder zum Schrank, nimmt zwei kleine Teller und Eßbestecke heraus. Er entnimmt dem kleinen Paket eine glasierte Kastanie und ißt sie. Dann schenkt er sich ein Glas Cognac ein und trinkt es rasch aus. Dann sieht er auf seine Uhr. Er geht im Zimmer auf und ab. – Vor dem großen Wandspiegel bleibt er eine Weile stehen, richtet mit seinem Taschenkamm das Haar und den kleinen Schnurrbart. – Er geht nun zur Vorzimmertür und horcht. Nichts regt sich. Dann zieht er die blauen Portieren, die vor der Schlafzimmertür angebracht sind, zusammen. Es klingelt. Der junge Herr fährt leicht zusammen. Dann setzt er sich auf den Fauteuil und erhebt sich erst, als die Tür geöffnet wird und die junge Frau eintritt. –

DIE JUNGE FRAU *dicht verschleiert, schließt die Tür hinter sich, bleibt einen Augenblick stehen, indem sie die linke Hand aufs Herz legt, als müsse sie eine gewaltige Erregung bemeistern.*

DER JUNGE HERR *tritt auf sie zu, nimmt ihre linke Hand und drückt auf den weißen, schwarz tamburierten Handschuh einen Kuß. Er sagt leise* Ich danke Ihnen.

DIE JUNGE FRAU Alfred – Alfred!

DER JUNGE HERR Kommen Sie, gnädige Frau... Kommen Sie, Frau Emma...

DIE JUNGE FRAU Lassen Sie mich noch eine Weile – bitte... o bitte sehr, Alfred! *Sie steht noch immer an der Tür.*

DER JUNGE HERR *steht vor ihr, hält ihre Hand.*

DIE JUNGE FRAU Wo bin ich denn eigentlich?

DER JUNGE HERR Bei mir.

DIE JUNGE FRAU Dieses Haus ist schrecklich, Alfred.

DER JUNGE HERR Warum denn? Es ist ein sehr vornehmes Haus.

DIE JUNGE FRAU Ich bin zwei Herren auf der Stiege begegnet.

DER JUNGE HERR Bekannte?

DIE JUNGE FRAU Ich weiß nicht. Es ist möglich.

DER JUNGE HERR Pardon, gnädige Frau – aber Sie kennen doch Ihre Bekannten.

DIE JUNGE FRAU Ich habe ja gar nichts gesehen.

DER JUNGE HERR Aber wenn es selbst Ihre besten Freunde waren – sie können ja S i e nicht erkannt haben. Ich selbst... wenn ich nicht wüßte, daß Sie es sind... dieser Schleier –.

DIE JUNGE FRAU Es sind zwei.

DER JUNGE HERR Wollen Sie nicht ein bißchen näher?... Und Ihren Hut legen Sie doch wenigstens ab!

DIE JUNGE FRAU Was fällt Ihnen ein, Alfred? Ich habe Ihnen gesagt: Fünf Minuten... Nein, länger nicht... ich schwöre Ihnen –

DER JUNGE HERR Also den Schleier –

DIE JUNGE FRAU Es sind zwei.

DER JUNGE HERR Nun ja, beide Schleier – ich werde Sie doch wenigstens sehen dürfen.

DIE JUNGE FRAU Haben Sie mich denn lieb, Alfred?

DER JUNGE HERR *tief verletzt* Emma – Sie fragen mich...

DIE JUNGE FRAU Es ist hier so heiß.

DER JUNGE HERR Aber Sie haben ja Ihre Pelzmantille an – Sie werden sich wahrhaftig verkühlen.

DIE JUNGE FRAU *tritt endlich ins Zimmer, wirft sich auf den Fauteuil* Ich bin totmüd'.

DER JUNGE HERR Erlauben Sie. *Er nimmt ihr die Schleier ab; nimmt die Nadel aus ihrem Hut, legt Hut, Nadel, Schleier beiseite.*

DIE JUNGE FRAU *läßt es geschehen.*

DER JUNGE HERR *steht vor ihr, schüttelt den Kopf.*

DIE JUNGE FRAU Was haben Sie?

DER JUNGE HERR So schön waren Sie noch nie.

DIE JUNGE FRAU Wieso?

DER JUNGE HERR Allein... allein mit Ihnen – Emma –
Er läßt sich neben ihrem Fauteuil nieder, auf ein Knie, nimmt ihre beiden Hände und bedeckt sie mit Küssen.

DIE JUNGE FRAU Und jetzt... lassen Sie mich wieder gehen. Was Sie von mir verlangt haben, hab' ich getan.

DER JUNGE HERR *läßt seinen Kopf auf ihren Schoß sinken.*

DIE JUNGE FRAU Sie haben mir versprochen, brav zu sein.

DER JUNGE HERR Ja.

DIE JUNGE FRAU Man erstickt in diesem Zimmer.

DER JUNGE HERR *steht auf* Noch haben Sie Ihre Mantille an.

DIE JUNGE FRAU Legen Sie sie zu meinem Hut.

DER JUNGE HERR *nimmt ihr die Mantille ab und legt sie gleichfalls auf den Diwan.*

DIE JUNGE FRAU Und jetzt – adieu –

DER JUNGE HERR Emma –! – Emma! –

DIE JUNGE FRAU Die fünf Minuten sind längst vorbei.

DER JUNGE HERR Noch nicht eine! –

DIE JUNGE FRAU Alfred, sagen Sie mir einmal ganz genau, wie spät es ist.

DER JUNGE HERR Es ist Punkt Viertel sieben.

DIE JUNGE FRAU Jetzt sollte ich längst bei meiner Schwester sein.

DER JUNGE HERR Ihre Schwester können Sie oft sehen...

DIE JUNGE FRAU O Gott, Alfred, warum haben Sie mich dazu verleitet.

DER JUNGE HERR Weil ich Sie... anbete, Emma.

DIE JUNGE FRAU Wie vielen haben Sie das schon gesagt?

DER JUNGE HERR Seit ich Sie gesehen, niemandem.

DIE JUNGE FRAU Was bin ich für eine leichtsinnige Person! Wer mir das vorausgesagt hätte... noch vor acht Tagen... noch gestern...

DER JUNGE HERR Und vorgestern haben Sie mir ja schon versprochen...

DIE JUNGE FRAU Sie haben mich so gequält. Aber ich habe es nicht tun wollen. Gott ist mein Zeuge – ich habe es nicht tun wollen... Gestern war ich fest entschlossen... Wissen Sie, daß ich Ihnen gestern abend sogar einen langen Brief geschrieben habe?

DER JUNGE HERR Ich habe keinen bekommen.

DIE JUNGE FRAU Ich habe ihn wieder zerrissen. Oh, ich hätte Ihnen lieber diesen Brief schicken sollen.

DER JUNGE HERR Es ist doch besser so.

DIE JUNGE FRAU O nein, es ist schändlich... von mir. Ich begreife mich selber nicht. Adieu, Alfred, lassen Sie mich.

DER JUNGE HERR *umfaßt sie und bedeckt ihr Gesicht mit heißen Küssen.*

DIE JUNGE FRAU So... halten Sie Ihr Wort...

DER JUNGE HERR Noch einen Kuß – noch einen.

DIE JUNGE FRAU Den letzten. *Er küßt sie; sie erwidert den Kuß; ihre Lippen bleiben lange aneinandergeschlossen.*

DER JUNGE HERR Soll ich Ihnen etwas sagen, Emma? Ich weiß jetzt erst, was Glück ist.

DIE JUNGE FRAU *sinkt in einen Fauteuil zurück.*

DER JUNGE HERR *setzt sich auf die Lehne, schlingt einen Arm leicht um ihren Nacken* ...oder vielmehr, ich weiß jetzt erst, was Glück sein könnte.

DIE JUNGE FRAU *seufzt tief auf.*

DER JUNGE HERR *küßt sie wieder.*

DIE JUNGE FRAU Alfred, Alfred, was machen Sie aus mir!

DER JUNGE HERR Nicht wahr – es ist hier gar nicht so ungemütlich... Und wir sind ja hier so sicher! Es ist doch tausendmal schöner als diese Rendezvous im Freien...

DIE JUNGE FRAU Oh, erinnern Sie mich nur nicht daran.

DER JUNGE HERR Ich werde auch daran immer mit tausend Freuden denken. Für mich ist jede Minute, die ich an Ihrer Seite verbringen durfte, eine süße Erinnerung.

DIE JUNGE FRAU Erinnern Sie sich noch an den Industriellenball?

DER JUNGE HERR Ob ich mich daran erinnere...? Da bin ich ja während des Soupers neben Ihnen gesessen, ganz nahe neben Ihnen. Ihr Mann hat Champagner...

DIE JUNGE FRAU *sieht ihn klagend an.*

DER JUNGE HERR Ich wollte nur vom Champagner reden. Sagen Sie, Emma, wollen Sie nicht ein Glas Cognac trinken?

DIE JUNGE FRAU Einen Tropfen, aber geben Sie mir vorher ein Glas Wasser.

DER JUNGE HERR Ja... Wo ist denn nur – ach ja... *Er schlägt die Portiere zurück und geht ins Schlafzimmer.*

DIE JUNGE FRAU *sieht ihm nach.*

DER JUNGE HERR *kommt zurück mit einer Karaffe Wasser und zwei Trinkgläsern.*

DIE JUNGE FRAU Wo waren Sie denn?

DER JUNGE HERR Im... Nebenzimmer. *Schenkt ein Glas Wasser ein.*

DIE JUNGE FRAU Jetzt werde ich Sie etwas fragen, Alfred – und schwören Sie mir, daß Sie mir die Wahrheit sagen werden.

DER JUNGE HERR Ich schwöre. –

DIE JUNGE FRAU War in diesen Räumen schon jemals eine andere Frau?

DER JUNGE HERR Aber Emma – dieses Haus steht schon zwanzig Jahre!

DIE JUNGE FRAU Sie wissen, was ich meine, Alfred... M i t Ihnen! B e i Ihnen!

DER JUNGE HERR Mit mir – hier – Emma! – Es ist nicht schön, daß Sie an so etwas denken können.

DIE JUNGE FRAU Also Sie haben... wie soll ich... Aber nein, ich will Sie lieber nicht fragen. Es ist besser, wenn ich nicht frage. Ich bin ja selbst schuld. Alles rächt sich.

DER JUNGE HERR Ja, was haben Sie denn? Was ist Ihnen denn? Was rächt sich?

DIE JUNGE FRAU Nein, nein nein, ich darf nicht zum Bewußtsein kommen... Sonst müßte ich vor Scham in die Erde sinken.

DER JUNGE HERR *mit der Karaffe Wasser in der Hand, schüttelt traurig den Kopf* Emma, wenn Sie ahnen könnten, wie weh Sie mir tun.

DIE JUNGE FRAU *schenkt sich ein Glas Cognac ein.*

DER JUNGE HERR Ich will Ihnen etwas sagen, Emma. Wenn Sie sich schämen, hier zu sein – wenn ich Ihnen also gleichgültig bin – wenn Sie nicht fühlen, daß Sie für mich alle Seligkeit der Welt bedeuten – – so gehn Sie lieber. –

DIE JUNGE FRAU Ja, das werd' ich auch tun.

DER JUNGE HERR *sie bei der Hand fassend* Wenn Sie aber ahnen, daß ich ohne Sie nicht leben kann, daß ein Kuß auf Ihre Hand für mich mehr bedeutet als alle Zärtlichkeiten, die alle Frauen auf der ganzen Welt... Emma, ich bin nicht wie die anderen jungen Leute, die den Hof machen können – ich bin vielleicht zu naiv... ich...

DIE JUNGE FRAU Wenn Sie aber doch sind wie die anderen jungen Leute?

DER JUNGE HERR Dann wären Sie heute nicht da – denn Sie sind nicht wie die anderen Frauen.

DIE JUNGE FRAU Woher wissen Sie das?

DER JUNGE HERR *hat sie zum Diwan gezogen, sich nahe neben sie gesetzt* Ich habe viel über Sie nachgedacht. Ich weiß, Sie sind unglücklich.

DIE JUNGE FRAU *erfreut* Ja.

DER JUNGE HERR Das Leben ist so leer, so nichtig – und dann, – so kurz – so entsetzlich kurz! Es gibt nur ein Glück... einen Menschen finden, von dem man geliebt wird –

DIE JUNGE FRAU *hat eine kandierte Birne vom Tisch genommen, nimmt sie in den Mund.*

DER JUNGE HERR Mir die Hälfte! *Sie reicht sie ihm mit den Lippen.*

DIE JUNGE FRAU *faßt die Hände des jungen Herrn, die sich zu verirren drohen* Was tun Sie denn, Alfred... Ist das Ihr Versprechen?

DER JUNGE HERR *die Birne verschluckend, dann kühner* Das Leben ist so kurz.

DIE JUNGE FRAU *schwach* Aber das ist ja kein Grund –

DER JUNGE HERR *mechanisch* O ja.

DIE JUNGE FRAU *schwächer* Schauen Sie, Alfred, und Sie haben doch versprochen, brav... Und es ist so hell...

DER JUNGE HERR Komm, komm, du einzige, einzige... *Er hebt sie vom Diwan empor.*

DIE JUNGE FRAU Was machen Sie denn?

DER JUNGE HERR Da drin ist es gar nicht hell.

DIE JUNGE FRAU Ist denn da noch ein Zimmer?

DER JUNGE HERR *zieht sie mit* Ein schönes... und ganz dunkel.

DIE JUNGE FRAU Bleiben wir doch lieber hier.

DER JUNGE HERR *bereits mit ihr hinter der Portiere, im Schlafzimmer, nestelt ihr die Taille auf.*

DIE JUNGE FRAU Sie sind so... o Gott, was machen Sie aus mir! – Alfred!

DER JUNGE HERR Ich bete dich an, Emma!

DIE JUNGE FRAU So wart doch, wart doch wenigstens... *Schwach* Geh... ich ruf' dich dann.

DER JUNGE HERR Laß mir dich – laß dir mich *Er verspricht sich* ... laß... mich – dir – helfen.

DIE JUNGE FRAU Du zerreißt mir ja alles.

DER JUNGE HERR Du hast kein Mieder an?

DIE JUNGE FRAU Ich trag' nie ein Mieder. Die Odilon trägt auch keines. Aber die Schuh' kannst du mir aufknöpfeln.

DER JUNGE HERR *knöpfelt die Schuhe auf, küßt ihre Füße.*

DIE JUNGE FRAU *ist ins Bett geschlüpft* Oh, mir ist kalt.

DER JUNGE HERR Gleich wird's warm werden.

DIE JUNGE FRAU *leise lachend* Glaubst du?

DER JUNGE HERR *unangenehm berührt, für sich* Das hätte sie nicht sagen sollen. *Entkleidet sich im Dunkel.*

DIE JUNGE FRAU *zärtlich* Komm, komm, komm!

DER JUNGE HERR *dadurch wieder in besserer Stimmung* Gleich – –

DIE JUNGE FRAU Es riecht hier so nach Veilchen.

DER JUNGE HERR Das bist du selbst... Ja *Zu ihr* du selbst.

DIE JUNGE FRAU Alfred... Alfred!!!!

DER JUNGE HERR Emma...

– –

DER JUNGE HERR Ich habe dich offenbar zu lieb... ja... ich bin wie von Sinnen.

DIE JUNGE FRAU ...

DER JUNGE HERR Die ganzen Tage über bin ich schon wie verrückt. Ich hab' es geahnt.

DIE JUNGE FRAU Mach dir nichts draus.

DER JUNGE HERR O gewiß nicht. Es ist ja geradezu selbstverständlich, wenn man...

DIE JUNGE FRAU Nicht... nicht... Du bist nervös. Beruhige dich nur...

DER JUNGE HERR Kennst du Stendhal?

DIE JUNGE FRAU Stendhal?

DER JUNGE HERR Die ›Psychologie de l'amour‹.

DIE JUNGE FRAU Nein, warum fragst du mich?

DER JUNGE HERR Da kommt eine Geschichte drin vor, die sehr bezeichnend ist.

DIE JUNGE FRAU Was ist das für eine Geschichte?

DER JUNGE HERR Das ist eine ganze Gesellschaft von Kavallerieoffizieren zusammen –

DIE JUNGE FRAU So.

DER JUNGE HERR Und die erzählen von ihren Liebesabenteuern. Und jeder berichtet, daß ihm bei der Frau, die er am meisten, weißt du, am leidenschaftlichsten geliebt hat... daß ihn die, daß er die – also kurz und gut, daß es jedem bei dieser Frau so gegangen ist wie jetzt mir.

DIE JUNGE FRAU Ja.

DER JUNGE HERR Das ist sehr charakteristisch.

DIE JUNGE FRAU Ja.

DER JUNGE HERR Es ist noch nicht aus. Ein einziger behauptet... es sei ihm in seinem ganzen Leben noch nicht passiert, aber, setzt Stendhal hinzu – das war ein berüchtigter Bramarbas.

DIE JUNGE FRAU So. –

DER JUNGE HERR Und doch verstimmt es einen, das ist das Dumme, so gleichgültig es eigentlich ist.

DIE JUNGE FRAU Freilich. Überhaupt weißt du... du hast mir ja versprochen, brav zu sein.

DER JUNGE HERR Geh, nicht lachen, das bessert die Sache nicht.

DIE JUNGE FRAU Aber nein, ich lache ja nicht. Das von Stendhal ist wirklich interessant. Ich habe immer gedacht, daß nur bei älteren... oder bei sehr... weißt du, bei Leuten, die viel gelebt haben...

DER JUNGE HERR Was fällt dir ein. Das hat damit gar nichts zu tun. Ich habe übrigens die hübscheste Geschichte aus dem Stendhal ganz vergessen. Da ist einer von den Kavallerieoffizieren, der erzählt sogar, daß er drei Nächte oder gar sechs... ich weiß nicht mehr, mit der Frau zusammen war, die er durch Wochen hindurch verlangt hat – desirée – verstehst du –, und die haben alle diese Nächte hindurch nichts getan als vor Glück geweint... beide...

DIE JUNGE FRAU Beide?

DER JUNGE HERR Ja. Wundert dich das? Ich find' das so begreiflich – gerade wenn man sich liebt.

DIE JUNGE FRAU Aber es gibt gewiß viele, die nicht weinen.

DER JUNGE HERR *nervös* Gewiß... das ist ja auch ein exceptioneller Fall.

DIE JUNGE FRAU Ah – ich dachte, Stendhal sagte, alle Kavallerieoffiziere weinen bei dieser Gelegenheit.

DER JUNGE HERR Siehst du, jetzt machst du dich doch lustig.

DIE JUNGE FRAU Aber was fällt dir ein! Sei doch nicht kindisch, Alfred!

DER JUNGE HERR Es macht nun einmal nervös... Dabei habe ich die Empfindung, daß du ununterbrochen daran denkst. Das geniert mich erst recht.

DIE JUNGE FRAU Ich denke absolut nicht daran.

DER JUNGE HERR O ja. Wenn ich nur überzeugt wäre, daß du mich liebst.

DIE JUNGE FRAU Verlangst du noch mehr Beweise?

DER JUNGE HERR Siehst du... immer machst du dich lustig.

DIE JUNGE FRAU Wieso denn? Komm, gib mir dein süßes Kopferl.

DER JUNGE HERR Ach, das tut wohl.

DIE JUNGE FRAU Hast du mich lieb?

DER JUNGE HERR Oh, ich bin ja so glücklich.

DIE JUNGE FRAU Aber du brauchst nicht auch noch zu weinen.

DER JUNGE HERR *sich von ihr entfernend, höchst irritiert* Wieder, wieder. Ich hab' dich ja so gebeten...

DIE JUNGE FRAU Wenn ich dir sage, daß du nicht weinen sollst...

DER JUNGE HERR Du hast gesagt: Auch noch zu weinen.

DIE JUNGE FRAU Du bist nervös, mein Schatz.

DER JUNGE HERR Das weiß ich.

DIE JUNGE FRAU Aber du sollst es nicht sein. Es ist mir sogar lieb, daß es... daß wir sozusagen als gute Kameraden...

DER JUNGE HERR Schon wieder fangst du an.

DIE JUNGE FRAU Erinnerst du dich denn nicht! Das war eines unserer ersten Gespräche. Gute Kameraden haben wir sein wollen; nichts weiter. Oh, das war schön... das war bei meiner Schwester, im Jänner auf dem großen Ball, während der Quadrille... Um Gottes willen, ich sollte ja längst fort sein... meine Schwester erwartet mich ja – was werd' ich ihr denn sagen... Adieu, Alfred –

DER JUNGE HERR Emma –! So willst du mich verlassen!

DIE JUNGE FRAU Ja – so! –

DER JUNGE HERR Noch fünf Minuten...

DIE JUNGE FRAU Gut. Noch fünf Minuten. Aber du mußt mir

versprechen... dich nicht zu rühren? ... Ja? ... Ich will dir noch einen Kuß zum Abschied geben... Pst... ruhig... nicht rühren, hab' ich gesagt, sonst steh' ich gleich auf, du mein süßer... süßer...

DER JUNGE HERR Emma... meine ange...

— —

DIE JUNGE FRAU Mein Alfred –

DER JUNGE HERR Ah, bei dir ist der Himmel.

DIE JUNGE FRAU Aber jetzt muß ich wirklich fort.

DER JUNGE HERR Ach, laß deine Schwester warten.

DIE JUNGE FRAU Nach Haus muß ich. Für meine Schwester ist's längst zu spät. Wieviel Uhr ist es denn eigentlich?

DER JUNGE HERR Ja, wie soll ich das eruieren?

DIE JUNGE FRAU Du mußt eben auf die Uhr sehen.

DER JUNGE HERR Meine Uhr ist in meinem Gilet.

DIE JUNGE FRAU So hol sie.

DER JUNGE HERR *steht mit einem mächtigen Ruck auf* Acht.

DIE JUNGE FRAU *erhebt sich rasch* Um Gottes willen... Rasch, Alfred, gib mir meine Strümpfe. Was soll ich denn nur sagen? Zu Hause wird man sicher schon auf mich warten... acht Uhr...

DER JUNGE HERR Wann seh' ich dich denn wieder?

DIE JUNGE FRAU Nie.

DER JUNGE HERR Emma! Hast du mich denn nicht mehr lieb?

DIE JUNGE FRAU Eben darum. Gib mir meine Schuhe.

DER JUNGE HERR Niemals wieder? Hier sind die Schuhe.

DIE JUNGE FRAU In meinem Sack ist ein Schuhknöpfler. Ich bitt' dich, rasch...

DER JUNGE HERR Hier ist der Knöpfler.

DIE JUNGE FRAU Alfred, das kann uns beide den Hals kosten.

DER JUNGE HERR *höchst unangenehm berührt* Wieso?

DIE JUNGE FRAU Ja, was soll ich denn sagen, wenn er mich fragt: Woher kommst du?

DER JUNGE HERR Von der Schwester.

DIE JUNGE FRAU Ja, wenn ich lügen könnte.

DER JUNGE HERR Na, du mußt es eben tun.

DIE JUNGE FRAU Alles für so einen Menschen. Ach, komm her ... laß dich noch einmal küssen. *Sie umarmt ihn* – Und jetzt – – laß mich allein, geh ins andere Zimmer. Ich kann mich nicht anziehen, wenn du dabei bist.

DER JUNGE HERR *geht in den Salon, wo er sich ankleidet. Er ißt etwas von der Bäckerei, trinkt ein Glas Cognac.*

DIE JUNGE FRAU *ruft nach einer Weile* Alfred!

DER JUNGE HERR Mein Schatz.

DIE JUNGE FRAU Es ist doch besser, daß wir nicht geweint haben.

DER JUNGE HERR *nicht ohne Stolz lächelnd* Wie kann man so frivol reden? –

DIE JUNGE FRAU Wie wird das jetzt nur sein – wenn wir uns zufällig wieder einmal in Gesellschaft begegnen?

DER JUNGE HERR Zufällig – einmal ... Du bist ja morgen sicher auch bei Lobheimers?

DIE JUNGE FRAU Ja. Du auch?

DER JUNGE HERR Freilich. Darf ich dich um den Kotillon bitten?

DIE JUNGE FRAU Oh, ich werde nicht hinkommen. Was glaubst du denn? – Ich würde ja ... *Sie tritt völlig angekleidet in den Salon, nimmt eine Schokoladebäckerei* in die Erde sinken.

DER JUNGE HERR Also morgen bei Lobheimer, das ist schön.

DIE JUNGE FRAU Nein, nein ... ich sage ab; bestimmt –

DER JUNGE HERR Also übermorgen ... hier.

DIE JUNGE FRAU Was fällt dir ein?

DER JUNGE HERR Um sechs ...

DIE JUNGE FRAU Hier an der Ecke stehen Wagen, nicht wahr? –

DER JUNGE HERR Ja, so viel du willst. Also übermorgen hier um sechs. So sag doch ja, mein geliebter Schatz.

DIE JUNGE FRAU ... Das besprechen wir morgen beim Kotillon.

DER JUNGE HERR *umarmt sie* Mein Engel.

DIE JUNGE FRAU Nicht wieder meine Frisur ruinieren.

DER JUNGE HERR Also morgen bei Lobheimers und übermorgen in meinen Armen.

DIE JUNGE FRAU Leb wohl...

DER JUNGE HERR *plötzlich wieder besorgt* Und was wirst du – ihm heut sagen? –

DIE JUNGE FRAU Frag nicht... frag nicht... es ist zu schrecklich. – Warum hab' ich dich so lieb! – Adieu. – Wenn ich wieder Menschen auf der Stiege begegne, trifft mich der Schlag. – Pah! –

DER JUNGE HERR *küßt ihr noch einmal die Hand.*

DIE JUNGE FRAU *geht.*

DER JUNGE HERR *bleibt allein zurück. Dann setzt er sich auf den Diwan. Er lächelt vor sich hin und sagt zu sich selbst* Also jetzt hab' ich ein Verhältnis mit einer anständigen Frau.

Die junge Frau und der Ehemann

Ein behagliches Schlafgemach.
Es ist halb elf Uhr nachts. Die Frau liegt zu Bette und liest. Der Gatte tritt eben, im Schlafrock, ins Zimmer.

DIE JUNGE FRAU *ohne aufzuschauen* Du arbeitest nicht mehr?

DER GATTE Nein. Ich bin zu müde. Und außerdem...

DIE JUNGE FRAU Nun? –

DER GATTE Ich hab' mich an meinem Schreibtisch plötzlich so einsam gefühlt. Ich habe Sehnsucht nach dir bekommen.

DIE JUNGE FRAU *schaut auf* Wirklich?

DER GATTE *setzt sich zu ihr aufs Bett* Lies heute nicht mehr. Du wirst dir die Augen verderben.

DIE JUNGE FRAU *schlägt das Buch zu* Was hast du denn?

DER GATTE Nichts, mein Kind. Verliebt bin ich in dich! Das weißt du ja!

DIE JUNGE FRAU Man könnte es manchmal fast vergessen.

DER GATTE Man muß es sogar manchmal vergessen.

DIE JUNGE FRAU Warum?

DER GATTE Weil die Ehe sonst etwas Unvollkommenes wäre. Sie würde... wie soll ich nur sagen... sie würde ihre Heiligkeit verlieren.

DIE JUNGE FRAU Oh...

DER GATTE Glaube mir – es ist so... Hätten wir in den fünf Jahren, die wir jetzt miteinander verheiratet sind, nicht manchmal vergessen, daß wir ineinander verliebt sind – wir wären es wohl gar nicht mehr.

DIE JUNGE FRAU Das ist mir zu hoch.

DER GATTE Die Sache ist einfach die: wir haben vielleicht schon zehn oder zwölf Liebschaften miteinander gehabt... Kommt es dir nicht auch so vor?

DIE JUNGE FRAU Ich hab' nicht gezählt! –

DER GATTE Hätten wir gleich die erste bis zum Ende durchgekostet, hätte ich mich von Anfang an meiner Leidenschaft für dich willenlos hingegeben, es wäre uns gegangen wie den Millionen von anderen Liebespaaren. Wir wären fertig miteinander.

DIE JUNGE FRAU Ah... so meinst du das?

DER GATTE Glaube mir – Emma – in den ersten Tagen unserer Ehe hatte ich Angst, daß es so kommen würde.

DIE JUNGE FRAU Ich auch.

DER GATTE Siehst du? Hab' ich nicht recht gehabt? Darum ist es gut, immer wieder für einige Zeit nur in guter Freundschaft miteinander hinzuleben.

DIE JUNGE FRAU Ach so.

DER GATTE Und so kommt es, daß wir immer wieder neue Flitterwochen miteinander durchleben können, da ich es nie drauf ankommen lasse, die Flitterwochen...

DIE JUNGE FRAU Zu Monaten auszudehnen.

DER GATTE Richtig.

DIE JUNGE FRAU Und jetzt... scheint also wieder eine Freundschaftsperiode abgelaufen zu sein –?

DER GATTE *sie zärtlich an sich drückend* Es dürfte so sein.

DIE JUNGE FRAU Wenn es aber... bei mir anders wäre.

DER GATTE Es ist bei dir nicht anders. Du bist ja das klügste und entzückendste Wesen, das es gibt. Ich bin sehr glücklich, daß ich dich gefunden habe.

DIE JUNGE FRAU Das ist aber nett, wie du den Hof machen kannst – von Zeit zu Zeit.

DER GATTE *hat sich auch zu Bett begeben* Für einen Mann, der sich ein bißchen in der Welt umgesehen hat – geh, leg den Kopf an meine Schulter – der sich in der Welt umgesehen hat, bedeutet die Ehe eigentlich etwas viel Geheimnisvolleres als für euch junge Mädchen aus guter Familie. Ihr tretet uns rein und... wenigstens bis zu einem gewissen Grad unwissend entgegen, und darum habt ihr eigentlich einen viel klareren Blick für das Wesen der Liebe als wir.

DIE JUNGE FRAU *lachend* Oh!

DER GATTE Gewiß. Denn wir sind ganz verwirrt und unsicher

geworden durch die vielfachen Erlebnisse, die wir notgedrungen vor der Ehe durchzumachen haben. Ihr hört ja viel und wißt zu viel und lest ja wohl eigentlich auch zu viel, aber einen rechten Begriff von dem, was wir Männer in der Tat erleben, habt ihr ja doch nicht. Uns wird das, was man so gemeinhin die Liebe nennt, recht gründlich widerwärtig gemacht; denn was sind das schließlich für Geschöpfe, auf die wir angewiesen sind!

DIE JUNGE FRAU Ja, was sind das für Geschöpfe?

DER GATTE *küßt sie auf die Stirn* Sei froh, mein Kind, daß du nie einen Einblick in diese Verhältnisse erhalten hast. Es sind übrigens meist recht bedauernswerte Wesen – werfen wir keinen Stein auf sie.

DIE JUNGE FRAU Bitt' dich – dieses Mitleid – Das kommt mir da gar nicht recht angebracht vor.

DER GATTE *mit schöner Milde* Sie verdienen es. Ihr, die ihr junge Mädchen aus guter Familie wart, die ruhig unter Obhut euerer Eltern auf den Ehrenmann warten konntet, der euch zur Ehe begehrt; – ihr kennt ja das Elend nicht, das die meisten von diesen armen Geschöpfen der Sünde in die Arme treibt.

DIE JUNGE FRAU So verkaufen sich denn alle?

DER GATTE Das möchte ich nicht sagen. Ich mein' ja auch nicht nur das materielle Elend. Aber es gibt auch – ich möchte sagen – ein sittliches Elend; eine mangelhafte Auffassung für das, was erlaubt, und insbesondere für das, was edel ist.

DIE JUNGE FRAU Aber warum sind die zu bedauern? – Denen geht's ja ganz gut?

DER GATTE Du hast sonderbare Ansichten, mein Kind. Du darfst nicht vergessen, daß solche Wesen von Natur aus bestimmt sind, immer tiefer und tiefer zu fallen. Da gibt es kein Aufhalten.

DIE JUNGE FRAU *sich an ihn schmiegend* Offenbar fällt es sich ganz angenehm.

DER GATTE *peinlich berührt* Wie kannst du so reden, Emma. Ich denke doch, daß es gerade für euch, anständige Frauen, nichts

Widerwärtigeres geben kann als alle diejenigen, die es nicht sind.

DIE JUNGE FRAU Freilich, Karl, freilich. Ich hab's ja auch nur so gesagt. Geh, erzähl weiter. Es ist so nett, wenn du so red'st. Erzähl mir was.

DER GATTE Was denn? –

DIE JUNGE FRAU Nun – von diesen Geschöpfen.

DER GATTE Was fällt dir denn ein?

DIE JUNGE FRAU Schau, ich hab' dich schon früher, weißt du, ganz am Anfang hab' ich dich immer gebeten, du sollst mir aus deiner Jugend was erzählen.

DER GATTE Warum interessiert dich denn das?

DIE JUNGE FRAU Bist du denn nicht mein Mann? Und ist das nicht geradezu eine Ungerechtigkeit, daß ich von deiner Vergangenheit eigentlich gar nichts weiß? –

DER GATTE Du wirst mich doch nicht für so geschmacklos halten, daß ich – Genug, Emma... das ist ja wie eine Entweihung.

DIE JUNGE FRAU Und doch hast du... wer weiß wie viel andere Frauen gerade so in den Armen gehalten wie jetzt mich.

DER GATTE Sag doch nicht »Frauen«. Frau bist du.

DIE JUNGE FRAU Aber eine Frage m u ß t du mir beantworten... sonst... sonst... ist's nichts mit den Flitterwochen.

DER GATTE Du hast eine Art, zu reden... denk doch, daß du Mutter bist... daß unser Mäderl da drin liegt...

DIE JUNGE FRAU *an ihn sich schmiegend* Aber ich möcht' auch einen Buben.

DER GATTE Emma!

DIE JUNGE FRAU Geh, sei nicht so... freilich bin ich deine Frau... aber ich möchte auch ein bissel... deine Geliebte sein.

DER GATTE Möchtest du?...

DIE JUNGE FRAU Also – zuerst meine Frage.

DER GATTE *gefügig* Nun?

DIE JUNGE FRAU War... eine verheiratete Frau – unter ihnen?

DER GATTE Wieso? – Wie meinst du das?

DIE JUNGE FRAU Du weißt schon.

DER GATTE *leicht beunruhigt* Wie kommst du auf diese Frage?

DIE JUNGE FRAU Ich möchte wissen, ob es... das heißt – es gibt solche Frauen... das weiß ich. Aber ob du...

DER GATTE *ernst* Kennst du eine solche Frau?

DIE JUNGE FRAU Ja, ich weiß das selber nicht.

DER GATTE Ist unter deinen Freundinnen vielleicht eine solche Frau?

DIE JUNGE FRAU Ja, wie kann ich das mit Bestimmtheit behaupten – oder verneinen?

DER GATTE Hat dir vielleicht einmal eine deiner Freundinnen... Man spricht über gar manches, wenn man so – die Frauen unter sich – hat dir eine gestanden –?

DIE JUNGE FRAU *unsicher* Nein.

DER GATTE Hast du bei irgendeiner deiner Freundinnen den Verdacht, daß sie...

DIE JUNGE FRAU Verdacht... oh... Verdacht.

DER GATTE Es scheint.

DIE JUNGE FRAU Gewiß nicht Karl, sicher nicht. Wenn ich mir's so überlege – ich trau' es doch keiner zu.

DER GATTE Keiner?

DIE JUNGE FRAU Von meinen Freundinnen keiner.

DER GATTE Versprich mir etwas, Emma.

DIE JUNGE FRAU Nun.

DER GATTE Daß du nie mit einer Frau verkehren wirst, bei der du auch den leisesten Verdacht hast, daß sie... kein ganz tadelloses Leben führt.

DIE JUNGE FRAU Das muß ich dir erst versprechen?

DER GATTE Ich weiß ja, daß du den Verkehr mit solchen Frauen nicht suchen wirst. Aber der Zufall könnte es fügen, daß du... Ja, es ist sogar sehr häufig, daß gerade solche Frauen, deren Ruf nicht der beste ist, die Gesellschaft von anständigen Frauen suchen, teils um sich ein Relief zu geben, teils aus einem gewissen... wie soll ich sagen... aus einem gewissen Heimweh nach der Tugend.

DIE JUNGE FRAU So.

DER GATTE Ja. Ich glaube, daß das sehr richtig ist, was ich da gesagt habe. Heimweh nach der Tugend. Denn daß diese Frauen alle eigentlich sehr unglücklich sind, das kannst du mir glauben.

DIE JUNGE FRAU Warum?

DER GATTE Du fragst, Emma? – Wie kannst du denn nur fragen? – Stell dir doch vor, was diese Frauen für eine Existenz führen! Voll Lüge, Tücke, Gemeinheit und voll Gefahren.

DIE JUNGE FRAU Ja freilich. Da hast du schon recht.

DER GATTE Wahrhaftig – sie bezahlen das bißchen Glück ... das bißchen ...

DIE JUNGE FRAU Vergnügen.

DER GATTE Warum Vergnügen? Wie kommst du darauf, das Vergnügen zu nennen?

DIE JUNGE FRAU Nun – etwas muß es doch sein –! Sonst täten sie's ja nicht.

DER GATTE Nichts ist es ... ein Rausch.

DIE JUNGE FRAU *nachdenklich* Ein Rausch.

DER GATTE Nein, es ist nicht einmal ein Rausch. Wie immer – teuer bezahlt, das ist gewiß!

DIE JUNGE FRAU Also ... du hast das einmal mitgemacht – nicht wahr?

DER GATTE Ja, Emma. – Es ist meine traurigste Erinnerung.

DIE JUNGE FRAU Wer ist's? Sag! Kenn' ich sie?

DER GATTE Was fällt dir denn ein?

DIE JUNGE FRAU Ist's lange her? War es sehr lang, bevor du mich geheiratet hast?

DER GATTE Frag nicht. Ich bitt' dich, frag nicht.

DIE JUNGE FRAU Aber Karl!

DER GATTE Sie ist tot.

DIE JUNGE FRAU Im Ernst?

DER GATTE Ja ... es klingt fast lächerlich, aber ich habe die Empfindung, daß alle diese Frauen jung sterben.

DIE JUNGE FRAU Hast du sie sehr geliebt?

DER GATTE Lügnerinnen liebt man nicht.

DIE JUNGE FRAU Also warum ...

DER GATTE Ein Rausch...

DIE JUNGE FRAU Also doch?

DER GATTE Sprich nicht mehr davon, ich bitt' dich. Alles das ist lang vorbei. Geliebt hab' ich nur eine – das bist du. Man liebt nur, wo Reinheit und Wahrheit ist.

DIE JUNGE FRAU Karl!

DER GATTE Oh, wie sicher, wie wohl fühlt man sich in solchen Armen. Warum hab' ich dich nicht schon als Kind gekannt? Ich glaube, dann hätt' ich andere Frauen überhaupt nicht angesehen.

DIE JUNGE FRAU Karl!

DER GATTE Und schön bist du! ... Schön! ... O komm ... *Er löscht das Licht aus*

— —

DIE JUNGE FRAU Weißt du, woran ich heute denken muß?

DER GATTE Woran, mein Schatz?

DIE JUNGE FRAU An... an... an Venedig.

DER GATTE Die erste Nacht...

DIE JUNGE FRAU Ja... so...

DER GATTE Was denn –? So sag's doch!

DIE JUNGE FRAU So lieb hast du mich heut.

DER GATTE Ja, so lieb.

DIE JUNGE FRAU Ah... Wenn du immer...

DER GATTE *in ihren Armen* Wie?

DIE JUNGE FRAU Mein Karl!

DER GATTE Was meintest du? Wenn ich immer...

DIE JUNGE FRAU Nun ja.

DER GATTE Nun, was wär' denn, wenn ich immer...?

DIE JUNGE FRAU Dann wüßt' ich eben immer, daß du mich lieb hast.

DER GATTE Ja. Du mußt es aber auch so wissen. Man ist nicht immer der liebende Mann, man muß auch zuweilen hinaus ins feindliche Leben, muß kämpfen und streben! Das vergiß nie, mein Kind! Alles hat seine Zeit in der Ehe – das ist eben das Schöne. Es gibt nicht viele, die sich noch nach fünf Jahren an – ihr Venedig erinnern.

DIE JUNGE FRAU Freilich!
DER GATTE Und jetzt... gute Nacht, mein Kind.
DIE JUNGE FRAU Gute Nacht!

Der Gatte und das süße Mädel

Ein Cabinet particulier im Riedhof. Behagliche, mäßige Eleganz. Der Gasofen brennt. –
Der Gatte. Das süße Mädel.
Auf dem Tisch sind die Reste einer Mahlzeit zu sehen; Oberssschaumbaisers, Obst, Käse. In den Weingläsern ein ungarischer weißer Wein.

DER GATTE *raucht eine Havannazigarre, er lehnt in der Ecke des Diwans.*

DAS SÜSSE MÄDEL *sitzt neben ihm auf dem Sessel und löffelt aus einem Baiser den Obersschaum heraus, den sie mit Behagen schlürft.*

DER GATTE Schmeckt's?

DAS SÜSSE MÄDEL *läßt sich nicht stören* Oh!

DER GATTE Willst du noch eins?

DAS SÜSSE MÄDEL Nein, ich hab' so schon zu viel gegessen.

DER GATTE Du hast keinen Wein mehr. *Er schenkt ein.*

DAS SÜSSE MÄDEL Nein... aber schaun S', ich lass' ihn ja eh stehen.

DER GATTE Schon wieder sagst du S i e.

DAS SÜSSE MÄDEL So? – Ja wissen S', man gewöhnt sich halt so schwer.

DER GATTE Weißt d u.

DAS SÜSSE MÄDEL Was denn?

DER GATTE Weißt d u, sollst du sagen; nicht wissen S'. – Komm, setz dich zu mir.

DAS SÜSSE MÄDEL Gleich... bin noch nicht fertig.

DER GATTE *steht auf, stellt sich hinter den Sessel und umarmt das süße Mädel, indem er ihren Kopf zu sich wendet.*

DAS SÜSSE MÄDEL Na, was ist denn?

DER GATTE Einen Kuß möcht' ich haben.

DAS SÜSSE MÄDEL *gibt ihm einen Kuß* Sie sind... o pardon, du bist ein kecker Mensch.

DER GATTE Jetzt fällt dir das ein?

DAS SÜSSE MÄDEL Ah nein, eingefallen ist es mir schon früher... schon auf der Gassen. – Sie müssen –

DER GATTE Du mußt.

DAS SÜSSE MÄDEL Du mußt dir eigentlich was Schönes von mir denken.

DER GATTE Warum denn?

DAS SÜSSE MÄDEL Daß ich gleich so mit Ihnen ins chambre separée gegangen bin.

DER GATTE Na, g l e i c h kann man doch nicht sagen.

DAS SÜSSE MÄDEL Aber Sie können halt so schön bitten.

DER GATTE Findest du?

DAS SÜSSE MÄDEL Und schließlich, was ist denn dabei?

DER GATTE Freilich.

DAS SÜSSE MÄDEL Ob man spazierengeht oder –

DER GATTE Zum Spazierengehen ist es auch viel zu kalt.

DAS SÜSSE MÄDEL Natürlich ist zu kalt gewesen.

DER GATTE Aber da ist es angenehm warm; was? *Er hat sich wieder niedergesetzt, umschlingt das süße Mädel und zieht sie an seine Seite.*

DAS SÜSSE MÄDEL *schwach* Na.

DER GATTE Jetzt sag einmal... Du hast mich schon früher bemerkt gehabt, was?

DAS SÜSSE MÄDEL Natürlich. Schon in der Singerstraßen.

DER GATTE Nicht heut, mein' ich. Auch vorgestern und vorvorgestern, wie ich dir nachgegangen bin.

DAS SÜSSE MÄDEL Mir gehn gar viele nach.

DER GATTE Das kann ich mir denken. Aber ob du mich bemerkt hast.

DAS SÜSSE MÄDEL Wissen S'... ah... weißt, was mir neulich passiert ist? Da ist mir der Mann von meiner Cousine nachg'stiegen in der Dunkeln und hat mich nicht 'kennt.

DER GATTE Hat er dich angesprochen?

DAS SÜSSE MÄDEL Aber was glaubst denn? Meinst, es ist jeder so keck wie du?

DER GATTE Aber es kommt doch vor.

DAS SÜSSE MÄDEL Natürlich kommt's vor.
DER GATTE Na, was machst du da?
DAS SÜSSE MÄDEL Na, nichts – Keine Antwort geb' ich halt.
DER GATTE Hm... mir hast du aber eine Antwort gegeben.
DAS SÜSSE MÄDEL Na, sind S' vielleicht bös'?
DER GATTE *küßt sie heftig* Deine Lippen schmecken nach dem Obersschaum.
DAS SÜSSE MÄDEL Oh, die sind von Natur aus süß.
DER GATTE Das haben dir schon viele gesagt?
DAS SÜSSE MÄDEL Viele!! Was du dir wieder einbildest!
DER GATTE Na, sei einmal ehrlich. Wie viele haben den Mund da schon geküßt?
DAS SÜSSE MÄDEL Was fragst mich denn? Du möcht'st mir's ja doch nicht glauben, wenn ich dir's sag'!
DER GATTE Warum denn nicht?
DAS SÜSSE MÄDEL Rat einmal.
DER GATTE Na, sagen wir – aber du darfst nicht bös' sein?
DAS SÜSSE MÄDEL Warum sollt' ich denn bös' sein?
DER GATTE Also ich schätze... zwanzig.
DAS SÜSSE MÄDEL *sich von ihm losmachend* Na – warum nicht gleich hundert?
DER GATTE Ja, ich hab' eben geraten.
DAS SÜSSE MÄDEL Da hast du aber nicht gut geraten.
DER GATTE Also zehn.
DAS SÜSSE MÄDEL *beleidigt* Freilich. Eine, die sich auf der Gassen anreden läßt und gleich mitgeht ins chambre separée!
DER GATTE Sei doch nicht so kindisch. Ob man auf der Straßen herumläuft oder in einem Zimmer sitzt... Wir sind doch da in einem Gasthaus. Jeden Moment kann der Kellner hereinkommen – da ist doch wirklich gar nichts dran...
DAS SÜSSE MÄDEL Das hab' ich mir eben auch gedacht.
DER GATTE Warst du schon einmal in einem chambre separée?
DAS SÜSSE MÄDEL Also, wenn ich die Wahrheit sagen soll: ja.
DER GATTE Siehst du, das g'fallt mir, daß du doch wenigstens aufrichtig bist.
DAS SÜSSE MÄDEL Aber nicht so – wie du dir's wieder denkst.

Mit einer Freundin und ihrem Bräutigam bin ich im chambre separée gewesen, heuer im Fasching einmal.

DER GATTE Es wär' ja auch kein Malheur, wenn du einmal – mit deinem Geliebten –

DAS SÜSSE MÄDEL Natürlich wär's kein Malheur. Aber ich hab' kein' Geliebten.

DER GATTE Na geh.

DAS SÜSSE MÄDEL Meiner Seel', ich hab' keinen.

DER GATTE Aber du wirst mir doch nicht einreden wollen, daß ich...

DAS SÜSSE MÄDEL Was denn?... Ich hab' halt keinen – schon seit mehr als einem halben Jahr.

DER GATTE Ah so... Aber vorher? Wer war's denn?

DAS SÜSSE MÄDEL Was sind S' denn gar so neugierig?

DER GATTE Ich bin neugierig, weil ich dich lieb hab'.

DAS SÜSSE MÄDEL Is wahr?

DER GATTE Freilich. Das mußt du doch merken. Erzähl mir also. *Drückt sie fest an sich.*

DAS SÜSSE MÄDEL Was soll ich dir denn erzählen?

DER GATTE So laß dich doch nicht so lang bitten. Wer's gewesen ist, möcht' ich wissen.

DAS SÜSSE MÄDEL *lachend* Na ein Mann halt.

DER GATTE Also – also – wer war's?

DAS SÜSSE MÄDEL Ein bissel ähnlich hat er dir gesehen.

DER GATTE So.

DAS SÜSSE MÄDEL Wenn du ihm nicht so ähnlich schauen tät'st –

DER GATTE Was wär' dann?

DAS SÜSSE MÄDEL Na also frag nicht, wennst schon siehst, daß...

DER GATTE *versteht* Also darum hast du dich von mir anreden lassen.

DAS SÜSSE MÄDEL Na also ja.

DER GATTE Jetzt weiß ich wirklich nicht, soll ich mich freuen oder soll ich mich ärgern.

DAS SÜSSE MÄDEL Na, ich an deiner Stell' tät' mich freuen.

DER GATTE Na ja.

DAS SÜSSE MÄDEL Und auch im Reden erinnerst du mich so an ihn... und wie du einen anschaust...

DER GATTE Was ist er denn gewesen?

DAS SÜSSE MÄDEL Nein, die Augen –

DER GATTE Wie hat er denn geheißen?

DAS SÜSSE MÄDEL Nein, schau mich nicht so an, ich bitt' dich.

DER GATTE *umfängt sie. Langer, heißer Kuß.*

DAS SÜSSE MÄDEL *schüttelt sich, will aufstehen.*

DER GATTE Warum gehst du fort von mir?

DAS SÜSSE MÄDEL Es wird Zeit zum z' Haus Gehn.

DER GATTE Später.

DAS SÜSSE MÄDEL Nein, ich muß wirklich schon z'Haus gehen. Was glaubst denn, was die Mutter sagen wird.

DER GATTE Du wohnst bei deiner Mutter?

DAS SÜSSE MÄDEL Natürlich wohn' ich bei meiner Mutter. Was hast denn geglaubt?

DER GATTE So – bei der Mutter. Wohnst du allein mit ihr?

DAS SÜSSE MÄDEL Ja freilich allein! Fünf sind wir! Zwei Buben und noch zwei Mädeln.

DER GATTE So setz dich doch nicht so weit fort von mir. Bist du die älteste?

DAS SÜSSE MÄDEL Nein, ich bin die zweite. Zuerst kommt die Kathi; die ist im G'schäft, in einer Blumenhandlung, dann komm' ich.

DER GATTE Wo bist du?

DAS SÜSSE MÄDEL Na, ich bin z' Haus.

DER GATTE Immer?

DAS SÜSSE MÄDEL Es muß doch eine z' Haus sein.

DER GATTE Freilich. Ja – und was sagst du denn eigentlich deiner Mutter, wenn du – so spät nach Haus kommst?

DAS SÜSSE MÄDEL Das ist ja so eine Seltenheit.

DER GATTE Also heut zum Beispiel. Deine Mutter fragt dich doch?

DAS SÜSSE MÄDEL Natürlich fragt s' mich. Da kann ich Obacht geben, so viel ich will – wenn ich nach Haus komm', wacht s' auf.

DER GATTE Also was sagst du ihr da?

DAS SÜSSE MÄDEL Na, im Theater werd' ich halt gewesen sein.

DER GATTE Und glaubt sie das?

DAS SÜSSE MÄDEL Na, warum soll s' mir denn nicht glauben? Ich geh' ja oft ins Theater. Erst am Sonntag war ich in der Oper mit meiner Freundin und ihrem Bräutigam und mein' älter'n Bruder.

DER GATTE Woher habt ihr denn da die Karten?

DAS SÜSSE MÄDEL Aber, mein Bruder ist ja Friseur.

DER GATTE Ja, die Friseure... ah, wahrscheinlich Theaterfriseur.

DAS SÜSSE MÄDEL Was fragst mich denn so aus?

DER GATTE Es interessiert mich halt. Und was ist denn der andere Bruder?

DAS SÜSSE MÄDEL Der geht noch in die Schul'. Der will ein Lehrer werden. Nein... so was!

DER GATTE Und dann hast du noch eine kleine Schwester?

DAS SÜSSE MÄDEL Ja, die ist noch ein Fratz, aber auf die muß man schon heut so aufpassen. Hast du denn eine Idee, wie die Mädeln in der Schule verdorben werden! Was glaubst! Neulich hab' ich sie bei einem Rendezvous erwischt.

DER GATTE Was?

DAS SÜSSE MÄDEL Ja! Mit einem Buben von der Schul' vis-à-vis ist sie abends um halber acht in der Strozzigasse spazierengegangen. So ein Fratz!

DER GATTE Und, was hast du da gemacht?

DAS SÜSSE MÄDEL Na, Schläg' hat s' kriegt!

DER GATTE So streng bist du?

DAS SÜSSE MÄDEL Na, wer soll's denn sein? Die ältere ist im G'schäft, die Mutter tut nichts als raunzen; – kommt immer alles auf mich.

DER GATTE Herrgott, bist du lieb! *Küßt sie und wird zärtlicher* Du erinnerst mich auch an wen.

DAS SÜSSE MÄDEL So – an wen denn?

DER GATTE An keine bestimmte... an die Zeit... na, halt an meine Jugend. Geh, trink, mein Kind!

DAS SÜSSE MÄDEL Ja, wie alt bist du denn?... Du... ja... ich weiß ja nicht einmal, wie du heißt.

DER GATTE Karl.

DAS SÜSSE MÄDEL Ist's möglich! Karl heißt du?

DER GATTE Er hat auch Karl geheißen?

DAS SÜSSE MÄDEL Nein, das ist aber schon das reine Wunder... das ist ja – nein, die Augen... Das G'schau... *Schüttelt den Kopf.*

DER GATTE Und wer er war – hast du mir noch immer nicht gesagt.

DAS SÜSSE MÄDEL Ein schlechter Mensch ist er gewesen – das ist g'wiß, sonst hätt' er mich nicht sitzenlassen.

DER GATTE Hast ihn sehr gern g'habt?

DAS SÜSSE MÄDEL Freilich hab' ich ihn gern g'habt!

DER GATTE Ich weiß, was er war, Lieutenant.

DAS SÜSSE MÄDEL Nein, bei Militär war er nicht. Sie haben ihn nicht genommen. Sein Vater hat ein Haus in der... aber was brauchst du das zu wissen?

DER GATTE *küßt sie* Du hast eigentlich graue Augen, anfangs hab' ich gemeint, sie sind schwarz.

DAS SÜSSE MÄDEL Na sind s' dir vielleicht nicht schön genug?

DER GATTE *küßt ihre Augen.*

DAS SÜSSE MÄDEL Nein, nein – das vertrag' ich schon gar nicht... o bitt' dich – o Gott... nein, laß mich aufstehn... nur für einen Moment... bitt' dich.

DER GATTE *immer zärtlicher* O nein.

DAS SÜSSE MÄDEL Aber ich bitt' dich, Karl...

DER GATTE Wie alt bist du? Achtzehn, was?

DAS SÜSSE MÄDEL Neunzehn vorbei.

DER GATTE Neunzehn... und ich –

DAS SÜSSE MÄDEL Du bist dreißig...

DER GATTE Und einige drüber. – Reden wir nicht davon.

DAS SÜSSE MÄDEL Er war auch schon zweiunddreißig, wie ich ihn kennengelernt hab'.

DER GATTE Wie lang ist das her?

DAS SÜSSE MÄDEL Ich weiß nimmer... Du, in dem Wein muß was drin gewesen sein.

DER GATTE Ja, warum denn?

DAS SÜSSE MÄDEL Ich bin ganz... weißt – mir dreht sich alles.

DER GATTE So halt dich fest an mich. So... *Er drückt sie an sich und wird immer zärtlicher, sie wehrt kaum ab* Ich werd' dir was sagen, mein Schatz, wir könnten jetzt wirklich gehn.

DAS SÜSSE MÄDEL Ja... nach Haus.

DER GATTE Nicht grad nach Haus...

DAS SÜSSE MÄDEL Was meinst denn?... O nein, o nein... ich geh' nirgends hin, was fallt dir denn ein –

DER GATTE Also hör mich nur an, mein Kind, das nächste Mal, wenn wir uns treffen, weißt du, da richten wir uns das so ein, daß... *Er ist zu Boden gesunken, hat seinen Kopf in ihrem Schoß* Das ist angenehm, oh, das ist angenehm.

DAS SÜSSE MÄDEL Was machst denn? *Sie küßt seine Haare*... Du, in dem Wein muß was drin gewesen sein – so schläfrig... du, was g'schieht denn, wenn ich nimmer aufstehn kann? Aber, aber, schau, aber Karl... und wenn wer hereinkommt... ich bitt' dich... der Kellner.

DER GATTE Da... kommt sein Lebtag... kein Kellner... herein...

– –

DAS SÜSSE MÄDEL *lehnt mit geschlossenen Augen in der Diwanecke.*

DER GATTE *geht in dem kleinen Raum auf und ab, nachdem er sich eine Zigarette angezündet.*

Längeres Schweigen.

DER GATTE *betrachtet das süße Mädel lange, für sich* Wer weiß, was das eigentlich für eine Person ist – Donnerwetter... So schnell... War nicht sehr vorsichtig von mir... Hm...

DAS SÜSSE MÄDEL *ohne die Augen zu öffnen* In dem Wein muß was drin gewesen sein.

DER GATTE Ja, warum denn?

DAS SÜSSE MÄDEL Sonst...

DER GATTE Warum schiebst du denn alles auf den Wein?...

DAS SÜSSE MÄDEL Wo bist denn? Warum bist denn so weit? Komm doch zu mir.

DER GATTE *zu ihr hin, setzt sich.*

DAS SÜSSE MÄDEL Jetzt sag mir, ob du mich wirklich gern hast.

DER GATTE Das weißt du doch... *Er unterbricht sich rasch* Freilich.

DAS SÜSSE MÄDEL Weißt... es ist doch... Geh, sag mir die Wahrheit, was war in dem Wein?

DER GATTE Ja, glaubst du, ich bin ein... ich bin ein Giftmischer?

DAS SÜSSE MÄDEL Ja, schau, ich versteh's halt nicht. Ich bin doch nicht so... Wir kennen uns doch erst seit... Du, ich bin nicht so... meiner Seel' und Gott, – wenn du das von mir glauben tät'st –

DER GATTE Ja – was machst du dir denn da für Sorgen. Ich glaub' gar nichts Schlechtes von dir. Ich glaub' halt, daß du mich liebhast.

DAS SÜSSE MÄDEL Ja...

DER GATTE Schließlich, wenn zwei junge Leut' allein in einem Zimmer sind, und nachtmahlen und trinken Wein... es braucht gar nichts drin zu sein in dem Wein.

DAS SÜSSE MÄDEL Ich hab's ja auch nur so g'sagt.

DER GATTE Ja, warum denn?

DAS SÜSSE MÄDEL *eher trotzig* Ich hab' mich halt g'schämt.

DER GATTE Das ist lächerlich. Dazu liegt gar kein Grund vor. Um so mehr als ich dich an deinen ersten Geliebten erinnere.

DAS SÜSSE MÄDEL Ja.

DER GATTE An den e r s t e n.

DAS SÜSSE MÄDEL Na ja...

DER GATTE Jetzt möcht' es mich interessieren, wer die anderen waren.

DAS SÜSSE MÄDEL Niemand.

DER GATTE Das ist ja nicht wahr, das kann ja nicht wahr sein.

DAS SÜSSE MÄDEL Geh, bitt' dich, sekkier mich nicht. –

DER GATTE Willst eine Zigarette?

DAS SÜSSE MÄDEL Nein, ich dank' schön.

DER GATTE Weißt du, wie spät es ist?

DAS SÜSSE MÄDEL Na?

DER GATTE Halb zwölf.

DAS SÜSSE MÄDEL So!

DER GATTE Na... und die Mutter? Die ist es gewöhnt, was?

DAS SÜSSE MÄDEL Willst mich wirklich schon z' Haus schikken?

DER GATTE Ja, du hast doch früher selbst –

DAS SÜSSE MÄDEL Geh, du bist aber wie ausgewechselt. Was hab' ich dir denn getan?

DER GATTE Aber Kind, was hast du denn, was fällt dir denn ein?

DAS SÜSSE MÄDEL Und es ist nur dein G'schau gewesen, meiner Seel', sonst hätt'st du lang... haben mich schon viele gebeten, ich soll mit ihnen ins chambre separée gehen.

DER GATTE Na, willst du... bald wieder mit mir hieher... oder auch woanders –

DAS SÜSSE MÄDEL Weiß nicht.

DER GATTE Was heißt das wieder: Du weißt nicht.

DAS SÜSSE MÄDEL Na, wenn du mich erst fragst?

DER GATTE Also wann? Ich möcht' dich nur vor allem aufklären, daß ich nicht in Wien lebe. Ich komm' nur von Zeit zu Zeit auf ein paar Tage her.

DAS SÜSSE MÄDEL Ah geh, du bist kein Wiener?

DER GATTE Wiener bin ich schon. Aber ich lebe jetzt in der Nähe...

DAS SÜSSE MÄDEL Wo denn?

DER GATTE Ach Gott, das ist ja egal.

DAS SÜSSE MÄDEL Na, fürcht dich nicht, ich komm' nicht hin.

DER GATTE O Gott, wenn es dir Spaß macht, kannst du auch hinkommen. Ich lebe in Graz.

DAS SÜSSE MÄDEL Im Ernst?

DER GATTE Na ja, was wundert dich denn daran?

DAS SÜSSE MÄDEL Du bist verheiratet, wie?

DER GATTE *höchst erstaunt* Ja, wie kommst du darauf?

DAS SÜSSE MÄDEL Mir ist halt so vorgekommen.

DER GATTE Und das würde dich gar nicht genieren?

DAS SÜSSE MÄDEL Na, lieber ist mir schon, du bist ledig. – Aber du bist ja doch verheiratet! –

DER GATTE Ja, sag mir nur, wie kommst du denn da darauf?

DAS SÜSSE MÄDEL Wenn einer sagt, er lebt nicht in Wien und hat nicht immer Zeit –

DER GATTE Das ist doch nicht so unwahrscheinlich.

DAS SÜSSE MÄDEL Ich glaub's nicht.

DER GATTE Und da möchtest du dir gar kein Gewissen machen, daß du einen Ehemann zur Untreue verführst?

DAS SÜSSE MÄDEL Ah was, deine Frau macht's sicher nicht anders als du.

DER GATTE *sehr empört* Du, das verbiet' ich mir. Solche Bemerkungen –

DAS SÜSSE MÄDEL Du hast ja keine Frau, hab' ich geglaubt.

DER GATTE Ob ich eine hab' oder nicht – man macht keine solche Bemerkungen. *Er ist aufgestanden.*

DAS SÜSSE MÄDEL Karl, na Karl, was ist denn? Bist bös'? Schau, ich hab's ja wirklich nicht gewußt, daß du verheiratet bist. Ich hab' ja nur so g'redt. Geh, komm und sei wieder gut.

DER GATTE *kommt nach ein paar Sekunden zu ihr* Ihr seid wirklich sonderbare Geschöpfe, ihr... Weiber. *Er wird wieder zärtlich an ihrer Seite.*

DAS SÜSSE MÄDEL Geh... nicht... es ist auch schon so spät. –

DER GATTE Also jetzt hör mir einmal zu. Reden wir einmal im Ernst miteinander. Ich möcht' dich wiedersehen, öfter wiedersehen.

DAS SÜSSE MÄDEL Is wahr?

DER GATTE Aber dazu ist notwendig... also verlassen muß ich mich auf dich können. Aufpassen kann ich nicht auf dich.

DAS SÜSSE MÄDEL Ah, ich pass' schon selber auf mich auf.

DER GATTE Du bist... na also, unerfahren kann man ja nicht sagen – aber jung bist du – und – die Männer sind im allgemeinen ein gewissenloses Volk.

DAS SÜSSE MÄDEL O jeh!

DER GATTE Ich mein' das nicht nur in moralischer Hinsicht. – Na, du verstehst mich sicher. –

DAS SÜSSE MÄDEL Ja, sag mir, was glaubst du denn eigentlich von mir?

DER GATTE Also – wenn du mich liebhaben willst – nur mich – so können wir's uns schon einrichten – wenn ich auch für gewöhnlich in Graz wohne. Da, wo jeden Moment wer hereinkommen kann, ist es ja doch nicht das Rechte.

DAS SÜSSE MÄDEL *schmiegt sich an ihn.*

DER GATTE Das nächste Mal... werden wir woanders zusammensein, ja?

DAS SÜSSE MÄDEL Ja.

DER GATTE Wo wir ganz ungestört sind.

DAS SÜSSE MÄDEL Ja.

DER GATTE *umfängt sie heiß* Das andere besprechen wir im Nachhausfahren. *Steht auf, öffnet die Tür* Kellner... die Rechnung!

Das süße Mädel und der Dichter

Ein kleines Zimmer, mit behaglichem Geschmack eingerichtet. Vorhänge, welche das Zimmer halbdunkel machen. Rote Stores. Großer Schreibtisch, auf dem Papiere und Bücher herumliegen. Ein Pianino an der Wand.
Das süße Mädel. Der Dichter.
Sie kommen eben zusammen herein. Der Dichter schließt zu.

DER DICHTER So, mein Schatz. *Küßt sie.*

DAS SÜSSE MÄDEL *mit Hut und Mantille* Ah! Da ist aber schön! Nur sehen tut man nichts!

DER DICHTER Deine Augen müssen sich an das Halbdunkel gewöhnen. – Diese süßen Augen. *Küßt sie auf die Augen.*

DAS SÜSSE MÄDEL Dazu werden die süßen Augen aber nicht Zeit genug haben.

DER DICHTER Warum denn?

DAS SÜSSE MÄDEL Weil ich nur eine Minuten dableib'.

DER DICHTER Den Hut leg ab, ja?

DAS SÜSSE MÄDEL Wegen der einen Minuten?

DER DICHTER *nimmt die Nadel aus ihrem Hut und legt den Hut fort* Und die Mantille –

DAS SÜSSE MÄDEL Was willst denn? – Ich muß ja gleich wieder fortgehen.

DER DICHTER Aber du mußt dich doch ausruhn! Wir sind ja drei Stunden gegangen.

DAS SÜSSE MÄDEL Wir sind gefahren.

DER DICHTER Ja, nach Haus – aber in Weidling am Bach sind wir doch drei volle Stunden herumgelaufen. Also setz dich nur schön nieder, mein Kind... wohin du willst; – hier an den Schreibtisch; – aber nein, das ist nicht bequem. Setz dich auf den Diwan. – So. *Er drückt sie nieder* Bist du sehr müd', so kannst du dich auch hinlegen. So. *Er legt sie auf den Diwan* Da das Kopferl auf den Polster.

DAS SÜSSE MÄDEL *lachend* Aber ich bin ja gar nicht müd'!

DER DICHTER Das glaubst du nur. So – und wenn du schläfrig bist, kannst du auch schlafen. Ich werde ganz still sein. Übrigens kann ich dir ein Schlummerlied vorspielen ... von mir ... *Geht zum Pianino.*

DAS SÜSSE MÄDEL Von dir?

DER DICHTER Ja.

DAS SÜSSE MÄDEL Ich hab' 'glaubt, Robert, du bist ein Doktor.

DER DICHTER Wieso? Ich hab' dir doch gesagt, daß ich Schriftsteller bin.

DAS SÜSSE MÄDEL Die Schriftsteller sind doch alle Doktors.

DER DICHTER Nein; nicht alle. Ich z. B. nicht. Aber wie kommst du jetzt darauf.

DAS SÜSSE MÄDEL Na, weil du sagst, das Stück, was du da spielen tust, ist von dir.

DER DICHTER Ja ... vielleicht ist es auch nicht von mir. Das ist ja ganz egal. Was? Überhaupt wer's gemacht hat, das ist immer egal. Nur schön muß es sein – nicht wahr?

DAS SÜSSE MÄDEL Freilich ... schön muß es sein – das ist die Hauptsach'! –

DER DICHTER Weißt du, wie ich das gemeint hab'?

DAS SÜSSE MÄDEL Was denn?

DER DICHTER Na, was ich eben gesagt hab'.

DAS SÜSSE MÄDEL *schläfrig* Na freilich.

DER DICHTER *steht auf; zu ihr, ihr das Haar streichelnd* Kein Wort hast du verstanden.

DAS SÜSSE MÄDEL Geh, ich bin doch nicht so dumm.

DER DICHTER Freilich bist du so dumm. Aber gerade darum hab' ich dich lieb. Ah, das ist so schön, wenn ihr dumm seid. Ich mein' in der Art wie du.

DAS SÜSSE MÄDEL Geh, was schimpfst denn?

DER DICHTER Engel, kleiner. Nicht wahr, es liegt sich gut auf dem weichen, persischen Teppich?

DAS SÜSSE MÄDEL O ja. Geh, willst nicht weiter Klavier spielen?

DER DICHTER Nein, ich bin schon lieber da bei dir. *Streichelt sie.*

DAS SÜSSE MÄDEL Geh, willst nicht lieber Licht machen?

DER DICHTER O nein... Diese Dämmerung tut ja so wohl. Wir waren heute den ganzen Tag wie in Sonnenstrahlen gebadet. Jetzt sind wir sozusagen aus dem Bad gestiegen und schlagen... die Dämmerung wie einen Badmantel *Lacht* ah nein – das muß anders gesagt werden... Findest du nicht?

DAS SÜSSE MÄDEL Weiß nicht.

DER DICHTER *sich leicht von ihr entfernend* Göttlich, diese Dummheit! *Nimmt ein Notizbuch und schreibt ein paar Worte hinein.*

DAS SÜSSE MÄDEL Was machst denn? *Sich nach ihm umwendend* Was schreibst dir denn auf?

DER DICHTER *leise* Sonne, Bad, Dämmerung, Mantel... so... *Steckt das Notizbuch ein. Laut* Nichts... Jetzt sag einmal, mein Schatz, möchtest du nicht etwas essen oder trinken?

DAS SÜSSE MÄDEL Durst hab' ich eigentlich keinen. Aber Appetit.

DER DICHTER Hm... mir wär' lieber, du hättest Durst. Cognac hab' ich nämlich zu Haus, aber Essen müßte ich erst holen.

DAS SÜSSE MÄDEL Kannst nichts holen lassen?

DER DICHTER Das ist schwer, meine Bedienerin ist jetzt nicht mehr da – na wart – ich geh' schon selber... was magst du denn?

DAS SÜSSE MÄDEL Aber es zahlt sich ja wirklich nimmer aus, ich muß ja sowieso zu Haus.

DER DICHTER Kind, davon ist keine Rede. Aber ich werd' dir was sagen: wenn wir weggehn, gehn wir zusammen wohin nachtmahlen.

DAS SÜSSE MÄDEL O nein. Dazu hab' ich keine Zeit. Und dann, wohin sollen wir denn? Es könnt' uns ja wer Bekannter sehn.

DER DICHTER Hast du denn gar so viel Bekannte?

DAS SÜSSE MÄDEL Es braucht uns ja nur einer zu sehn, ist's Malheur schon fertig.

DER DICHTER Was ist denn das für ein Malheur?

DAS SÜSSE MÄDEL Na, was glaubst, wenn die Mutter was hört...

DER DICHTER Wir können ja doch irgendwohin gehen, wo uns niemand sieht, es gibt ja Gasthäuser mit einzelnen Zimmern.

DAS SÜSSE MÄDEL *singend* Ja, beim Souper im chambre separée!

DER DICHTER Warst du schon einmal in einem chambre separée?

DAS SÜSSE MÄDEL Wenn ich die Wahrheit sagen soll – ja.

DER DICHTER Wer war der Glückliche?

DAS SÜSSE MÄDEL Oh, das ist nicht, wie du meinst... ich war mit meiner Freundin und ihrem Bräutigam. Die haben mich mitgenommen.

DER DICHTER So. Und das soll ich dir am End' glauben?

DAS SÜSSE MÄDEL Brauchst mir ja nicht zu glauben!

DER DICHTER *nah bei ihr* Bist du jetzt rot geworden? Man sieht nichts mehr! Ich kann deine Züge nicht mehr ausnehmen. *Mit seiner Hand berührt er ihre Wangen* Aber auch so erkenn' ich dich.

DAS SÜSSE MÄDEL Na, paß nur auf, daß du mich mit keiner andern verwechselst.

DER DICHTER Es ist seltsam, ich kann mich nicht mehr erinnern, wie du aussiehst.

DAS SÜSSE MÄDEL Dank' schön!

DER DICHTER *ernst* Du, das ist beinah unheimlich, ich kann mir dich nicht vorstellen – In einem gewissen Sinne hab' ich dich schon vergessen – Wenn ich mich auch nicht mehr an den Klang deiner Stimme erinnern könnte... was wärst du da eigentlich? – Nah und fern zugleich... unheimlich.

DAS SÜSSE MÄDEL Geh, was red'st denn –?

DER DICHTER Nichts, mein Engel, nichts. Wo sind deine Lippen... *Er küßt sie.*

DAS SÜSSE MÄDEL Willst nicht lieber Licht machen?

DER DICHTER Nein... *Er wird sehr zärtlich* Sag, ob du mich liebhast.

DAS SÜSSE MÄDEL Sehr... o sehr!

DER DICHTER Hast du schon irgendwen so lieb gehabt wie mich?

DAS SÜSSE MÄDEL Ich hab' dir ja schon gesagt, nein.

DER DICHTER Aber... *Er seufzt.*

DAS SÜSSE MÄDEL Das ist ja mein Bräutigam gewesen.

DER DICHTER Es wär' mir lieber, du würdest jetzt nicht an ihn denken.

DAS SÜSSE MÄDEL Geh... was machst denn... schau...

DER DICHTER Wir können uns jetzt auch vorstellen, daß wir in einem Schloß in Indien sind.

DAS SÜSSE MÄDEL Dort sind s' gewiß nicht so schlimm wie du.

DER DICHTER Wie blöd! Göttlich – Ah, wenn du ahntest, was du für mich bist...

DAS SÜSSE MÄDEL Na?

DER DICHTER Stoß mich doch nicht immer weg; ich tu' dir ja nichts – vorläufig.

DAS SÜSSE MÄDEL Du, das Mieder tut mir weh.

DER DICHTER *einfach* Zieh's aus.

DAS SÜSSE MÄDEL Ja. Aber du darfst deswegen nicht schlimm werden.

DER DICHTER Nein.

DAS SÜSSE MÄDEL *hat sich erhoben und zieht in der Dunkelheit ihr Mieder aus.*

DER DICHTER *der währenddessen auf dem Diwan sitzt* Sag, interessiert's dich denn gar nicht, wie ich mit dem Zunamen heiß'?

DAS SÜSSE MÄDEL Ja, wie heißt du denn?

DER DICHTER Ich werd' dir lieber nicht sagen, wie ich heiß', sondern wie ich mich nenne.

DAS SÜSSE MÄDEL Was ist denn da für ein Unterschied?

DER DICHTER Na, wie ich mich als Schriftsteller nenne.

DAS SÜSSE MÄDEL Ah, du schreibst nicht unter deinem wirklichen Namen?

DER DICHTER *nah zu ihr.*

DAS SÜSSE MÄDEL Ah... geh!... Nicht.

DER DICHTER Was einem da für ein Duft entgegensteigt. Wie süß. *Er küßt ihren Busen.*

DAS SÜSSE MÄDEL Du zerreißt ja mein Hemd.

DER DICHTER Weg... weg... alles das ist überflüssig.

DAS SÜSSE MÄDEL Aber Robert!

DER DICHTER Und jetzt komm in unser indisches Schloß.

DAS SÜSSE MÄDEL Sag mir zuerst, ob du mich wirklich liebhast.

DER DICHTER Aber ich bete dich ja an. *Küßt sie heiß* Ich bete dich ja an, mein Schatz, mein Frühling... mein...

DAS SÜSSE MÄDEL Robert... Robert...

— —

DER DICHTER Das war überirdische Seligkeit... Ich nenne mich...

DAS SÜSSE MÄDEL Robert, o mein Robert!

DER DICHTER Ich nenne mich Biebitz.

DAS SÜSSE MÄDEL Warum nennst du dich Biebitz?

DER DICHTER Ich heiße nicht Biebitz – ich nenne mich so... nun, kennst du den Namen vielleicht nicht?

DAS SÜSSE MÄDEL Nein.

DER DICHTER Du kennst den Namen Biebitz nicht? Ah – göttlich! Wirklich? Du sagst es nur, daß du ihn nicht kennst, nicht wahr?

DAS SÜSSE MÄDEL Meiner Seel', ich hab' ihn nie gehört!

DER DICHTER Gehst du denn nie ins Theater?

DAS SÜSSE MÄDEL O ja – ich war erst neulich mit einem – weißt, mit dem Onkel von meiner Freundin und meiner Freundin sind wir in der Oper gewesen bei der ›Cavalleria‹.

DER DICHTER Hm, also ins Burgtheater gehst du nie.

DAS SÜSSE MÄDEL Da krieg' ich nie Karten geschenkt.

DER DICHTER Ich werde dir nächstens eine Karte schicken.

DAS SÜSSE MÄDEL O ja! Aber nicht vergessen! Zu was Lustigem aber.

DER DICHTER Ja... lustig... zu was Traurigem willst du nicht gehn?

DAS SÜSSE MÄDEL Nicht gern.

DER DICHTER Auch wenn's ein Stück von mir ist?

DAS SÜSSE MÄDEL Geh – ein Stück von dir? Du schreibst fürs Theater?

DER DICHTER Erlaube, ich will nur Licht machen. Ich habe dich noch nicht gesehen, seit du meine Geliebte bist. – Engel! *Er zündet eine Kerze an.*

DAS SÜSSE MÄDEL Geh, ich schäm' mich ja. Gib mir wenigstens eine Decke.

DER DICHTER Später! *Er kommt mit dem Licht zu ihr, betrachtet sie lang.*

DAS SÜSSE MÄDEL *bedeckt ihr Gesicht mit den Händen* Geh, Robert!

DER DICHTER Du bist schön, du bist die Schönheit, du bist vielleicht sogar die Natur, du bist die heilige Einfalt.

DAS SÜSSE MÄDEL O weh, du tropfst mich ja an! Schau, was gibst denn nicht acht!

DER DICHTER *stellt die Kerze weg* Du bist das, was ich seit langem gesucht habe. Du liebst nur mich, du würdest mich auch lieben, wenn ich Schnittwarencommis wäre. Das tut wohl. Ich will dir gestehen, daß ich einen gewissen Verdacht bis zu diesem Moment nicht losgeworden bin. Sag ehrlich, hast du nicht geahnt, daß ich Biebitz bin?

DAS SÜSSE MÄDEL Aber geh, ich weiß gar nicht, was du von mir willst. Ich kenn' ja gar kein' Biebitz.

DER DICHTER Was ist der Ruhm! Nein, vergiß, was ich gesagt habe, vergiß sogar den Namen, den ich dir gesagt hab'. Robert bin ich und will ich für dich bleiben. Ich hab' auch nur gescherzt. *Leicht* Ich bin ja nicht Schriftsteller, ich bin Commis, und am Abend spiel' ich bei Volkssängern Klavier.

DAS SÜSSE MÄDEL Ja, jetzt kenn' ich mich aber nicht mehr aus... nein, und wie du einen nur anschaust. Ja, was ist denn, ja was hast denn?

DER DICHTER Es ist sehr sonderbar – was mir beinah noch nie passiert ist, mein Schatz, mir sind die Tränen nah. Du ergreifst mich tief. Wir wollen zusammenbleiben, ja? Wir werden einander sehr lieb haben.

DAS SÜSSE MÄDEL Du, ist das wahr mit den Volkssängern?

DER DICHTER Ja, aber frag nicht weiter. Wenn du mich liebhast, frag überhaupt nichts. Sag, kannst du dich auf ein paar Wochen ganz frei machen?

DAS SÜSSE MÄDEL Wieso ganz frei?

DER DICHTER Nun, vom Hause weg?

DAS SÜSSE MÄDEL Aber!! Wie kann ich das! Was möcht' die Mutter sagen? Und dann, ohne mich ging' ja alles schief zu Haus.

DER DICHTER Ich hatte es mir schön vorgestellt, mit dir zusammen, allein mit dir, irgendwo in der Einsamkeit draußen, im Wald, in der Natur ein paar Wochen zu leben. Natur ... in der Natur. Und dann, eines Tages adieu – voneinandergehen, ohne zu wissen, wohin.

DAS SÜSSE MÄDEL Jetzt red'st schon vom Adieusagen! Und ich hab' gemeint, daß du mich so gern hast.

DER DICHTER Gerade darum – *Beugt sich zu ihr und küßt sie auf die Stirn* Du süßes Geschöpf!

DAS SÜSSE MÄDEL Geh, halt mich fest, mir ist so kalt.

DER DICHTER Es wird Zeit sein, daß du dich ankleidest. Warte, ich zünde dir noch ein paar Kerzen an.

DAS SÜSSE MÄDEL *erhebt sich* Nicht herschauen.

DER DICHTER Nein. *Am Fenster* Sag mir, mein Kind, bist du glücklich?

DAS SÜSSE MÄDEL Wie meinst das?

DER DICHTER Ich mein' im allgemeinen, ob du glücklich bist?

DAS SÜSSE MÄDEL Es könnt' schon besser gehen.

DER DICHTER Du mißverstehst mich. Von deinen häuslichen Verhältnissen hast du mir ja schon genug erzählt. Ich weiß, daß du keine Prinzessin bist. Ich mein', wenn du von alledem absiehst, wenn du dich einfach leben spürst. Spürst du dich überhaupt leben?

DAS SÜSSE MÄDEL Geh, hast kein' Kamm?

DER DICHTER *geht zum Toilettetisch, gibt ihr den Kamm, betrachtet das süße Mädel* Herrgott, siehst du so entzückend aus!

DAS SÜSSE MÄDEL Na ... nicht!

DER DICHTER Geh, bleib noch da, bleib da, ich hol' was zum Nachtmahl und ...

DAS SÜSSE MÄDEL Aber es ist ja schon viel zu spät.

DER DICHTER Es ist noch nicht neun.

DAS SÜSSE MÄDEL Na, sei so gut, da muß ich mich aber tummeln.

DER DICHTER Wann werden wir uns denn wiedersehen?

DAS SÜSSE MÄDEL Na, wann willst mich denn wiedersehen?

DER DICHTER Morgen.

DAS SÜSSE MÄDEL Was ist denn morgen für ein Tag?

DER DICHTER Samstag.

DAS SÜSSE MÄDEL Oh, da kann ich nicht, da muß ich mit meiner kleinen Schwester zum Vormund.

DER DICHTER Also Sonntag... hm... Sonntag... am Sonntag... jetzt werd' ich dir was erklären. – Ich bin nicht Biebitz, aber Biebitz ist mein Freund. Ich werd' dir ihn einmal vorstellen. Aber Sonntag ist das Stück von Biebitz; ich werd' dir eine Karte schicken und werde dich dann vom Theater abholen. Du wirst mir sagen, wie dir das Stück gefallen hat; ja?

DAS SÜSSE MÄDEL Jetzt, die G'schicht' mit dem Biebitz – da bin ich schon ganz blöd'.

DER DICHTER Völlig werd' ich dich erst kennen, wenn ich weiß, was du bei diesem Stück empfunden hast.

DAS SÜSSE MÄDEL So... ich bin fertig.

DER DICHTER Komm, mein Schatz!

Sie gehen.

Der Dichter und die Schauspielerin

Ein Zimmer in einem Gasthof auf dem Land.
Es ist ein Frühlingsabend; über den Wiesen und Hügeln liegt der Mond; die Fenster stehen offen.
Große Stille.
Der Dichter und die Schauspielerin treten ein; wie sie hereintreten, verlöscht das Licht, das der Dichter in der Hand hält.

DICHTER Oh…

SCHAUSPIELERIN Was ist denn?

DICHTER Das Licht. – Aber wir brauchen keins. Schau, es ist ganz hell. Wunderbar!

SCHAUSPIELERIN *sinkt am Fenster plötzlich nieder, mit gefalteten Händen.*

DICHTER Was hast du denn?

SCHAUSPIELERIN *schweigt.*

DICHTER *zu ihr hin* Was machst du denn?

SCHAUSPIELERIN *empört* Siehst du nicht, daß ich bete? –

DICHTER Glaubst du an Gott?

SCHAUSPIELERIN Gewiß, ich bin ja kein blasser Schurke.

DICHTER Ach so!

SCHAUSPIELERIN Komm doch zu mir, knie dich neben mich hin. Kannst wirklich auch einmal beten. Wird dir keine Perle aus der Krone fallen.

DICHTER *kniet neben sie hin und umfaßt sie.*

SCHAUSPIELERIN Wüstling! – *Erhebt sich* Und weißt du auch, zu wem ich gebetet habe?

DICHTER Zu Gott, nehm' ich an.

SCHAUSPIELERIN *Großer Hohn* Jawohl! Zu dir hab' ich gebetet.

DICHTER Warum hast du denn da zum Fenster hinausgeschaut?

SCHAUSPIELERIN Sag mir lieber, wo du mich da hingeschleppt hast, Verführer!

DICHTER Aber Kind, das war ja deine Idee. Du wolltest ja aufs Land – und gerade hieher.

SCHAUSPIELERIN Nun, hab' ich nicht recht gehabt?

DICHTER Gewiß; es ist ja entzückend hier. Wenn man bedenkt, zwei Stunden von Wien – und die völlige Einsamkeit. Und was für eine Gegend!

SCHAUSPIELERIN Was? Da könntest du wohl mancherlei dichten, wenn du zufällig Talent hättest.

DICHTER Warst du hier schon einmal?

SCHAUSPIELERIN Ob ich hier schon war? Ha! Hier hab' ich jahrelang gelebt!

DICHTER Mit wem?

SCHAUSPIELERIN Nun, mit Fritz natürlich.

DICHTER Ach so!

SCHAUSPIELERIN Den Mann hab' ich wohl angebetet! –

DICHTER Das hast du mir bereits erzählt.

SCHAUSPIELERIN Ich bitte – ich kann auch wieder gehen, wenn ich dich langweile!

DICHTER Du mich langweilen?... Du ahnst ja gar nicht, was du für mich bedeutest... Du bist eine Welt für sich... Du bist das Göttliche, du bist das Genie... Du bist... Du bist eigentlich die heilige Einfalt... Ja, du... Aber du solltest jetzt nicht von Fritz reden.

SCHAUSPIELERIN Das war wohl eine Verirrung! Na! –

DICHTER Es ist schön, daß du das einsiehst.

SCHAUSPIELERIN Komm her, gib mir einen Kuß!

DICHTER *küßt sie.*

SCHAUSPIELERIN Jetzt wollen wir uns aber eine gute Nacht sagen! Leb wohl, mein Schatz!

DICHTER Wie meinst du das?

SCHAUSPIELERIN Nun, ich werde mich schlafen legen!

DICHTER Ja – das schon, aber was das gute Nacht Sagen anbelangt... Wo soll denn ich übernachten?

SCHAUSPIELERIN Es gibt gewiß noch viele Zimmer in diesem Haus.

DICHTER Die anderen haben aber keinen Reiz für mich. Jetzt werd' ich übrigens Licht machen, meinst du nicht?

SCHAUSPIELERIN Ja.

DICHTER *zündet das Licht an, das auf dem Nachtkästchen steht* Was für ein hübsches Zimmer... und fromm sind die Leute hier. Lauter Heiligenbilder... Es wäre interessant, eine Zeit unter diesen Menschen zu verbringen... doch eine andre Welt. Wir wissen eigentlich so wenig von den andern.

SCHAUSPIELERIN Rede keinen Stiefel und reiche mir lieber diese Tasche vom Tisch herüber.

DICHTER Hier, meine Einzige!

SCHAUSPIELERIN *nimmt aus dem Täschchen ein kleines, gerahmtes Bildchen, stellt es auf das Nachtkästchen.*

DICHTER Was ist das?

SCHAUSPIELERIN Das ist die Madonna.

DICHTER Die hast du immer mit?

SCHAUSPIELERIN Die ist doch mein Talisman. Und jetzt geh, Robert!

DICHTER Aber was sind das für Scherze? Soll ich dir nicht helfen?

SCHAUSPIELERIN Nein, du sollst jetzt gehn.

DICHTER Und wann soll ich wiederkommen?

SCHAUSPIELERIN In zehn Minuten.

DICHTER *küßt sie* Auf Wiedersehen!

SCHAUSPIELERIN Wo willst du denn hin?

DICHTER Ich werde vor dem Fenster auf und ab gehen. Ich liebe es sehr, nachts im Freien herumzuspazieren. Meine besten Gedanken kommen mir so. Und gar in deiner Nähe, von deiner Sehnsucht sozusagen umhaucht... in deiner Kunst webend.

SCHAUSPIELERIN Du redest wie ein Idiot...

DICHTER *schmerzlich* Es gibt Frauen, welche vielleicht sagen würden... wie ein Dichter.

SCHAUSPIELERIN Nun geh endlich. Aber fang mir kein Verhältnis mit der Kellnerin an. –

DICHTER *geht.*

SCHAUSPIELERIN *kleidet sich aus. Sie hört, wie der Dichter über die Holztreppe hinuntergeht, und hört jetzt seine Schritte unter dem*

Fenster. Sie geht, sobald sie ausgekleidet ist, zum Fenster, sieht hinunter, er steht da; sie ruft flüsternd hinunter Komm!

DICHTER *kommt rasch herauf; stürzt zu ihr, die sich unterdessen ins Bett gelegt und das Licht ausgelöscht hat; er sperrt ab.*

SCHAUSPIELERIN So, jetzt kannst du dich zu mir setzen und mir was erzählen.

DICHTER *setzt sich zu ihr aufs Bett* Soll ich nicht das Fenster schließen? Ist dir nicht kalt?

SCHAUSPIELERIN O nein!

DICHTER Was soll ich dir denn erzählen?

SCHAUSPIELERIN Nun, wem bist du in diesem Moment untreu?

DICHTER Ich bin es ja leider noch nicht.

SCHAUSPIELERIN Nun, tröste dich, ich betrüge auch jemanden.

DICHTER Das kann ich mir denken.

SCHAUSPIELERIN Und was glaubst du, wen?

DICHTER Ja, Kind, davon kann ich keine Ahnung haben.

SCHAUSPIELERIN Nun, rate.

DICHTER Warte... Na, deinen Direktor.

SCHAUSPIELERIN Mein Lieber, ich bin keine Choristin.

DICHTER Nun, ich dachte nur.

SCHAUSPIELERIN Rate noch einmal.

DICHTER Also du betrügst deinen Kollegen... Benno –

SCHAUSPIELERIN Ha! Der Mann liebt ja überhaupt keine Frauen... weißt du das nicht? Der Mann hat ja ein Verhältnis mit seinem Briefträger!

DICHTER Ist das möglich! –

SCHAUSPIELERIN So gib mir lieber einen Kuß!

DICHTER *umschlingt sie.*

SCHAUSPIELERIN Aber was tust du denn?

DICHTER So quäl mich doch nicht so.

SCHAUSPIELERIN Höre, Robert, ich werde dir einen Vorschlag machen. Leg dich zu mir ins Bett.

DICHTER Angenommen!

SCHAUSPIELERIN Komm schnell, komm schnell!

DICHTER Ja... wenn es nach mir gegangen wäre, wär' ich schon längst... Hörst du...

SCHAUSPIELERIN Was denn?

DICHTER Draußen zirpen die Grillen.

SCHAUSPIELERIN Du bist wohl wahnsinnig, mein Kind, hier gibt es ja keine Grillen.

DICHTER Aber du hörst sie doch.

SCHAUSPIELERIN Nun, so komm, endlich!

DICHTER Da bin ich. *Zu ihr.*

SCHAUSPIELERIN So, jetzt bleib schön ruhig liegen... Pst... nicht rühren.

DICHTER Ja, was fällt dir denn ein?

SCHAUSPIELERIN Du möchtest wohl gerne ein Verhältnis mit mir haben?

DICHTER Das dürfte dir doch bereits klar sein.

SCHAUSPIELERIN Nun, das möchte wohl mancher...

DICHTER Es ist aber doch nicht zu bezweifeln, daß in diesem Moment ich die meisten Chancen habe.

SCHAUSPIELERIN So komm, meine Grille! Ich werde dich von nun an Grille nennen.

DICHTER Schön...

SCHAUSPIELERIN Nun, wen betrüg' ich?

DICHTER Wen?... Vielleicht mich...

SCHAUSPIELERIN Mein Kind, du bist schwer gehirnleidend.

DICHTER Oder einen... den du selbst nie gesehen... einen, den du nicht kennst, einen – der für dich bestimmt ist und den du nie finden kannst...

SCHAUSPIELERIN Ich bitte dich, rede nicht so märchenhaft blöd.

DICHTER ... Ist es nicht sonderbar,... auch du – und man sollte doch glauben. – Aber nein, es hieße dir dein Bestes rauben, wollte man dir... komm, komm – – komm –

– –

SCHAUSPIELERIN Das ist doch schöner, als in blödsinnigen Stükken spielen... was meinst du?

DICHTER Nun, ich mein', es ist gut, daß du doch zuweilen in vernünftigen zu spielen hast.

SCHAUSPIELERIN Du arroganter Hund meinst gewiß wieder das deine?

DICHTER Jawohl!

SCHAUSPIELERIN *ernst* Das ist wohl ein herrliches Stück!

DICHTER Nun also!

SCHAUSPIELERIN Ja, du bist ein großes Genie, Robert!

DICHTER Bei dieser Gelegenheit könntest du mir übrigens sagen, warum du vorgestern abgesagt hast. Es hat dir doch absolut gar nichts gefehlt.

SCHAUSPIELERIN Nun, ich wollte dich ärgern.

DICHTER Ja, warum denn? Was hab' ich dir denn getan?

SCHAUSPIELERIN Arrogant bist du gewesen.

DICHTER Wieso?

SCHAUSPIELERIN Alle im Theater finden es.

DICHTER So.

SCHAUSPIELERIN Aber ich hab' ihnen gesagt: Der Mann hat wohl ein Recht, arrogant zu sein.

DICHTER Und was haben die anderen geantwortet?

SCHAUSPIELERIN Was sollen mir denn die Leute antworten? Ich rede ja mit keinem.

DICHTER Ach so.

SCHAUSPIELERIN Sie möchten mich am liebsten alle vergiften. Aber das wird ihnen nicht gelingen.

DICHTER Denke jetzt nicht an die anderen Menschen. Freue dich lieber, daß wir hier sind, und sage mir, daß du mich liebhast.

SCHAUSPIELERIN Verlangst du noch weitere Beweise?

DICHTER Bewiesen kann das überhaupt nicht werden.

SCHAUSPIELERIN Das ist aber großartig! Was willst du denn noch?

DICHTER Wie vielen hast du es schon auf diese Art beweisen wollen ... hast du alle geliebt?

SCHAUSPIELERIN O nein. Geliebt hab' ich nur einen.

DICHTER *umarmt sie* Mein ...

SCHAUSPIELERIN Fritz.

DICHTER Ich heiße Robert. Was bin denn ich für dich, wenn du jetzt an Fritz denkst?

SCHAUSPIELERIN Du bist eine Laune.

DICHTER Gut, daß ich es weiß.

SCHAUSPIELERIN Nun sag, bist du nicht stolz?

DICHTER Ja, weshalb soll ich denn stolz sein?

SCHAUSPIELERIN Ich denke, daß du wohl einen Grund dazu hast.

DICHTER Ach deswegen.

SCHAUSPIELERIN Jawohl, deswegen, meine blasse Grille! – Nun, wie ist das mit dem Zirpen? Zirpen sie noch?

DICHTER Ununterbrochen. Hörst du's denn nicht?

SCHAUSPIELERIN Freilich hör' ich. Aber das sind Frösche, mein Kind.

DICHTER Du irrst dich; die quaken.

SCHAUSPIELERIN Gewiß quaken sie.

DICHTER Aber nicht hier, mein Kind, hier wird gezirpt.

SCHAUSPIELERIN Du bist wohl das Eigensinnigste, was mir je untergekommen ist. Gib mir einen Kuß, mein Frosch!

DICHTER Bitte sehr, nenn mich nicht so. Das macht mich direkt nervös.

SCHAUSPIELERIN Nun, wie soll ich dich nennen?

DICHTER Ich hab' doch einen Namen: Robert.

SCHAUSPIELERIN Ach, das ist zu dumm.

DICHTER Ich bitte dich aber, mich einfach so zu nennen, wie ich heiße.

SCHAUSPIELERIN Also Robert, gib mir einen Kuß... Ah! *Sie küßt ihn* Bist du jetzt zufrieden, Frosch? Hahahaha.

DICHTER Würdest du mir erlauben, mir eine Zigarette anzuzünden?

SCHAUSPIELERIN Gib mir auch eine.

Er nimmt die Zigarettentasche vom Nachtkästchen, entnimmt ihr zwei Zigaretten, zündet beide an, gibt ihr eine.

SCHAUSPIELERIN Du hast mir übrigens noch kein Wort über meine gestrige Leistung gesagt.

DICHTER Über welche Leistung?

SCHAUSPIELERIN Nun.

DICHTER Ach so. Ich war nicht im Theater.

SCHAUSPIELERIN Du beliebst wohl zu scherzen.

DICHTER Durchaus nicht. Nachdem du vorgestern abgesagt hast, habe ich angenommen, daß du auch gestern noch nicht im Vollbesitze deiner Kräfte sein würdest, und da hab' ich lieber verzichtet.

SCHAUSPIELERIN Du hast wohl viel versäumt.

DICHTER So.

SCHAUSPIELERIN Es war sensationell. Die Menschen sind blaß geworden.

DICHTER Hast du das deutlich bemerkt?

SCHAUSPIELERIN Benno sagte: Kind, du hast gespielt wie eine Göttin.

DICHTER Hm!... Und vorgestern noch so krank.

SCHAUSPIELERIN Jawohl; ich war es auch. Und weißt du warum? Vor Sehnsucht nach dir.

DICHTER Früher hast du mir erzählt, du wolltest mich ärgern, und hast darum abgesagt.

SCHAUSPIELERIN Aber was weißt du von meiner Liebe zu dir. Dich läßt das ja alles kalt. Und ich bin schon nächtelang im Fieber gelegen. Vierzig Grad!

DICHTER Für eine Laune ist das ziemlich hoch.

SCHAUSPIELERIN Laune nennst du das? Ich sterbe vor Liebe zu dir, und du nennst es Laune –?!

DICHTER Und Fritz...?

SCHAUSPIELERIN Fritz?... Rede mir nicht von diesem Galeerensträfling! –

Die Schauspielerin und der Graf

Das Schlafzimmer der Schauspielerin. Sehr üppig eingerichtet. Es ist zwölf Uhr mittags; die Rouleaux sind noch heruntergelassen; auf dem Nachtkästchen brennt eine Kerze, die Schauspielerin liegt noch in ihrem Himmelbett. Auf der Decke liegen zahlreiche Zeitungen.
Der Graf tritt ein in der Uniform eines Dragonerrittmeisters. Er bleibt an der Tür stehen. –

SCHAUSPIELERIN Ah, Herr Graf.
GRAF Die Frau Mama hat mir erlaubt, sonst wär' ich nicht –
SCHAUSPIELERIN Bitte, treten Sie nur näher.
GRAF Küss' die Hand. Pardon – wenn man von der Straßen hereinkommt ... ich seh' nämlich noch rein gar nichts. So ... da wären wir ja *Am Bett*. Küss' die Hand.
SCHAUSPIELERIN Nehmen Sie Platz, Herr Graf.
GRAF Frau Mama sagte mir, Fräulein sind unpäßlich ... Wird doch hoffentlich nichts Ernstes sein.
SCHAUSPIELERIN Nichts Ernstes? Ich bin dem Tode nahe gewesen!
GRAF Um Gottes willen, wie ist denn das möglich?
SCHAUSPIELERIN Es ist jedenfalls sehr freundlich, daß Sie sich zu mir bemühen.
GRAF Dem Tode nahe! Und gestern abend haben Sie noch gespielt wie eine Göttin.
SCHAUSPIELERIN Es war wohl ein großer Triumph.
GRAF Kolossal! ... Die Leute waren auch alle hingerissen. Und von mir will ich gar nicht reden.
SCHAUSPIELERIN Ich danke für die schönen Blumen.
GRAF Aber bitt' Sie, Fräulein.
SCHAUSPIELERIN *mit den Augen auf einen großen Blumenkorb weisend, der auf einem kleinen Tischchen am Fenster steht* Hier stehen sie.
GRAF Sie sind gestern förmlich überschüttet worden mit Blumen und Kränzen.

SCHAUSPIELERIN Das liegt noch alles in meiner Garderobe. Nur Ihren Korb habe ich mit nach Hause gebracht.

GRAF *küßt ihr die Hand* Das ist lieb von Ihnen.

SCHAUSPIELERIN *nimmt die seine plötzlich und küßt sie.*

GRAF Aber Fräulein.

SCHAUSPIELERIN Erschrecken Sie nicht, Herr Graf, das verpflichtet Sie zu gar nichts.

GRAF Sie sind ein sonderbares Wesen... rätselhaft könnte man fast sagen. – *Pause.*

SCHAUSPIELERIN Das Fräulein Birken ist wohl leichter aufzulösen.

GRAF Ja, die kleine Birken ist kein Problem, obzwar... ich kenne sie ja auch nur oberflächlich.

SCHAUSPIELERIN Ha!

GRAF Sie können mir's glauben. Aber Sie sind ein Problem. Danach hab' ich immer Sehnsucht gehabt. Es ist mir eigentlich ein großer Genuß entgangen, dadurch, daß ich Sie gestern... das erste Mal spielen gesehen habe.

SCHAUSPIELERIN Ist das möglich?

GRAF Ja. Schauen Sie, Fräulein, es ist so schwer mit dem Theater. Ich bin gewöhnt, spät zu dinieren... also wenn man dann hinkommt, ist's Beste vorbei. Ist's nicht wahr?

SCHAUSPIELERIN So werden Sie eben von jetzt an früher essen.

GRAF Ja, ich hab' auch schon daran gedacht. Oder gar nicht. Es ist ja wirklich kein Vergnügen, das Dinieren.

SCHAUSPIELERIN Was kennen Sie jugendlicher Greis eigentlich noch für ein Vergnügen?

GRAF Das frag' ich mich selber manchmal! Aber ein Greis bin ich nicht. Es muß einen anderen Grund haben.

SCHAUSPIELERIN Glauben Sie?

GRAF Ja. Der Lulu sagt beispielsweise, ich bin ein Philosoph. Wissen Sie, Fräulein, er meint, ich denk' zu viel nach.

SCHAUSPIELERIN Ja... denken, das ist das Unglück.

GRAF Ich hab' zu viel Zeit, drum denk' ich nach. Bitt' Sie, Fräulein, schauen S', ich hab' mir gedacht, wenn s' mich nach Wien transferieren, wird's besser. Da gibt's Zerstreuung, Anregung. Aber es ist im Grund doch nicht anders als da oben.

SCHAUSPIELERIN Wo ist denn das da oben?

GRAF Na, da unten, wissen S', Fräulein, in Ungarn, in die Nester, wo ich meistens in Garnison war.

SCHAUSPIELERIN Ja, was haben Sie denn in Ungarn gemacht?

GRAF Na, wie ich sag', Fräulein, Dienst.

SCHAUSPIELERIN Ja, warum sind Sie denn so lang in Ungarn geblieben?

GRAF Ja, das kommt so.

SCHAUSPIELERIN Da muß man ja wahnsinnig werden.

GRAF Warum denn? Zu tun hat man eigentlich mehr wie da. Wissen S', Fräulein, Rekruten ausbilden, Remonten reiten... und dann ist's nicht so arg mit der Gegend, wie man sagt. Es ist schon ganz was Schönes, die Tiefebene – und so ein Sonnenuntergang, es ist schade, daß ich kein Maler bin, ich hab' mir manchmal gedacht, wenn ich ein Maler wär', tät' ich's malen. Einen haben wir gehabt beim Regiment, einen jungen Splany, der hat's können. – Aber was erzähl' ich Ihnen da für fade G'schichten, Fräulein.

SCHAUSPIELERIN O bitte, ich amüsiere mich königlich.

GRAF Wissen S', Fräulein, mit Ihnen kann man plaudern, das hat mir der Lulu schon g'sagt, und das ist's, was man selten find't.

SCHAUSPIELERIN Nun freilich, in Ungarn.

GRAF Aber in Wien grad so! Die Menschen sind überall dieselben; da wo mehr sind, ist halt das Gedräng' größer, das ist der ganze Unterschied. Sagen S', Fräulein, haben Sie die Menschen eigentlich gern?

SCHAUSPIELERIN Gern – ?? Ich hasse sie! Ich kann keine sehn! Ich seh' auch nie jemanden. Ich bin immer allein, dieses Haus betritt niemand.

GRAF Sehn S', das hab' ich mir gedacht, daß Sie eigentlich eine Menschenfeindin sind. Bei der Kunst muß das oft vorkommen. Wenn man so in den höheren Regionen ... na, Sie haben 's gut, Sie wissen doch wenigstens, warum Sie leben!

SCHAUSPIELERIN Wer sagt Ihnen das? Ich habe keine Ahnung, wozu ich lebe!

GRAF Ich bitt' Sie, Fräulein – berühmt – gefeiert –

SCHAUSPIELERIN Ist das vielleicht ein Glück?

GRAF Glück? Bitt' Sie, Fräulein, Glück gibt's nicht. Überhaupt gerade die Sachen, von denen am meisten g'red't wird, gibt's nicht... z. B. Liebe. Das ist auch so was.

SCHAUSPIELERIN Da haben Sie wohl recht.

GRAF Genuß... Rausch... also gut, da läßt sich nichts sagen... das ist was Sicheres. Jetzt genieße ich... gut, weiß ich, ich genieß'. Oder ich bin berauscht, schön. Das ist auch sicher. Und ist's vorbei, so ist es halt vorbei.

SCHAUSPIELERIN *groß* Es ist vorbei!

GRAF Aber sobald man sich nicht, wie soll ich mich denn ausdrücken, sobald man sich nicht dem Moment hingibt, also an später denkt oder an früher... na, ist es doch gleich aus. Später... ist traurig... früher ist ungewiß... mit einem Wort... man wird nur konfus. Hab' ich nicht recht?

SCHAUSPIELERIN *nickt mit großen Augen* Sie haben wohl den Sinn erfaßt.

GRAF Und sehen S', Fräulein, wenn einem das einmal klar geworden ist, ist's ganz egal, ob man in Wien lebt oder in der Pußta oder in Steinamanger. Schaun S' zum Beispiel... wo darf ich denn die Kappen hinlegen? So, ich dank' schön... wovon haben wir denn nur gesprochen?

SCHAUSPIELERIN Von Steinamanger.

GRAF Richtig. Also wie ich sag', der Unterschied ist nicht groß. Ob ich am Abend im Kasino sitz' oder im Klub, ist doch alles eins.

SCHAUSPIELERIN Und wie verhält sich denn das mit der Liebe?

GRAF Wenn man dran glaubt, ist immer eine da, die einen gern hat.

SCHAUSPIELERIN Zum Beispiel das Fräulein Birken.

GRAF Ich weiß wirklich nicht, Fräulein, warum Sie immer auf die kleine Birken zu reden kommen.

SCHAUSPIELERIN Das ist doch Ihre Geliebte.
GRAF Wer sagt denn das?
SCHAUSPIELERIN Jeder Mensch weiß das.
GRAF Nur ich nicht, es ist merkwürdig.
SCHAUSPIELERIN Sie haben doch ihretwegen ein Duell gehabt!
GRAF Vielleicht bin ich sogar totgeschossen worden und hab's gar nicht bemerkt.
SCHAUSPIELERIN Nun, Herr Graf, Sie sind ein Ehrenmann. Setzen Sie sich näher.
GRAF Bin so frei.
SCHAUSPIELERIN Hierher. *Sie zieht ihn an sich, fährt ihm mit der Hand durch die Haare* Ich hab' gewußt, daß Sie heute kommen werden!
GRAF Wieso denn?
SCHAUSPIELERIN Ich hab' es bereits gestern im Theater gewußt.
GRAF Haben Sie mich denn von der Bühne aus gesehen?
SCHAUSPIELERIN Aber Mann! Haben Sie denn nicht bemerkt, daß ich nur für Sie spiele?
GRAF Wie ist das denn möglich?
SCHAUSPIELERIN Ich bin ja so geflogen, wie ich Sie in der ersten Reihe sitzen sah!
GRAF Geflogen? Meinetwegen? Ich hab' keine Ahnung gehabt, daß Sie mich bemerken!
SCHAUSPIELERIN Sie können einen auch mit Ihrer Vornehmheit zur Verzweiflung bringen.
GRAF Ja, Fräulein...
SCHAUSPIELERIN »Ja, Fräulein«!... So schnallen Sie doch wenigstens Ihren Säbel ab!
GRAF Wenn es erlaubt ist. *Schnallt ihn ab, lehnt ihn ans Bett.*
SCHAUSPIELERIN Und gib mir endlich einen Kuß.
GRAF *küßt sie, sie läßt ihn nicht los.*
SCHAUSPIELERIN Dich hätte ich auch lieber nie erblicken sollen.
GRAF Es ist doch besser so –

SCHAUSPIELERIN Herr Graf, Sie sind ein Poseur!

GRAF Ich – warum denn?

SCHAUSPIELERIN Was glauben Sie, wie glücklich wär' mancher, wenn er an Ihrer Stelle sein dürfte!

GRAF Ich bin sehr glücklich.

SCHAUSPIELERIN Nun, ich dachte, es gibt kein Glück. Wie schaust du mich denn an? Ich glaube, Sie haben Angst vor mir, Herr Graf!

GRAF Ich sag's ja, Fräulein, Sie sind ein Problem.

SCHAUSPIELERIN Ach, laß du mich in Frieden mit der Philosophie... komm zu mir. Und jetzt bitt' mich um irgendwas... du kannst alles haben, was du willst. Du bist zu schön.

GRAF Also, ich bitte um die Erlaubnis, *Ihre Hand küssend* daß ich heute abends wiederkommen darf.

SCHAUSPIELERIN Heut abend... ich spiele ja.

GRAF Nach dem Theater.

SCHAUSPIELERIN Um was anderes bittest du nicht?

GRAF Um alles andere werde ich nach dem Theater bitten.

SCHAUSPIELERIN *verletzt* Da kannst du lange bitten, du elender Poseur.

GRAF Ja, schauen Sie, oder schau, wir sind doch bis jetzt so aufrichtig miteinander gewesen... Ich fände das alles viel schöner am Abend nach dem Theater... gemütlicher als jetzt, wo... ich hab' immer so die Empfindung, als könnte die Tür aufgehn...

SCHAUSPIELERIN Die geht nicht von außen auf.

GRAF Schau, ich find', man soll sich nicht leichtsinnig von vornherein was verderben, was möglicherweise sehr schön sein könnte.

SCHAUSPIELERIN Möglicherweise!...

GRAF In der Früh, wenn ich die Wahrheit sagen soll, find' ich die Liebe gräßlich.

SCHAUSPIELERIN Nun – du bist wohl das Irrsinnigste, was mir je vorgekommen ist!

GRAF Ich red' ja nicht von beliebigen Frauenzimmern...

schließlich im allgemeinen ist's ja egal. Aber Frauen wie du... nein, du kannst mich hundertmal einen Narren heißen. Aber Frauen wie du... nimmt man nicht vor dem Frühstück zu sich. Und so... weißt... so...

SCHAUSPIELERIN Gott, was bist du süß!

GRAF Siehst du das ein, was ich g'sagt hab', nicht wahr. Ich stell' mir das so vor –

SCHAUSPIELERIN Nun, wie stellst du dir das vor?

GRAF Ich denk' mir... ich wart' nach dem Theater auf dich in ein' Wagen, dann fahren wir zusammen also irgendwohin soupieren –

SCHAUSPIELERIN Ich bin nicht das Fräulein Birken.

GRAF Das hab' ich ja nicht gesagt. Ich find' nur, zu allem g'hört Stimmung. Ich komm' immer erst beim Souper in Stimmung. Das ist dann das Schönste, wenn man so vom Souper zusamm' nach Haus fahrt, dann...

SCHAUSPIELERIN Was ist dann?

GRAF Also dann... liegt das in der Entwicklung der Dinge.

SCHAUSPIELERIN Setz dich doch näher. Näher.

GRAF *sich aufs Bett setzend* Ich muß schon sagen, aus den Polstern kommt so ein... Reseda ist das – nicht?

SCHAUSPIELERIN Es ist sehr heiß hier, findest du nicht?

GRAF *neigt sich und küßt ihren Hals.*

SCHAUSPIELERIN Oh, Herr Graf, das ist ja gegen Ihr Programm.

GRAF Wer sagt denn das? Ich hab' kein Programm.

SCHAUSPIELERIN *zieht ihn an sich.*

GRAF Es ist wirklich heiß.

SCHAUSPIELERIN Findest du? Und so dunkel, wie wenn's Abend wär'... *Reißt ihn an sich* Es ist Abend... es ist Nacht... Mach die Augen zu, wenn's dir zu licht ist. Komm!... Komm!...

GRAF *wehrt sich nicht mehr.*

– –

SCHAUSPIELERIN Nun, wie ist das jetzt mit der Stimmung, du Poseur?

GRAF Du bist ein kleiner Teufel.

SCHAUSPIELERIN Was ist das für ein Ausdruck?

GRAF Na, also ein Engel.

SCHAUSPIELERIN Und du hättest Schauspieler werden sollen! Wahrhaftig! Du kennst die Frauen! Und weißt du, was ich jetzt tun werde?

GRAF Nun?

SCHAUSPIELERIN Ich werde dir sagen, daß ich dich nie wiedersehen will.

GRAF Warum denn?

SCHAUSPIELERIN Nein, nein. Du bist mir zu gefährlich! Du machst ja ein Weib toll. Jetzt stehst du plötzlich vor mir, als wär' nichts geschehn.

GRAF Aber...

SCHAUSPIELERIN Ich bitte sich zu erinnern, Herr Graf, ich bin soeben Ihre Geliebte gewesen.

GRAF Ich werd's nie vergessen!

SCHAUSPIELERIN Und wie ist das mit heute abend?

GRAF Wie meinst du das?

SCHAUSPIELERIN Nun – du wolltest mich ja nach dem Theater erwarten?

GRAF Ja, also gut, zum Beispiel übermorgen.

SCHAUSPIELERIN Was heißt das, übermorgen? Es war doch von heute die Rede.

GRAF Das hätte keinen rechten Sinn.

SCHAUSPIELERIN Du Greis!

GRAF Du verstehst mich nicht recht. Ich mein' das mehr, was, wie soll ich mich ausdrücken, was die Seele anbelangt.

SCHAUSPIELERIN Was geht mich deine Seele an?

GRAF Glaub mir, sie gehört mit dazu. Ich halte das für eine falsche Ansicht, daß man das so voneinander trennen kann.

SCHAUSPIELERIN Laß mich mit deiner Philosophie in Frieden. Wenn ich das haben will, lese ich Bücher.

GRAF Aus Büchern lernt man ja doch nie.

SCHAUSPIELERIN Das ist wohl wahr! Drum sollst du mich heut abend erwarten. Wegen der Seele werden wir uns schon einigen, du Schurke!

GRAF Also wenn du erlaubst, so werde ich mit meinem Wagen...

SCHAUSPIELERIN Hier in meiner Wohnung wirst du mich erwarten –

GRAF ... Nach dem Theater.

SCHAUSPIELERIN Natürlich.

Er schnallt den Säbel um.

SCHAUSPIELERIN Was machst du denn da?

GRAF Ich denke, es ist Zeit, daß ich geh'. Für einen Anstandsbesuch bin ich doch eigentlich schon ein bissel lang geblieben.

SCHAUSPIELERIN Nun, heut abend soll es kein Anstandsbesuch werden.

GRAF Glaubst du?

SCHAUSPIELERIN Dafür laß nur mich sorgen. Und jetzt gib mir noch einen Kuß, mein kleiner Philosoph. So, du Verführer, du... süßes Kind, du Seelenverkäufer, du Iltis... du... *Nachdem sie ihn ein paarmal heftig geküßt, stößt sie ihn heftig von sich* Herr Graf, es war mir eine große Ehre!

GRAF Ich küss' die Hand, Fräulein! *Bei der Tür* Auf Wiederschaun.

SCHAUSPIELERIN Adieu, Steinamanger!

Morgen, gegen sechs Uhr.
Ein ärmliches Zimmer; einfenstrig, die gelblich-schmutzigen Rouletten sind heruntergelassen. Verschlissene grünliche Vorhänge. Eine Kommode, auf der ein paar Photographien stehen und ein auffallend geschmackloser, billiger Damenhut liegt. Hinter dem Spiegel billige japanische Fächer. Auf dem Tisch, der mit einem rötlichen Schutztuch überzogen ist, steht eine Petroleumlampe, die schwach brenzlich brennt; papierener, gelber Lampenschirm, daneben ein Krug, in dem ein Rest von Bier ist, und ein halb geleertes Glas. Auf dem Boden neben dem Bett liegen unordentlich Frauenkleider, als wenn sie eben rasch abgeworfen worden wären. Im Bett liegt schlafend die Dirne; sie atmet ruhig. – Auf dem Diwan, völlig angekleidet, liegt der Graf, im Drapp-Überzieher; der Hut liegt zu Häupten des Diwans auf dem Boden.

GRAF *bewegt sich, reibt die Augen, erhebt sich rasch, bleibt sitzen, schaut um sich* Ja, wie bin ich denn... Ah so... Also bin ich richtig mit dem Frauenzimmer nach Haus... *Er steht rasch auf, sieht ihr Bett* Da liegt s' ja... Was einem noch alles in meinem Alter passieren kann. Ich hab' keine Idee, haben s' mich da heraufgetragen? Nein... ich hab' ja gesehn – ich komm in das Zimmer... ja... da bin ich noch wach gewesen oder wach 'worden... oder... oder ist vielleicht nur, daß mich das Zimmer an was erinnert?... Meiner Seel', na ja... gestern hab' ich's halt g'sehn... *Sieht auf die Uhr* was! gestern, vor ein paar Stunden – Aber ich hab's g'wußt, daß was passieren muß... ich hab's g'spürt... wie ich ang'fangen hab' zu trinken gestern, hab' ich's g'spürt, daß... Und was ist denn passiert?... Also nichts... Oder ist was...? Meiner Seel... seit... also seit zehn Jahren ist mir so was nicht vor'kommen, daß ich nicht weiß... Also kurz und gut, ich war halt b'soffen. Wenn ich nur wüßt', von wann an... Also, das weiß ich noch ganz genau, wie ich in das Hurenkaffeehaus hinein bin mit dem Lulu und ... nein, nein ... vom Sacher sind wir ja noch weg'gangen ... und dann auf dem Weg ist schon ... Ja richtig, ich bin ja in meinem Wagen g'fahren mit'm Lulu ... Was zerbrich ich mir denn viel den Kopf. Ist ja egal. Schaun wir, daß wir weiterkommen. *Steht auf. Die Lampe wackelt* Oh! *Sieht auf die Schlafende* Die hat halt einen g'sunden Schlaf. Ich weiß zwar von gar nix – aber ich werd' ihr 's Geld aufs Nachtkastel legen ... und Servus ... *Er steht vor ihr, sieht sie lange an* Wenn man nicht wüßt', was sie ist! *Betrachtet sie lang* Ich hab' viel 'kennt, die haben nicht einmal im Schlafen so tugendhaft ausg'sehn. Meiner Seel' ... also der Lulu möcht' wieder sagen, ich philosophier', aber es ist wahr, der Schlaf macht auch schon gleich, kommt mir vor; – wie der Herr Bruder, also der Tod ... Hm, ich möcht' nur wissen, ob ... Nein, daran müßt' ich mich ja erinnern ... Nein, nein, ich bin gleich da auf den Diwan herg'fallen ... und nichts is g'schehn ... Es ist unglaublich, wie sich manchmal alle Weiber ähnlich schauen ... Na gehn wir. *Er will gehen* Ja richtig. *Er nimmt die Brieftasche und ist eben daran eine Banknote herauszunehmen.*

DIRNE *wacht auf* Na ... wer ist denn in aller Früh –? *Erkennt ihn* Servus, Bubi!

GRAF Guten Morgen. Hast gut g'schlafen?

DIRNE *reckt sich* Ah, komm her. Pussi geben.

GRAF *beugt sich zu ihr herab, besinnt sich, wieder fort* Ich hab' grad fortgehen wollen ...

DIRNE Fortgehn?

GRAF Es ist wirklich die höchste Zeit.

DIRNE So willst du fortgehn?

GRAF *fast verlegen* So ...

DIRNE Na, Servus; kommst halt ein anderes Mal.

GRAF Ja, grüß' dich Gott. Na, willst nicht das Handerl geben?

DIRNE *gibt die Hand aus der Decke hervor.*

GRAF *nimmt die Hand und küßt sie mechanisch, bemerkt es, lacht* Wie einer Prinzessin. Übrigens, wenn man nur ...

DIRNE Was schaust mich denn so an?

GRAF Wenn man nur das Kopferl sieht, wie jetzt ... beim Aufwachen sieht doch eine jede unschuldig aus... meiner Seel', alles mögliche könnt' man sich einbilden, wenn's nicht so nach Petroleum stinken möcht'...

DIRNE Ja, mit der Lampen ist immer ein G'frett.

GRAF Wie alt bist denn eigentlich?

DIRNE Na, was glaubst?

GRAF Vierundzwanzig.

DIRNE Ja freilich.

GRAF Bist schon älter?

DIRNE Ins zwanzigste geh' i.

GRAF Und wie lang bist du schon...

DIRNE Bei dem G'schäft bin i ein Jahr!

GRAF Da hast du aber früh ang'fangen.

DIRNE Besser zu früh als zu spät.

GRAF *setzt sich aufs Bett* Sag mir einmal, bist du eigentlich glücklich?

DIRNE Was?

GRAF Also ich mein', geht's dir gut?

DIRNE Oh, mir geht's alleweil gut.

GRAF So... Sag, ist dir noch nie eing'fallen, daß du was anderes werden könntest?

DIRNE Was soll i denn werden?

GRAF Also... Du bist doch wirklich ein hübsches Mädel. Du könntest doch z. B. einen Geliebten haben.

DIRNE Meinst vielleicht, ich hab' kein?

GRAF Ja, das weiß ich – ich mein' aber einen, weißt e i n e n, der dich aushalt, daß du nicht mit einem jeden zu gehn brauchst.

DIRNE I geh' auch nicht mit ein' jeden. Gott sei Dank, das hab' i net notwendig, ich such' mir s' schon aus.

GRAF *sieht sich im Zimmer um.*

DIRNE *bemerkt das* Im nächsten Monat ziehn wir in die Stadt, in die Spiegelgasse.

GRAF Wir? Wer denn?

DIRNE Na, die Frau, und die paar anderen Mädeln, die noch da wohnen.

GRAF Da wohnen noch solche –

DIRNE Da daneben ... hörst net ... das ist die Milli, die auch im Kaffeehaus g'wesen ist.

GRAF Da schnarcht wer.

DIRNE Das ist schon die Milli, die schnarcht jetzt weiter 'n ganzen Tag bis um zehn auf d' Nacht. Dann steht s' auf und geht ins Kaffeehaus.

GRAF Das ist doch ein schauderhaftes Leben.

DIRNE Freilich. Die Frau gift' sich auch genug. Ich bin schon um zwölfe Mittag immer auf der Gassen.

GRAF Was machst denn um zwölf auf der Gassen?

DIRNE Was werd' ich denn machen? Auf den Strich geh' ich halt.

GRAF Ah so ... natürlich ... *Steht auf, nimmt die Brieftasche heraus, legt ihr eine Banknote auf das Nachtkastel* Adieu!

DIRNE Gehst schon ... Servus ... Komm bald wieder. *Legt sich auf die Seite.*

GRAF *bleibt wieder stehen* Du, sag einmal, dir ist schon alles egal – was?

DIRNE Was?

GRAF Ich mein', dir macht's gar keine Freud' mehr.

DIRNE *gähnt* Ein' Schlaf hab' ich.

GRAF Dir ist alles eins, ob einer jung ist oder alt, oder ob einer ...

DIRNE Was fragst denn?

GRAF ... Also *Plötzlich auf etwas kommend* meiner Seel', jetzt weiß ich, an wen du mich erinnerst, das ist ...

DIRNE Schau i wem gleich?

GRAF Unglaublich, unglaublich, jetzt bitt' ich dich aber sehr, red gar nichts, eine Minute wenigstens ... *Schaut sie an* ganz dasselbe G'sicht, ganz dasselbe G'sicht. *Er küßt sie plötzlich auf die Augen.*

DIRNE Na ...

GRAF Meiner Seel', es ist schad', daß du ... nichts andres bist ... Du könnt'st ja dein Glück machen!

DIRNE Du bist grad wie der Franz.

GRAF Wer ist Franz?

DIRNE Na, der Kellner von unserm Kaffeehaus...

GRAF Wieso bin ich grad so wie der Franz?

DIRNE Der sagt auch alleweil, ich könnt' mein Glück machen, und ich soll ihn heiraten.

GRAF Warum tust du's nicht?

DIRNE Ich dank' schön... ich möcht' nicht heiraten, nein, um keinen Preis. Später einmal vielleicht.

GRAF Die Augen... ganz die Augen... Der Lulu möcht' sicher sagen, ich bin ein Narr – aber ich will dir noch einmal die Augen küssen... so... und jetzt grüß' dich Gott, jetzt geh' ich.

DIRNE Servus...

GRAF *bei der Tür* Du... sag... wundert dich das gar nicht...

DIRNE Was denn?

GRAF Daß ich nichts von dir will.

DIRNE Es gibt viel Männer, die in der Früh nicht aufgelegt sind.

GRAF Na ja... *Für sich* Zu dumm, daß ich will, sie soll sich wundern... Also Servus... *Er ist bei der Tür* Eigentlich ärger' ich mich. Ich weiß doch, daß es solchen Frauenzimmern nur aufs Geld ankommt... was sag' ich – solchen... es ist schön... daß sie sich wenigstens nicht verstellt, das sollte einen eher freuen... Du – weißt, ich komm nächstens wieder zu dir.

DIRNE *mit geschlossenen Augen* Gut.

GRAF Wann bist du immer zu Haus?

DIRNE Ich bin immer zu Haus. Brauchst nur nach der Leocadia zu fragen.

GRAF Leocadia... Schön – Also grüß' dich Gott. *Bei der Tür* Ich hab' doch noch immer den Wein im Kopf. Also das ist doch das Höchste... ich bin bei so einer und hab' nichts getan, als ihr die Augen geküßt, weil sie mich an wen erinnert hat... *Wendet sich zu ihr* Du, Leocadie, passiert dir das öfter, daß man so weggeht von dir?

DIRNE Wie denn?

GRAF So wie ich?

DIRNE In der Früh?

GRAF Nein... ob schon manchmal wer bei dir war – und nichts von dir wollen hat?

DIRNE Nein, das ist mir noch nie g'schehn.

GRAF Also, was meinst denn? Glaubst, du g'fallst mir nicht?

DIRNE Warum soll ich dir denn nicht g'fallen? Bei der Nacht hab' ich dir schon g'fallen.

GRAF Du g'fallst mir auch jetzt.

DIRNE Aber bei der Nacht hab' ich dir besser g'fallen.

GRAF Warum glaubst du das?

DIRNE Na, was fragst denn so dumm?

GRAF Bei der Nacht... ja, sag, bin ich denn nicht gleich am Diwan hing'fallen?

DIRNE Na freilich... mit mir zusammen.

GRAF Mit dir?

DIRNE Ja, weißt denn du das nimmer?

GRAF Ich hab'... wir sind zusammen... ja...

DIRNE Aber gleich bist eing'schlafen.

GRAF Gleich bin ich... So... Also so war das!...

DIRNE Ja, Bubi. Du mußt aber ein' ordentlichen Rausch g'habt haben, daß dich nimmer erinnerst.

GRAF So... – Und doch... es ist eine entfernte Ähnlichkeit... Servus... *Lauscht* Was ist denn los?

DIRNE Das Stubenmäd'l ist schon auf. Geh, gib ihr was beim Hinausgehn. Das Tor ist auch offen, ersparst den Hausmeister.

GRAF Ja. *Im Vorzimmer* Also... Es wär' doch schön gewesen, wenn ich sie nur auf die Augen geküßt hätt'. Das wäre beinahe ein Abenteuer gewesen... Es war mir halt nicht bestimmt. *Das Stubenmädel steht da, öffnet die Tür* Ah – da haben S'... Gute Nacht. –

STUBENMÄDCHEN Guten Morgen.

GRAF Ja freilich... guten Morgen... guten Morgen.

Das Vermächtnis

Schauspiel in drei Akten

Personen

ADOLF LOSATTI, *Professor der Nationalökonomie und Abgeordneter*

BETTY, *geb.* WINTER, *seine Frau*

HUGO, *Doktor juris, 26 Jahre* } *deren Kinder*

FRANZISKA, *20 Jahre* } *deren Kinder*

LULU, *13 Jahre alt* } *deren Kinder*

EMMA WINTER, *Witwe nach Bettys verstorbenem Bruder, 36 Jahre alt*

AGNES, *ihre Tochter, 17 Jahre alt*

TONI WEBER, *22 Jahre alt*

FRANZ, *ihr Kind, 4 Jahre alt*

DOKTOR FERDINAND SCHMIDT, *Arzt*

GUSTAV BRANDER, *Ministerialkonzipist*

EIN ARZT

EIN FREMDER MANN

EIN STUBENMÄDCHEN

Wien – Gegenwart [1899]

Hugos Zimmer.

Im ganzen dunkel gehalten, mit Eleganz und mit einem – nicht allzu stark – aufs Sportliche gerichteten Geschmack ausgestattet. – Zwei Fenster rückwärts; die Läden halb geschlossen; die Nachmittagssonne fällt durch die Spalten herein. Rechts zwei Türen, links eine Tür. Gegen die linke Ecke gerückt, aber mehr der Mitte der Bühne zu, ein sehr breiter Schlafdiwan, der mit einem schweren persischen Teppich überdeckt ist. Rechts ein Schreibtisch, gleich daneben eine Etagere, dahinter ein Paravent mit zahlreichen Photographien. Zwischen den Fenstern Jagdtrophäen. Links an der Wand neben der Tür ein Stand mit Flinten. In der Ecke links ein Schrank. Wie der Vorhang aufgeht, bleibt die Szene einen Augenblick leer.

GUSTAV *tritt rechts ein* Servus, Hugo!... Hugo!... *Sieht sich um, spricht an der Tür* Er ist ja nicht da! – *Will wieder ab.*

LULU *von links* Ah, der Gustav? Grüß' dich Gott!

GUSTAV Servus, Zwerg. Wo ist denn der Hugo?

LULU Der ist schon eine Stunde lang fort.

GUSTAV Ich hab' mir's gedacht. Warum sagt mir denn euer Stubenmädchen, daß er zu Hause ist?

LULU Die weiß ja nie was. Willst du nicht weiterspazieren? Die Mama wird sich gewiß sehr freuen.

GUSTAV *lächelnd* Wie ein Großer! – Aber ich kann leider nicht weiterspazieren, der Misotzki wartet im Wagen.

LULU Laß ihn warten!

GUSTAV Das geht nicht. Es scheint übrigens große Gesellschaft bei euch zu sein?

LULU Große Gesellschaft – bei uns! – Du machst dich lustig, was? –

GUSTAV Am Fenster habe ich jedenfalls mehrere Köpfe gesehen?

LULU Es ist niemand zu Hause als die Mama und die Franzi; und die Tante Emma und die Agnes sind natürlich da.

GUSTAV Und die Bibers?

LULU Die Bibermädeln mit der Alten sind schon fortgegangen. Die waren auch da und haben sich die Menschen angeschaut, die vom Rennen zurückkommen.

GUSTAV So ein Mensch bin ich auch.

LULU Wie ist's dir denn heut gegangen? Hast du viel gewonnen?

GUSTAV Möchtest mich anpumpen, was? – Umsonst! Na, Servus! Empfiehl mich den Damen, und den Hugo lass' ich grüßen.

LULU Kann ich ihm nichts ausrichten? Soll er irgendwohin kommen? Mir kannst du's schon sagen. Wir sind sehr intim, der Hugo und ich.

FRAU BETTY LOSATTI *von links.*

GUSTAV Küss' die Hand, gnädige Frau.

BETTY Ah, Sie sind's, Gustav? Geh, Lulu, warum führst du den Herrn Brander nicht weiter?

LULU Der Herr Brander hat nicht wollen.

GUSTAV *lächelnd* Du bist ein –! Nein, gnädige Frau... ich will wirklich nicht stören, ich hätte nur dem Hugo ein Wort zu sagen gehabt.

BETTY Der Hugo ist in den Prater geritten – aber ich glaube, er muß bald wieder da sein. Wollen Sie nicht vielleicht so lange warten?

GUSTAV Ich bedaure wirklich sehr, gnädige Frau. Der Misotzki wartet im Wagen unten auf mich... und...

BETTY Kann ich ihm vielleicht was ausrichten, dem Hugo?

LULU Haha!

BETTY Was lachst du denn?

GUSTAV Ein so blöder Jüngling ist mir noch nie vorgekommen.

BETTY Nicht wahr, Herr Brander?

GUSTAV Also... ganz einfach, wir haben nämlich den Hugo abholen wollen. Es ist wegen eines kleinen Festes, das der Misotzki heute abend gibt, weil seine geliebte ›Jessica‹ ihren ersten Preis gewonnen hat.

BETTY Endlich!

GUSTAV *lachend* Sehr richtig, gnädige Frau, – endlich! – Ein schäbiges Verkaufsrennen – unter uns... Aber es ist immerhin ein Anfang.

LULU Wieviel ist denn gezahlt worden?

GUSTAV Aber, Lulu, du bist ein ganz gewöhnlicher Geldmensch!

LULU Mit sechzig Kreuzern in der Woche.

GUSTAV Also, gnädige Frau, wenn Sie so freundlich sein wollen – der Hugo möchte in die ›Ungarische Krone‹ kommen. Es wär'mir sehr lieb, wenn er heute bestimmt käme; morgen fahr' ich fort, und da möcht' ich ihn gern noch sehen.

BETTY Bleiben Sie lange weg?

GUSTAV O nein... Es schadet auch nichts, wenn der Hugo erst um zwölf kommt – er trifft uns jedenfalls.

BETTY Er kann auch früher kommen – zu Hause soupiert er ja doch nicht.

LULU Der hat's gut!

GUSTAV Also, küss' die Hand, gnädige Frau, bitte, empfehlen Sie mich den Damen. *Zu Lulu* Adieu – na, gibst du mir nicht die Hand?

LULU Ich bin beleidigt... »Blöder Jüngling« hast du gesagt! – Das mußt du zurücknehmen.

GUSTAV Also, weißt was, den Jüngling werd' ich zurücknehmen! Servus! Küss' die Hand, gnädige Frau. *Ab.*

BETTY *lächelnd* Wie du dich benimmst, Lulu! –

EMMA *tritt von links ein* Ich will mich nur ein paar Minuten von dem Lärm erholen... Oder stört man?

BETTY Was fällt dir denn ein! Entschuldige, daß ich dich allein gelassen habe; Brander war da.

EMMA *sich auf den Diwan setzend* Da ist es wenigstens kühl und dämmerig. Es ist unangenehm, daß die Häuser euch gegenüber so weiß sind. Man ist ganz geblendet.

BETTY Lulu, geh hinein und leiste den Damen Gesellschaft.

LULU Das ist so fad.

EMMA *lächelt.*

BETTY Außerdem steht noch dein Gefrorenes drin.

LULU Richtig. *Läuft ab.*

EMMA Ich überlege eben, ob ich nicht doch endlich meine Wohnung kündigen und auch in eine so belebte Straße ziehen soll wie ihr.

BETTY Weshalb? Du liebst ja den Lärm nicht.

EMMA Es hat doch manches für sich. Ich würde ja höher wohnen, wo man durch den Lärm wenig gestört wird, aber ich möchte auf ein bißchen Leben hinabschauen können. *Lächelnd* Das ist offenbar das Alter, das sich meldet.

BETTY Du sprichst auch schon vom Alter?

EMMA Ach ja – ich hab' ein gewisses Recht dazu. Ich fange an, mich recht allein zu fühlen.

BETTY Wie kannst du das sagen? Hast du nicht Agnes?

EMMA Nein, ich hab' sie nicht.

BETTY *ganz erstaunt* Wie?

EMMA Ach Gott, wir haben doch überhaupt unsere Kinder nicht, wenn sie in ein gewisses Alter kommen. Wenn man ihr heute sagte, daß sie entweder auf mich – oder auf ihn verzichten müsse: – wen würde sie aufgeben, was meinst du?

BETTY Auf wen verzichten? – Meinst du Hugo?

EMMA Freilich mein' ich Hugo.

BETTY Unter uns – ich glaube nicht, daß das etwas Ernsthaftes ist. – Schwärmerei!

EMMA Das ist ganz schön. Ich hätte gar nichts dagegen. Einer wird sie mir doch wegnehmen; Hugo ist jedenfalls der Beste. Es ist ganz merkwürdig, wie er mich manchmal, besonders in seiner Art zu schauen und zu lächeln, an meinen armen Mann erinnert.

BETTY Ja, du hast recht.

EMMA *steht auf* Ach Gott, Betty, ist das nicht die dümmste Lüge, die es gibt, daß die Zeit vergessen macht? – An manchem Tag ist's mir doch, als ob ich ihn gestern verloren hätte! – Und es sind vierzehn Jahre! Vierzehn Jahre! Nein, es wird nicht besser.

BETTY Man wird älter. Das ist auch schon ein Glück!

EMMA Du findest, daß das ein Glück ist?

BETTY O ja, man kommt über vieles weg. Ich möchte nicht wieder jung sein.

EMMA So?

BETTY Ich denke an die Jugend eigentlich wie an eine schreckliche Verwirrung zurück – ich erinnere mich kaum deutlich – nur die Zeiten, in denen die Kinder kamen, erscheinen mir wie etwas sehr Ruhiges und Schönes.

EMMA Das ist ganz natürlich, wenn man zu seinem Manne in keinen wirklichen Beziehungen steht.

BETTY *Bewegung.*

EMMA Es ist ja vorüber. – Du leidest heute doch nicht mehr im geringsten darunter.

BETTY Ich habe nie gelitten. *Pause* Wollen wir wieder zu den Kindern?

EMMA *sich erhebend* Ja, wie kommt's denn, daß der Doktor Schmidt noch nicht da ist?

BETTY Er hat jetzt ziemlich viel zu tun.

EMMA Nun –?

BETTY Was denn?

EMMA Wann wird er dir denn deine Franziska davonführen?

BETTY *lächelnd* Du hast eine komische Art, von solchen Dingen zu reden.

EMMA Da paßt's ganz gut. Der wird sie weit davonführen.

BETTY Wenn ich das glaubte, würde ich sie ihm nicht geben. – Ich begreife auch nicht ganz, wie du das meinst. Ich denke, gerade bei einem Menschen, der doch seit vielen Jahren im Hause ein- und ausgeht, wäre das, was du »Davonführen« nennst, beinahe ausgeschlossen.

EMMA Er geht ein und aus – aber doch seid ihr einander nicht nahegekommen. Und was mich anbelangt – mich fängt's immer zu frieren an, wenn er in der Nähe ist.

BETTY So will ich's dir lieber gleich sagen. Sie werden sich sehr bald verloben.

EMMA So? Bist du ganz überzeugt, daß ihn Franzi gern hat?

BETTY Gern hat? Du weißt, Franzi ist nicht so.

EMMA Was heißt das »ist nicht so«? Jedes Mädel ist »so«. Es muß nur der Rechte kommen.

BETTY Sie kennen sich so lange – überall hält man sie für verlobt – und mein Mann möchte sehr gern, daß die Sache endlich offiziell wird – –

EMMA Freilich, wenn's dein Mann will.

BETTY Auch ich.

EMMA Du willst Ruh' haben, das ist alles.

BETTY Ist es nicht natürlich, daß man sein Kind versorgt haben möchte, und noch dazu so gut und sicher? Schmidt hat eine glänzende Carrière vor sich.

EMMA Gewiß.

BETTY Gestern abend hat er mit uns gesprochen. Es wäre nicht unmöglich, daß noch heute...

FRANZISKA *und* AGNES *treten ein.*

AGNES Wo seid ihr denn, Mamas? – Wie in eine Höhle kommt man da aus dem lichten Zimmer.

FRANZISKA *geht zum Fenster links und läßt, indem sie die Jalousien anders stellt, etwas Licht hineinfallen* Nun ist's freundlicher.

AGNES So viel habt ihr versäumt, zwei Erzherzoge sind vorbeigefahren.

BETTY Welche denn?

AGNES Ja, das weiß ich nicht... und den persischen Gesandten haben wir auch gesehen. – Und einen prachtvollen Viererzug mit einer ganzen Gesellschaft Herren und Damen; wahrscheinlich ungarische Aristokraten.

BETTY Warum denn ungarische Aristokraten?

AGNES Ich glaub' halt... Es war auch ein Husarenoberst dabei, darum denke ich, ungarische. *Hat schon längere Zeit die Flinten betrachtet* Geht denn der Hugo viel auf die Jagd?

BETTY *lächelnd* Du weißt ja, er ist jeden Herbst auf mindestens einem Dutzend Schlössern eingeladen.

AGNES Er ist so beliebt.

Alle lachen.

AGNES Nun ja. Ich versteh' das ganz gut.

Man lacht noch mehr.

AGNES *ärgerlich* Da gibt's doch nichts zu lachen.

Es klopft.

BETTY Herein!

DOKTOR FERDINAND SCHMIDT *tritt ein.*

FERDINAND Guten Tag, meine Damen. Lulu sagte mir, daß Sie hier sind.

BETTY Guten Abend, Herr Doktor.

FERDINAND Wie geht's Ihnen, Fräulein Franzi?

FRANZISKA Danke sehr, Herr Doktor.

BETTY Wir dachten, Sie heute schon früher zu sehen. An einem Feiertage –

FERDINAND Das hat für mich keine Bedeutung, gnädige Frau. Für einen Arzt existiert so etwas nicht, besonders für einen jungen.

AGNES Die alten haben es nicht besser.

FERDINAND Man kann sich immerhin mehr Freiheiten erlauben, wenn man einmal so weit ist. *Zu Betty* Nicht wahr, gnädige Frau?

BETTY Gewiß. – Bleiben Sie bei uns? Wollen Sie eine Tasse Tee nehmen, oder darf ich Ihnen vielleicht ein Eis holen lassen?

FERDINAND Besten Dank, gnädige Frau, ich habe noch zwei Besuche zu machen – alle ziemlich in der Nähe. Wenn ich abends wiederkommen darf...

BETTY Sie wissen, daß Sie uns immer willkommen sind.

FERDINAND Wo ist denn der Hugo?

BETTY Spazieren geritten.

FERDINAND Ach so!

AGNES Reiten Sie auch, Herr Doktor?

FERDINAND Nein! – Ich habe leider nie Gelegenheit und Zeit gehabt, es zu lernen.

AGNES Ach Gott, Sie hätten schon Zeit – den ganzen Tag praktizieren Sie doch nicht.

FERDINAND Jetzt ist's aber zu spät. Es würde mir auch keine Freude machen. Diese Dinge muß man als ganz junger Mensch anfangen. Und als ganz junger Mensch hab' ich eben andere Sachen zu tun gehabt. Ich habe mir mein Leben nicht nach meinem Belieben einrichten können.

AGNES *altklug* Sehen Sie, Herr Doktor, meiner Ansicht nach kann sich jeder Mensch das Leben so einrichten, wie er will.

EMMA Was für ein Unsinn, mein Kind.

AGNES Gewissermaßen, mein' ich.

FERDINAND Auch nicht »gewissermaßen«, Fräulein Agnes. Es kommt nicht nur auf die Anlagen an, sondern auch auf die äußeren Umstände.

AGNES Ist es Ihnen denn gar so schlecht gegangen?

EMMA Aber Kind! –

FERDINAND Oh, gnädige Frau, ich schäme mich nicht, daß ich ein armer Teufel war.

EMMA Das weiß ich. Sie sind sogar stolz darauf.

AGNES Und Ihren Kindern werden Sie erzählen, daß Sie mit zerrissenen Sohlen nach Wien gekommen sind.

EMMA *lächelnd* Agnes!

FERDINAND Was zufällig die Wahrheit sein könnte.

BETTY Das ist keine Schande.

FERDINAND Besonders, wenn man allmählich doch zu ganzen Schuhen gekommen ist.

BETTY Ich erinnere mich noch so genau an den Tag, wo Sie das erste Mal bei uns waren und dem Hugo die erste Lektion gegeben haben.

FERDINAND Das sind jetzt zwölf Jahre her! Erinnern Sie sich auch noch daran, Fräulein Franziska?

FRANZISKA Gewiß.

AGNES Ich auch! Damals *Zu Franziska* seid ihr einmal bei uns zur Jause gewesen, – und der Hugo hat erzählt, ihr habt einen neuen Lehrer bekommen und –

FERDINAND Nun?

AGNES Ah, nichts. Sie wissen ja, der Hugo war immer ein so ausgelassener Bub.

FERDINAND *etwas gezwungen* Na, der muß sich schön lustig über mich gemacht haben – damals. Im übrigen, was reden wir von vergangenen Dingen. Wie geht's denn dem Herrn Professor? Ist er noch nicht zu Hause?

BETTY Nein; der Klub der Vereinigten Linken hat eine Sitzung; er wird erst gegen Abend kommen.

EMMA Daß die nicht einmal Sonntag sich und dem Vaterland eine Erholung gönnen.

FERDINAND Gnädige Frau scheinen noch immer keine Begeisterung für die Politik zu empfinden. –

EMMA *kühl* Oh, warum denn? Meinem Schwager macht sie gewiß viel Spaß.

FERDINAND *auf die Uhr sehend* Wie man ins Plaudern kommt. – Meine Damen, auf Wiedersehn!

BETTY Kommen Sie nicht zu spät. – Sie wissen, wie gern Adolf vor dem Nachtmahl noch eine Partie Strohmandl mit Ihnen spielt.

FERDINAND Ich komme sobald als möglich. Wem werden Sie heute Glück bringen, Franz – Fräulein Franziska?...

FRANZISKA Einem von Ihnen jedenfalls Unglück, entweder Papa oder Ihnen.

FERDINAND *ungeschickt* Oh, das Unglück kommt nicht von Ihnen, das ist da... nur das Glück muß hergezwungen werden. Nicht wahr –? Also adieu, auf Wiedersehen.

BETTY *sich erhebend* Warten Sie nur, Herr Doktor, wir bleiben ja auch nicht länger in der »Höhle« – *Lächelnd zu Agnes* – in der Höhle des »Beliebten«.

FERDINAND *lacht* Wie? Ah, Hugo ist der Beliebte, freilich. Manche Leute sind dazu geboren.

EMMA *hat sich auch erhoben* Sind Sie ein Fatalist. Wenn man zu allem geboren wäre...

FERDINAND Nicht zu allem. Das sag' ich nicht. *Er sowie Betty und Emma sind abgegangen. Franziska und Agnes schienen ihnen folgen zu wollen; da faßt Agnes Franziska beim Arm und hält sie zurück.*

AGNES Willst du den wirklich heiraten?

FRANZISKA *errötend, lächelnd* Bist du dagegen?

AGNES Na... Übrigens kenn' ich ihn noch immer nicht.

FRANZISKA Er ist ein ernster Mensch.

AGNES Stimme deines Vaters.

FRANZISKA Findest du nicht auch?

AGNES Ja... ja... *Sie öffnet die Jalousien des anderen Fensters* Sonst wird es gar zu dunkel.

FRANZISKA Komm, wir wollen... Ach so...

AGNES Wie meinst du?

FRANZISKA Lieber hierbleiben, was?

AGNES Ja. *Sieht sich fast zärtlich im Zimmer um* Ja. Er ist zwar kein ernster Mann –

FRANZISKA Da irrst du dich. In den letzten Jahren ist er so reif geworden.

AGNES In den letzten Jahren – das ist möglich. Ich weiß eigentlich nicht viel von ihm – in den letzten Jahren. Gekannt habe ich ihn doch nur, wie ich ein kleines Mädel war.

FRANZISKA *lächelnd* So?

AGNES Ja, wie er so oft bei uns gewesen ist, immer stundenlang bei uns gesessen und Klavier gespielt hat. Damals war er sehr lustig. Er ist es gewiß noch immer – nur sitzt er wahrscheinlich irgendwo anders als bei uns. Aber er wird schon zu uns zurückkommen – und dann – *Glücklich* wird er bleiben – nicht wahr?

FRANZISKA Hoffen wir!

AGNES Hoffen wir – freilich, hoffen wir. – Das ist doch mein ganzes Leben, Franzi! – Ah, ich hab' ihn so lieb! – So lieb hab' ich ihn! – Weißt du, ich könnte weinen...

FRANZISKA *streichelt ihr die Haare.*

AGNES Weiß er's?

FRANZISKA *zuckt die Achseln.*

AGNES Oh, wenn ich einen Bruder hätte, wüßt' ich alles von ihm.

FRANZISKA Ich weiß manches.

AGNES Glaubst du... hab' ich... *Zögernd* Hab' ich Chancen bei ihm? Ach Gott, lach' doch nicht.

FRANZISKA Ich versteh' dich ja so gut, Kind. Wenn er nicht mein Bruder wär', hätt' ich mich wahrscheinlich selbst in ihn verliebt.

AGNES *ernst* Sicher.

FRANZISKA *lacht* Wie wär's dann mit uns zweien?

AGNES Wir würden uns doch gerne haben. Er müßte sich entscheiden. *Sie ist bei den Bildern* Diese Sachen machen mich rasend.

FRANZISKA Welche denn?

AGNES Die da, und die da, und... glaubst du, daß er die alle gern gehabt hat? *Sie nimmt aufs Geratewohl eine Photographie hervor.*

FRANZISKA Wie kannst du dir nur so was denken! Siehst du, von der weiß ich sogar zufällig, wer sie ist. Das ist eine gewesene Freundin von Brander.

AGNES Das möcht' ich mir ausbitten, wenn ich der Brander wäre, daß meine gewesenen Freundinnen da im Paravent stecken. Und das da?

FRANZISKA Schau, was du für ein Kind bist! Das ist die Schröder.

AGNES Was beweist das? Weil sie Schröder heißt –

FRANZISKA Nicht deswegen. Aber sie ist im Jahre 1787 geboren. War eine berühmte Schauspielerin.

AGNES Lebt sie noch?

FRANZISKA Nein. Übrigens wäre sie dann 110 Jahre alt.

AGNES Was haben diese toten Weiber da hinter dem Schreibtisch zu suchen?

FRANZISKA Komm, Kind, schauen wir lieber zum Fenster hinaus.

AGNES *droht ihr beinahe ernst mit dem Finger.*

FRANZISKA Nun, was denn?

AGNES Es gibt auch lebendige Damen.

FRANZISKA Dagegen ist nichts zu machen.

AGNES Leider, leider... *Als wenn sie eine Neuigkeit erzählte* Er ist auch schön.

FRANZISKA *nickt.*

AGNES *vor sich hin* Und nichts weiß man von so einem Menschen! Da rennt er davon, und... Wo ist er jetzt zum Beispiel?

FRANZISKA Das kann ich dir sogar ganz genau sagen: Zwischen dem Lusthaus und dem Rondeau. Und in einer Viertelstunde wird er zu Hause sein.

AGNES *lächelt selig; dann* Und wohin wird er heute abend gehen?

FRANZISKA *zuckt lächelnd die Achseln.*

AGNES Siehst du, das ist das Schreckliche! Drum wär' es das gescheiteste, wir wären verlobt; da wär' er abends bei uns oder ich bei euch. Das wäre höchst beruhigend.

FRANZISKA Oder gar verheiratet.

AGNES Ach Gott, daran denk' ich noch nicht. Wenn wir nur erst verlobt wären, das wär' schon genug. Und siehst du, sofort würd' ich ihm alles verzeihn.

FRANZISKA Was du nicht sagst!

AGNES Denn nicht wahr, diese alten Geschichten... Das geht nun einmal nicht anders. Wir haben alle unsere dunklen Punkte in der Vergangenheit.

FRANZISKA Wir?

AGNES Wir auch! Es geht nur anders aus.

FRANZISKA Nun also.

AGNES Ja, weil wir Mädchen sind, junge Damen. Aber wer weiß – Siehst du, ich bin gar nicht stolz, daß ich brav bin.

FRANZISKA Das soll man auch nicht. Wie könnt's denn anders sein.

AGNES Und außerdem – ich war ja schon einmal als ganz kleines Mädel verliebt – in unseren Geographielehrer –

FRANZISKA *lächelnd* Ich weiß.

AGNES Ja, heute lach' ich auch darüber! Aber es war sehr arg! Freilich, dann ist – Er – gekommen! – Er! –

FRANZISKA *lächelt.*

AGNES Wenn ich so zurückdenke, wie oft er früher bei uns war! Und jetzt muß man ihn immer extra einladen.

FRANZISKA Er geht so wenig in Gesellschaft in den letzten Jahren.

AGNES Sind wir denn eine Gesellschaft? – Die Mama und ich? – In früheren Jahren, gerade, wie ich noch ein Kind war, ist er stundenlang bei uns gesessen. Die Mama war ja seine Vertraute. Ja, du, das ist ganz bestimmt so. Er hat ihr sicher alle seine Abenteuer erzählt! Die Mama weiß gewiß von allen denen, wer sie sind. – Diese verdammten Weiber!

FRANZISKA *hat beide Fenster geöffnet; steht am Fenster links* Gar keine Sonne ist mehr! Und aus mit der Praterfahrt!

AGNES *nahe bei Franziska* Er müßte mir auch alles verzeihen.

FRANZISKA *lächelt* Komm, jetzt ist's erst recht lustig.

AGNES Ich verdien's, Franzi.

FRANZISKA *schlingt ihren linken Arm um Agnes' Hals und zieht sie so ans Fenster* Ich weiß, ich weiß, und jetzt reden wir nichts mehr drüber.

AGNES Du bist so kalt, Franzi.

FRANZISKA Nein.

AGNES Was soll man denn jetzt noch sehn? Die »schönen« Leute sind alle fort.

FRANZISKA Ein Schöner kommt gewiß noch.

Sie schauen zum Fenster hinaus.

LULU *kommt, und wie er sie sieht, läuft er zu ihnen, steckt den Kopf zwischen beiden durch.*

FRANZISKA *beinahe erschrocken* Was ist denn? Was ist denn?

LULU Ich hab' genug von den älteren Damen. Kinder, spielen wir was.

AGNES So ein großer Bub spielt noch.

LULU Ah, nicht wie du meinst... Ringer, ringer, Reiher, meint sie, oder so was!... Wir spielen etwas mit Wetten. Paßt auf. Zum Beispiel... siehst du, Agnes, dort kommen zwei Wagen unterm Viadukt hervor... welcher früher bei uns ist, hat gewonnen. *Auf die Straße weisend* Da ist das Ziel. Ich wette auf den linken.

AGNES Ich auch.

LULU Aber du mußt ja auf den anderen wetten, du...

AGNES Also gut.

LULU Das ist das Ziel.

AGNES Wo denn?

LULU Na, da, wo meine Hand hinzeigt. So... Du bist der Schiedsrichter, Franzi, also aufpassen.

FRANZISKA Ja, ich pass' schon auf.

LULU Wenn du in die Luft schaust... *Mit Bewegungen* Huß – Vorwärts!

AGNES Der rechte wird's...

LULU Der linke...

AGNES Nein – meiner. –

LULU Huß! – Huß! –

AGNES Deiner kommt ja nicht vom Fleck. Schau, wie meiner fliegt!

LULU Das ist keine Kunst – so ein Kutschierwagerl. – Meiner ist ein Viersitzer, das hab' ich von weitem gar nicht... Ah, siehst, er überholt ihn doch noch. –

AGNES Vorwärts!

LULU Meiner! –

AGNES Um was haben wir denn gewettet?

LULU Wenn nichts gesagt wird, ist es immer ein Sechserl.

AGNES Ich gewinn'!

LULU Der fährt ja auf unser Haus zu.

AGNES Meiner ist schon übers Ziel. –

LULU Ja, was ist denn das?

AGNES *hat sich auf einen Sessel gesetzt, nächst dem Fenster* Gewonnen hab' ich.

LULU Meiner bleibt ja stehen – vorm Tor. –

FRANZISKA Was ist denn das? –

LULU Die Leute schauen in den Wagen hinein. – Da steigt einer aus. – Wen haben sie denn da – *Aufs höchste erschrocken* der Hugo!

FRANZISKA Um Gottes willen!

AGNES *steht fürchterlich erschrocken auf, zum Fenster. Schreit auf* Ah! *Franziska und Lulu eilen vom Fenster weg durchs Zimmer, rechts ab.*

AGNES *steht noch einen Augenblick am Fenster, greift dann nach der Stirne.*

BETTY *tritt ein* Was ist denn?

EMMA *gleich nach ihr* Hast du so geschrien? Was hast du denn?

BETTY *merkt, daß Agnes am Fenster steht, geht hin* Nun, was denn? Was ist denn geschehn?

EMMA Nun was?

BETTY Ein Wagen steht da und viele – Leute...

AGNES Der Hugo, der Hugo...

BETTY *öffnet den Mund, als wenn sie schreien wollte, geht dann nach rechts ab.*

EMMA *bei Agnes* So red doch was.

AGNES Mama! Mama! Sie haben ihn gebracht.

EMMA Wen, wen?

AGNES Aus dem Wagen heraus... getragen... den Hugo –

EMMA Tot?

AGNES Ich weiß nicht, ich weiß nicht.

EMMA *gleichfalls rechts ab.*

AGNES *steht wie ohnmächtig an den Schreibtisch gelehnt. Horcht angstvoll. Lärm auf der Treppe ist schon seit der ersten Frage Frau Emmas zu hören. Der Lärm wird lauter. Man hört Stimmen im Vorzimmer, auch von der Treppe herauf hört man Stimmen. Die Türe rechts vorn wird plötzlich flügelweit aufgestoßen. Agnes, die mit dem Rücken zur Türe steht, bebt zusammen. Sie wendet sich um; ein Dienstmädchen kommt zuerst herein, sehr konfus, als wenn sie etwas suchte, rückt den Diwan ganz sinnlos, geht dann rasch zu den Fenstern, die sie schließt; gleich darauf ein Arzt, sehr rasch hinter ihm Franziska, auf Agnes zu.*

FRANZISKA Er lebt. Vom Pferd ist er gestürzt. Aber er lebt.

HUGO *wird teils hereingetragen, teils geführt, seine Mutter und ein fremder Mann stützen ihn. Er hat die Augen geschlossen, ist totenblaß.*

ARZT Also hierher vorläufig.

AGNES *mit großen Augen, als kennte sie ihn gar nicht, schaut ihn an.*

FRANZISKA *läuft zum Diwan, ist den anderen behilflich, wie sie Hugo auf den Diwan betten. Die Tür ist noch nicht geschlossen, es treten ein: Frau Emma mit Lulu. Man sieht noch andere Leute hinter ihnen. Lulu, der verweint ist, sieht sich um, macht ein zorniges Gesicht, schließt beide Flügel.*

ARZT Um Ruhe möchte ich bitten vor allem.

FRAU BETTY *als hätte sie schon öfter gefragt, zum Arzt* Es ist nicht gefährlich, nicht wahr?

ARZT Es ist keinerlei äußere Verletzung nachzuweisen, gnädige Frau – jedenfalls muß man nicht gleich verzweifelt sein. *Sieht sich um; es sind noch anwesend außer Frau Betty: Franziska, Lulu, Frau Emma, Agnes, ein junger Bursche, das Dienstmädchen und der fremde Mann.*

ARZT Ich bitte sehr ... Nicht wahr, gnädige Frau, Sie sehen ein – – –

FRANZISKA Ich bin die Schwester.

LULU *ist zum Diwan gestürzt* Hugo!

ARZT Liebes Kind, nicht wahr, Sie gehen auch lieber hinaus.

LULU Ist es gefährlich?

ARZT Wir wollen hoffen, nein. Aber bitte sehr ... Ruhe ist das Wichtigste vorläufig. Und Sie *Zum fremden Mann* bringen uns vielleicht Wasser.

DER FREMDE MANN *verlegen* Ich gehöre nicht zum Haus.

Das Dienstmädchen entfernt sich.

FRANZISKA *gleich voll Bedacht zu dem Manne* Ah, Sie sind ... Wir sind Ihnen sehr ... *Will ihm Geld geben.*

DER FREMDE MANN O nein! O bitte, nein, ich bin nur ... *Er geht.*

EMMA *zu Agnes, nachdem der Arzt beide flüchtig betrachtet* Kind, mein Kind!

FRANZISKA *zu Agnes, umarmt sie* Es wird gewiß gut.

BETTY Er schlägt die Augen auf.

FRANZISKA Er schlägt die Augen auf!

AGNES *über ihr Antlitz geht ein Zug von Hoffnung.*

EMMA *zu Betty* Ich fahre rasch, deinen Mann holen.

BETTY Wenn du so gut sein willst.

EMMA Komm, Agnes! ... *Agnes zögert* ... Komm, wir sind ja gleich wieder zurück.

BETTY *nickt den sich Entfernenden zu.*

HUGO *hat die Augen aufgeschlagen, sieht sich um.*

BETTY Mein Hugo!

LULU Hugerl, Hugerl!

ARZT Gehen Sie jetzt, mein Kind!

HUGO *lächelt leicht.*

LULU Er lacht ja!

ARZT *macht Franziska ein gutmütig ernstes Zeichen mit den Augen, daß sie Lulu entfernen möge.*

FRANZISKA *Lulus Kopf berührend* Komm, Lulu, schau, du bist ja gescheit. Der Doktor will's. *Sie entfernt sich mit ihm, er sieht sich um.*

HUGO *sehr leise* Ich weiß ganz gut, wie man mich heraufgetragen.

BETTY Mein Kind, sag, tut dir was weh?

LULU *hat sich wieder losgemacht, wie er Hugos Stimme gehört.*

ARZT *winkt ab.*

Franziska mit Lulu ab, Franziska kommt gleich wieder.

BETTY Sag, mein Kind, wie ist denn das geschehn?

HUGO Das Pferd... weiß Gott wie...

ARZT Bitte sehr, reden Sie jetzt nicht.

HUGO *nickt.*

Franziska kommt, zugleich das Dienstmädchen mit Wasser, Eis usw.

ARZT *bereitet einen Umschlag.*

HUGO Ich hab' wenig Schmerzen.

BETTY Das ist gut.

HUGO *sieht Franziska lange an, drückt ihr die Hand* Aber was anderes...

BETTY Der Doktor sagt, du sollst nicht sprechen, Hugo.

HUGO Was anderes... alles... ist... Das Zimmer dreht sich...

ARZT Ja... ein bißchen Schwindel... Das ist wohl kein Wunder, wenn man so...

HUGO ... Und so lange ist es her...

BETTY *beunruhigt* Was?

HUGO Nicht wahr, es ist schon tagelang? Wie lang bin ich so gelegen? Tagelang... nicht wahr?

BETTY Was fällt dir ein, mein Kind?

ARZT Sie waren kaum eine Viertelstunde bewußtlos.

HUGO So. Es ist sonderbar. Ich werde sterben, glaub' ich.

BETTY *zuckt zusammen, sieht den Arzt an.*

FRANZISKA *zu ihm herab* Hugo!

ARZT Herr Losatti, Sie sind undankbar. Ja, wahrhaftig. Sie wachen eben auf, befinden sich eigentlich ganz wohl und erzählen der Frau Mama solche Geschichten.

HUGO Sie wissen das nicht, Herr Doktor. Wer sind Sie?

ARZT Ich hab' es verabsäumt, mich vorzustellen. Ich bitte um Entschuldigung, meine Damen – Doktor Bernstein. Ich befand mich zufällig... Aber das ist ja nebensächlich, denk' ich.

BETTY Herr Doktor, wie sollen wir Ihnen...

ARZT Später.

HUGO Sie können es nicht wissen, Herr Doktor.

ARZT *scherzend* Oho! Wir Doktoren wissen überhaupt alles.

HUGO Und wenn Sie's wissen, dürfen Sie's nicht sagen. Aber *Auf den Kopf weisend* da...

BETTY Weh?

HUGO Nein... keine Schmerzen. Was viel Schrecklicheres. Ich weiß nicht, was. – Was saust denn so? Und... ach, es ist... Mama – Mama –

BETTY Mein Kind?

HUGO *in seinen Zügen prägt sich aus, daß ihm plötzlich etwas unendlich Wichtiges eingefallen ist* Mama –
Er scheint sich erheben zu wollen.

FRANZISKA So bleib doch liegen.

ARZT Bitte, nur etwas Geduld.

HUGO Ich hab' keine Zeit mehr, Mama, ich muß mit dir reden. Ist der Papa schon da?

BETTY Tante Emma ist um ihn gefahren.

FRANZISKA Jeden Augenblick muß er da sein.

HUGO Ich muß mit dir reden, Mama.

ARZT Wollen Sie das nicht auf morgen verschieben?

HUGO Es wird zu spät. Es kann zu spät werden. Ich werde wieder – *Er macht eine Geste, als wollte er die Besinnung verlieren* – und dann... wer weiß... ob man erwacht.

DER ARZT Das sind rechte Kindereien.

HUGO Ich muß mit der Mama reden. Gleich *Heftig* gleich!

DER ARZT *nach kurzem Bedenken* Wenn's nicht gar zu lang...

HUGO Zehn Worte, aber es muß sein.

DER ARZT Also kommen Sie, Fräulein.

BETTY *sehr erregt, sieht fragend den Arzt an; der Arzt macht ihr ein Zeichen, sie solle den Kranken anhören; darauf wird ihr Antlitz noch unruhiger, als schlösse sie daraus, daß Hugo mit seiner Ahnung recht habe; der Arzt wendet sich weg, mit Franziska rechts hinten ab. Es wird dunkel.*

HUGO *hastig, indem er seine Mutter bei der Hand nimmt* Ich hab' ein Kind. Du mußt es zu dir nehmen.

BETTY *sieht ihn groß an; kein Ausdruck des Schreckens, keiner des Staunens, nur als empfände sie die Bedeutung des Momentes.*

HUGO Hast du mich verstanden?

BETTY *nickt zweimal, wie oben.*

HUGO Ich hab' ein Kind. Wenn ich sterbe, müßt ihr es zu euch nehmen.

BETTY *als wenn sie endlich gefunden hätte, wo anzuknüpfen* Du wirst nicht sterben!

HUGO Verlieren wir keine Zeit; – es quält mich! Sag nur ja. – Versprich mir's.

BETTY Du wirst nicht –

HUGO *wehrt ungeduldig ab* Du mußt es mir heilig, heilig, heilig versprechen.

BETTY Ja.

HUGO Du bist, o ja, *Küßt ihre Hände* du bist meine gute Mama. Auch die anderen sind gut... aber... um Gottes willen, wenn du mich jetzt nur verstehst.

BETTY Sag mir nur alles, mein Kind.

HUGO Du mußt vieles verstehn. Nicht nur das Gewöhnliche... es ist nicht so einfach –

BETTY Sag mir alles.

HUGO Man kann es ihr nicht wegnehmen, das Kind; es kann ohne sie nicht sein – und sie kann ohne das Kind nicht sein.

BETTY Wie? Wie?

HUGO Ach Gott, wenn ich nur wüßte, daß ich genug Zeit hab'! Gustav weiß alles, den wirst du fragen. Ihr müßt um ihn schicken –

BETTY Hugo, dein ganzes Leben lang hast du Zeit!

HUGO Wie lang? Wie lang?... Hör nur zu, hör nur gut zu. Beide müssen kommen.

BETTY Wie?

HUGO Beide, jetzt gleich, sonst kann ich nicht ruhig... sonst glaub' ich nicht... Dir ja, Mama... aber die anderen... nicht alle können es verstehn. Sie müssen beide kommen. Mein Bub und sie.

BETTY Die... Mutter?

HUGO Ja. Sie müssen hier sein. Ich muß sie da... *Vor den Diwan hinweisend, wie eigensinnig* da muß ich sie sehen, beide, sonst glaub' ich nicht, daß ihr sie behalten werdet. Und ihr müßt es tun. Weißt du, allein mit dem Kinde kann ich sie nicht lassen, das ist unmöglich – dazu ist sie nicht... weißt du, Mama, klug ist sie schon, aber selbständig ist sie gar nicht – und manchmal selbst wie ein Kind... und der Bub ist sehr schwach, – weißt du, Mama – schön ist er, aber blaß – und ohne mich sind sie ganz allein – ganz – – allein –

BETTY *beinahe schluchzend* Warum hast du mir denn nie von ihm erzählt?

HUGO Meine gute Mama! Es hätte nicht mehr lang gedauert, so hätt' ich's euch allen erzählt. Sie ist ja brav, Mama – grad so brav, wie die Franzi ist, und ich hab' viel an ihr gutzumachen. – Und seit wir den Buben haben...

BETTY Wie alt ist er denn?

HUGO Im März war er vier.

BETTY Schon vier Jahre ist er alt?

HUGO Ja... Also sie müssen kommen... Gleich! – Wenn du sie sehen wirst...

BETTY Wo sind sie? Wo sind sie?

HUGO Ganz nah!... Du mußt hinschicken. Gib mir Bleistift und Papier, ich schreib' dir die Adresse auf.

BETTY *eilt zum Schreibtisch, bringt Papier und Bleistift.*

HUGO *will schreiben* O Gott, ich kann nicht.

BETTY So sag's mir. –

ADOLF LOSATTI *stürzt herein.*

ADOLF *noch in der Tür* Ja, Hugo, was sind denn das für Geschichten, wie kann man seinen Eltern einen solchen Schrecken einjagen. Hugo! Hugo! Natürlich hast du wieder Kunststücke machen müssen... Graben nehmen... mit einem Pferd, das noch kaum zugeritten ist.

BETTY *deutet ihm, er solle nicht so laut und so viel reden.*

ADOLF Nun ja, aber ich will mit dem Doktor sprechen. Habt ihr nach Schmidt geschickt oder nach einem andern?

BETTY Doktor Schmidt wird jedenfalls gleich kommen, er war früher da und wollte nur einen Besuch in der Nähe machen. Hast du Emma nicht gesprochen?

ADOLF Emma? – Nein. Ich komme ja direkt aus der Sitzung. – Warum habt ihr keinen Professor holen lassen? Grubner zum Beispiel! Der ist ja für derartige –

HUGO Ich bitte dich Papa, es ist ganz überflüssig.

ADOLF Also noch nicht? Nach niemandem ist geschickt? Habt ihr denn alle den Kopf verloren? Ich fahre sofort selbst. Ja –

HUGO Bleibe, Papa.

ADOLF Ich habe kein Vertrauen zu diesem Menschen da draußen. Was ist das für ein Arzt, der dich hier allein liegenläßt!!

HUGO Er weiß, daß ich nichts weiter brauche.

ADOLF Wenn es auch nicht gefährlich ist, Beruhigung wollen wir doch haben. Und mich kann ein fremder Doktor nicht beruhigen, wenn es sich um meinen Sohn handelt.

HUGO Mama, sage du dem Papa, um was...

ADOLF Wie meinst du, mein Kind? – Wenn man vom Pferd gestürzt ist, genügt die Mutterliebe nicht. Es ist ja ein unglaubliches Glück, daß du dir nichts gebrochen hast.

BETTY Bitte, Adolf, hör mich einen Moment an. Der Junge macht sich allerlei kindische Gedanken.

HUGO *ungeduldig* Laß das, Mama!

BETTY Ja, Hugo, ich muß doch...

HUGO *beinahe angstvoll* Ich habe keine Zeit. – – –

BETTY Er will... er will seine Geliebte sehn.

ADOLF Will... will... Das wird wohl... Kannst du denn aufstehn?

HUGO *schüttelt den Kopf.*

ADOLF Nun also? Man wird sie benachrichtigen. Es wird schon einmal vorgekommen sein, daß du sie hast warten lassen.

HUGO Papa... ich... so sag's ihm doch, Mama...

BETTY Hör mich ruhig an, Adolf, du siehst ja, wie er sich aufregt.

ADOLF Du wirst doch zugeben, daß es in diesem Moment Wichtigeres gibt als eine Geliebte, und wenn sie noch so schön ist. Man muß doch –

BETTY Er will, daß seine Geliebte und sein Kind...

ADOLF *heftige Bewegung.*

BETTY hieherkommen.

ADOLF – Hieher – sein Kind – du hast ein – Kind?... Hieher?... Was heißt denn das alles?

BETTY Er will, daß wir sein Kind und die Mutter in unser Haus aufnehmen.

ADOLF Aufnehmen? Aufnehmen? *Geste.*

HUGO Und ich will die beiden noch einmal sehen, ... weil es möglich ist, ... daß ich sterbe.

ADOLF Möglich, daß du stirbst? *Zu Betty* Und du bestärkst den Jungen noch in seinen... in seinen Narrheiten. Noch einmal sehen, bevor er stirbt... bevor er... Das ist ja – ja, so sehen die Leute aus...

HUGO Ich bitt' dich, Papa...

Blick zwischen Adolf und Betty.

BETTY Du siehst ja, Adolf, er beruhigt sich nicht, bevor wir ihm diese Laune erfüllen... also...

ADOLF Ihr macht einen ja toll; vollkommen toll. Ich höre zum ersten Mal in meinem Leben, daß er ein Kind hat – eine Geliebte – das hab' ich mir denken können – ich weiß sehr gut, daß junge Leute Geliebte haben – ja, aber was soll denn mit dem Kinde geschehen? Ihr seid ja so konfus! Jetzt handelt es sich doch vor allem darum, daß der Junge gesund wird! – Dann können wir über diese anderen Dinge reden!

HUGO Ich sagte ja schon: Hierher sollen sie – mein Kind und sie – damit alles geordnet ist… für den Fall, daß ich sterbe –

ADOLF *greift sich nach dem Kopf.*

BETTY Diktier mir!

HUGO Kaiser Josefstraße 15, 2. Stock… Tür links… Toni Weber.

BETTY So.

ADOLF Nun… *Ihr Papier nehmend* – nun? Was jetzt? –

HUGO Holen.

ADOLF Wie? Unter welchem Vorwand?

HUGO Es braucht keinen Vorwand.

ADOLF Junge! Du hast eine Schwester.

HUGO Gott sei Dank!

ADOLF *wie mit einem plötzlichen Entschluß* Unsinn! –

HUGO Schicke fort, Mama, es wird… zu spät.

ADOLF *während ihm Betty das Papier nehmen will* Was denn? Wen willst du denn schicken? Man kann doch nicht das Stubenmädchen schicken, um die Geliebte und das Kind vom jungen Herrn abzuholen. So viel Verstand werdet ihr beide wohl doch noch übrighaben.

HUGO Um Gottes willen, Papa, um solche Dinge handelt es sich jetzt nicht mehr.

ADOLF Jetzt nicht, jetzt nicht, aber morgen? Und übermorgen? Wenn deine Aufregung vorüber ist? Da ist dann nichts mehr gutzumachen! Brauchst du wen andern, um dich zu pflegen, als die deinen?

HUGO Papa!

BETTY Adolf! Adolf!

ADOLF Ich geh' selber.

BETTY Du –?

ADOLF Ja! Ich. Ich hab' das nicht gern, wenn solche Sachen in der Dienstbotenstube herumgetragen werden. Und der Franzi wird gesagt, es ist eine Wärterin.

HUGO Wozu?

ADOLF Bitte, soviel könnt ihr mir noch zuliebe tun. Morgen werdet ihr ja froh sein, daß wenigstens einer den Kopf nicht verloren hat! Ein Wunder wär's nicht, wenn auch ich schließlich verrückt würde! Da kommt man abgearbeitet nach Hause... und was findet man? Einen Sohn, der sich auf ein Haar den Hals gebrochen hätte – und einem die unglaublichsten –

BETTY Adolf!

HUGO Und das Kind? Als was erscheint das Kind? –

ADOLF Ja, das frag' ich euch.

BETTY Geh, Adolf, hole sie; wegen Franzi, das verantworte ich.

ADOLF O Gott, o Gott, was seid ihr für konfuse Menschen! *Liest* Antonie Weber –

HUGO So geh!

ADOLF Zwanzig Schritte von hier hat er sie einlogiert. – Hugo, was glaubst du – hat das je ein Vater für sein Kind getan?

HUGO Ich danke dir.

ADOLF Und wegen einer Laune, einer Marotte – *Wendet sich zum Gehen.*

FRANZISKA *tritt ein* Du gehst wieder, Papa? Was macht er denn?

ADOLF *im Weggehen begriffen* Mein Kind, es ist wegen einer Wärterin, welche, wie Hugo behauptet... Adieu, adieu – *Zum Arzt* Er ist ja jetzt ganz frisch; er ist... nicht wahr, jede Gefahr ist geschwunden?

ARZT Wir wollen abwarten, Herr Professor.

ADOLF *ab. Es ist dunkler geworden.*

HUGO *zu Betty* Ich möchte so gern, daß Gustav –

BETTY Er war heute nachmittag da... er wollte dich abholen.

ARZT *zu Hugo hin* Fühlen Sie sich besser?

HUGO Ja. Aber es ist nicht wie...

FRANZISKA Was denn?

HUGO Meine liebe, liebe Franzi.

ARZT *sitzt neben ihm und fühlt den Puls*... Hm... vorläufig kann ich nichts weiter tun. Um den Hausarzt haben Sie wohl schon geschickt?

BETTY Er ist ein Freund unseres Hauses und muß jeden Augenblick kommen. *Das Stubenmädchen bringt zwei brennende Kerzen herein, stellt sie auf den Schreibtisch.*

ARZT *hat sich mit Betty von dem Kranken entfernt* Ich hätte ihn recht gerne gesprochen.

BETTY Ich bitte Sie, Herr Doktor, bleiben Sie bei uns. Sie flößen mir so viel Vertrauen ein.

ARZT Sie sind sehr gütig, gnädige Frau. Ich will in einer Stunde –

BETTY *mit Bedauern* Oh!

ARZT In einer halben Stunde werde ich wieder da sein. Wie heißt Ihr Hausarzt?

BETTY Doktor Ferdinand Schmidt.

ARZT *nickt* Ah, der gewesene Assistent von Nußbaum?

BETTY Ja.

ARZT Bitte, erklären Sie ihm, daß ich durch einen Zufall nahe bei der Unfallstätte war und daß Sie mich gebeten haben, wiederzukommen.

BETTY Gewiß. Aber warum –

ARZT Man muß sehr vorsichtig sein, gnädige Frau, besonders gegenüber Hausärzten. Ein anderer Arzt ist stets ein Einschleicher – oh, ich kenne das!

BETTY In diesem Falle können Sie ruhig sein. Nicht wahr, es ist jetzt viel besser?

ARZT Na... Der Puls...

BETTY Schlecht?

ARZT Wir wollen hoffen, daß die Bewußtlosigkeit nicht wiederkehrt.

BETTY Ja, was kann man tun, damit –

ARZT Viel mehr, als bei ihm sein, können Sie eigentlich nicht. Ihr Herr Gemahl holt eine Wärterin?

BETTY Nein. – Er *Auf Hugo deutend* will eine Freundin – er will seine Freundin sehen.

ARZT Hm.

BETTY Es wird ihn erschüttern? Wir hätten nicht nachgeben sollen?

ARZT Es ist ganz gut. Erfüllen Sie ihm immerhin, was er wünscht.

BETTY *sieht ihn angstvoll an.*

ARZT Gnädige Frau, ich kann Ihnen nichts Bestimmtes sagen. Entscheiden muß es sich bald. Ich komme wieder. *Ab.*

BETTY *bleibt einige Minuten an der Tür stehen, um ihre Erregung zu bemeistern, dann wendet sie sich wieder Hugo zu, der unterdessen still dagelegen, die Hand seiner Schwester in der seinen. Stille.*

HUGO Franzi!

FRANZISKA Nun?

HUGO Ich hab' Angst, daß ich nicht mehr dabei bin, wenn –

FRANZISKA Geh, Hugo –

HUGO *zu Betty* Ich will es ihr sagen.

BETTY *nickt.*

HUGO Mein Kind wird bei euch leben. Franzl heißt er – nach dir.

FRANZISKA Ich hab' mir's gedacht, daß es dein Kind ist.

BETTY *erstaunt* Du kennst es?

HUGO Du weißt?

FRANZISKA Ja, Hugo ... ich hab' euch einmal gesehen. Im vorigen Jahr. Wir sind vom Theater nach Haus gefahren – der Papa, die Mama und ich – und da bist du an unserem Wagen vorbeigegangen, auf dem Parkring ... du, das Kind und sie.

BETTY Und woher wußtest du?

HUGO Hast du's sehen können?

FRANZISKA Es war zu dunkel ... Die Dame hab' ich sehen können; sie hat den Kopf gerade zu uns gewendet gehabt. Sie ist sehr schön, glaub' ich.

HUGO Und gut. Du wirst sie liebhaben, Franzi –

FRANZISKA Ja – und du wirst leben –

HUGO Nein ... Es ... oh ... Nein, was ist denn das? ... Anzünden ... ja? ...
Er wird bewußtlos.

BETTY Hugo! Hugo!

FRANZISKA Nichts ist's, Mama. Sieh, er atmet ganz ruhig... siehst du... hörst du –

Stille.

Herr ADOLF LOSATTI *tritt rasch ein; gleich hinter ihm* TONI, *wie sie auf dem Diwan Hugo sieht, will sie hinstürzen.*

TONI Hugo! Mein Hugo!

ADOLF Bitte... etwas Maß, mein Fräulein, es sind auch Mutter und Schwester anwesend.

TONI *rasch hin zu den beiden Frauen* Ich bin Toni Weber.

BETTY Bitte, Fräulein, er ist ein wenig eingeschlummert.

TONI Ja, um Gottes willen, wie ist ihm denn das geschehen?

FRANZISKA Er ist vom Pferd gestürzt.

TONI Das weiß ich.

ADOLF Wenn Sie mir gestatten wollten, auf einen Augenblick –

TONI War schon ein Doktor da?

ADOLF Seien Sie überzeugt, Fräulein, daß alles Notwendige –

TONI Der Doktor Schmidt!?

ADOLF Leider noch nicht.

BETTY Ein anderer war hier.

TONI Oh, das ist gut. Was hat der gesagt? Ist es gefährlich? Warum hat er mich haben wollen? Es muß sehr gefährlich sein?

ADOLF Er bildet es sich ein, Fräulein, und wollte durchaus...

FRANZISKA Wo ist denn der Kleine?

TONI Ach Gott – er war im Hof nebenan – die Kinder haben ihn geholt – zum Spielen – und ich hab' nicht mehr Ruhe genug gehabt, um ihn abzuholen... wie der Herr Professor... wie Sie ins Zimmer herein sind – ich hab' ja das Allerschlimmste gefürchtet, wie Sie plötzlich bei mir...

FRANZISKA Sie haben Papa gekannt?

TONI Oh, ich kenne Sie alle! – Wie oft hab' ich Sie gesehen, besonders Sie, Fräulein... ah, sehen Sie, jetzt wacht er auf. – Hugo! –

ADOLF Bitte, lassen Sie doch der Natur ihr Recht – wenn er schlummert, so –

HUGO *schlägt die Augen auf, sieht Toni, sie beugt sich zu ihm* Bist du da, mein Schatz?

TONI Mein Hugo!

Große Zärtlichkeit in seinem, Angst in ihrem Blick.

ADOLF *zu Franzi, die er zu sich winkt* Mein Kind... weißt du... ich konnte es ihm nicht verweigern – Kranke – haben seltsame Launen –

FRANZISKA Papa – du brauchst dich nicht zu entschuldigen.

HUGO Und der Bub? Wo ist mein Bub?

TONI Ich hab' nicht Zeit gehabt, ihn zu holen – ich hab' –

HUGO Wo ist er denn?

TONI Die Kinder von drüben haben ihn abgeholt.

HUGO Du hättest ihn nicht mitgehen lassen sollen. Schau, ich hab' dich so gebeten. Die Buben sind zu wild. Er verträgt das Herumhetzen nicht... *Zu Betty* Siehst du, Mama, wie sie ist. Sie ist wirklich noch wie ein Kind. Man kann sich so gar nicht – da läßt sie den Kleinen –

TONI *hat nicht verstanden* Was denn? *Auch zu den anderen gewandt.*

HUGO Bring ihn gleich.

TONI Laß mich doch bei dir. Ich darf doch bei ihm bleiben? –

HUGO Du wirst immer hier bleiben. – Man wird dich hier halten, als wärst du meine Frau gewesen – verlaß dich darauf... *Zu seiner Mutter* Sie ist mir soviel gewesen, sie ist mir mehr gewesen, glaub mir, Papa...

TONI Um Gottes willen, Hugo! Was sprichst du denn?

HUGO Aber es muß in Ordnung kommen, bevor... Sie haben mir's schon versprochen, Toni, aber ich muß euch da sehen... da. – Und ich will den Buben noch einmal, ja meinen Buben will ich noch einmal küssen, bevor – Geh, geh, geh!

TONI *über ihn gebeugt* Hugo!

FRANZISKA Bitte, Fräulein, gehen Sie schnell, damit Sie... damit Sie... *Führt sie fort, beinahe schluchzend*... damit Sie ihn noch finden!

HUGO *völlig bewußtlos.* BETTY *neben ihm.* FRANZISKA *kehrt zum Diwan zurück.* ADOLF *hastig hin und her. Gleich darauf* LULU. *Ein wenig später* DOKTOR FERDINAND SCHMIDT.

LULU *stürzt herein.*

BETTY Pst! pst!

LULU Was ist denn?

ADOLF Es ist unverantwortlich, daß ihr nach keinem Professor geschickt habt. Grubner wäre gleich gekommen; hättet ihr ihm einfach sagen lassen: Professor Losatti läßt ihn bitten.

FRANZISKA Da ist Doktor Ferdinand.

FERDINAND *tritt rasch ein, streift den Handschuh ab, legt den Hut auf den Schreibtisch* Nun, was ist denn eigentlich geschehen? *Rasch zum Diwan hin.*

ADOLF Gott sei Dank, lieber Doktor, daß Sie...

FERDINAND *hält den Puls* Vor allem bitte ich um Ruhe... Es wäre überhaupt wünschenswert, wenn nicht so viele... Lulu, geh hinaus, dich können wir durchaus nicht brauchen.

BETTY *winkt Lulu zu gehen.*

LULU *geht.*

FRANZISKA Nun?

FERDINAND Hm – Hugo... Hörst du, Hugo! – Reagiert nicht.

BETTY Noch vor einer Minute war er bei Bewußtsein.

ADOLF Ja – ganz klar – und seitdem diese Person da war –

FERDINAND Wer war da?

ADOLF Ein Frauenzimmer.

BETTY Seine Geliebte.

FERDINAND Das ist aber doch eigentlich unerhört. Ja, warum hat man sie denn hereingelassen?

BETTY Er hat es gewünscht.

FERDINAND Ah, ich begreife gewisse Stimmungen sehr gut; aber wenn ich hier schon als Arzt reden darf...

ADOLF Sie müssen als Arzt reden.

FERDINAND Und als Freund –

ADOLF Nun, Doktor?

FERDINAND Man hätte nicht nachgeben sollen; diese Aufregung war zum mindesten überflüssig.

ADOLF Na, also... was hab' ich gesagt? Der simpelste Menschenverstand muß so etwas einsehen.

BETTY Er hätte sich mehr aufgeregt, wenn wir ihm diesen Wunsch nicht erfüllt hätten. Er glaubt, es ist sein letzter Wunsch.

FERDINAND Letzter Wunsch... letzter Wunsch...

BETTY Ich weiß schon, daß es vielleicht sein letzter war.

FERDINAND Wer kann das sagen? Niemand! Hat sich vielleicht der Arzt, der ihn hierhergebracht hat, bestimmt über die Prognose ausgesprochen? Wenn ja, muß ich sagen, er ist – nun, um mich nicht stärker auszudrücken – voreilig gewesen.

BETTY Doktor, er war nicht voreilig. Er *Auf den Kranken weisend* fühlt es, und ich fühle es auch.

FERDINAND Darauf ist durchaus nichts zu geben. – Hm... Ist es nicht sonderbar! – Daß gerade die besten Reiter – Ich kenne einen Fall; das war im vorigen Jahr, – auch zu der Saison etwa – da stürzte ein –

BETTY *sieht ihn groß an, so daß er für einen Augenblick verwirrt schweigt. Sie geht langsam zu dem Kranken.*

ADOLF Doktor, was glauben Sie?

FERDINAND Ja... jedenfalls ist es eine schwere Erschütterung gewesen... wir werden ja weiter sehen.

ADOLF Mein lieber Doktor, das ist ja entsetzlich! Was sollen wir tun?

FERDINAND Mein verehrter Herr Professor – den heutigen Abend habe ich mir allerdings anders vorgestellt. –

FRANZISKA *plötzlich, als wenn sie jetzt erst zum Bewußtsein des Schrecklichen käme* Herr Doktor, retten Sie ihn!

FERDINAND Wir können – nun ja, es ist eine Phrase, aber sie ist wahr – wir können nur die Natur unterstützen.

FRANZISKA *nimmt Ferdinand bei der Hand* Das glaub' ich nicht. Sehen Sie doch – jetzt lebt er... und atmet... sein Herz schlägt. Wie wenn er schliefe, sieht er aus. Und da kann man nichts aufhalten, da muß man es so ruhig gehen lassen, ohne eine Hand zu rühren... muß sich ergeben...

FERDINAND Warten, nicht ergeben.

FRANZISKA Fällt Ihnen denn gar kein Mittel ein?

FERDINAND Es gibt keines.

FRANZISKA So erfinden Sie eines. In welchem Augenblick soll man eines erfinden, wenn nicht in diesem. Ich bin überzeugt, wenn ich Arzt wäre, jetzt fiele mir etwas ein, was retten müßte.

FERDINAND *Franziskas Hand fassend* Mein liebes Fräulein, wäre es so, so wären wir mehr als gewöhnliche Menschen.

BETTY *sieht ihn angstvoll an, wendet sich an Adolf* Adolf! –

ADOLF Nun?... Sehen Sie, Doktor, so ein Gesicht macht sie. Ist das notwendig? Ich will ja niemandem einen Vorwurf machen – es wird sich alles – so Gott will – zum Besten wenden – aber nicht von mir ist die Idee ausgegangen, daß der Junge sein Freiwilligenjahr bei der Kavallerie abdient.

BETTY Er ist doch früher auch schon geritten.

ADOLF Gewiß, gewiß, aber auf Pferden aus der Reitschule. Nun ja – es war sein eigener Wunsch – und ich bin eben immer ein zu nachgiebiger Vater gewesen. Nun, hoffentlich wird es ihm zur Lehre dienen, und er wird sich abgewöhnen, Remonten in den Prater zu reiten.

FRANZISKA Papa, Papa, siehst du denn nicht?

BETTY Doktor! Doktor!

ADOLF Nun?... Jetzt stöhnt er. Ich bin zwar kein Arzt; aber das ist ein gutes Zeichen.

BETTY Hat er Schmerzen?

FERDINAND Das sind Laute, die nichts mit dem Bewußtsein zu tun haben.

ARZT *kommt ziemlich rasch.*

BETTY Oh, Gott sei Dank!

FERDINAND *gleichfalls auf ihn zu, stellt sich vor* Doktor Schmidt.

ARZT *sich vorstellend* Bernstein. Nun, wie steht's?

FERDINAND Ich bin vor einigen Minuten gekommen, ich fand ihn bewußtlos... Puls –

ARZT *hört nicht besonders auf ihn, geht schnell zum Diwan, betrachtet den Kranken.*

FERDINAND *hat ihm unzufrieden nachgesehen und folgt ihm dann.*

TONI *und* IHR KIND *kommen herein.*

FERDINAND *rasch hin* Was soll das sein? Ich bitte sehr...

TONI *mit dem Kinde rasch zum Diwan. Plötzlich fast schreiend* Er ist ja tot.

ARZT Nein!

TONI Hugo!

KIND Papa!

FERDINAND *zu Adolf* Ich bin einfach empört, daß man in so ernsten Momenten hysterische Weiber zu einem Kranken läßt.

ADOLF Fräulein...

TONI *zu ihrem Kinde* Sag dem Papa was, bitt ihn, daß er zu dir spricht, sag ihm...

KIND Papa! Papa! Gib mir einen Kuß, Papa!

In der Tür ist Agnes erschienen. Emma mit ihr.

AGNES Franzi! Franzi!

FRANZISKA *zu ihr hin, den Schmerz verbeißend* Agnes!

AGNES *wie verloren* Also bitte, wie geht es dem Hugo?

FRANZISKA *atmet schwer.*

AGNES *sieht plötzlich Toni und das Kind; große Augen; fragend auf Franziska.*

FRANZISKA Es steht schlimm.

AGNES *steht eine Weile; hat einen Schritt hin getan, bleibt aber fern stehen, an den Schreibtisch gelehnt.*

TONI Lichter! Lichter!... Ich will ihn sehen. *Sie ist aufgesprungen und eilt vom Diwan fort.*

FERDINAND Fräulein, Fräulein, bitte, beruhigen Sie sich doch. Sie sind in einem Hause, das vielleicht in wenigen Minuten ein Haus der Trauer –

TONI Was wollen Sie denn von mir?

FERDINAND Achten Sie doch den Schmerz der Angehörigen. Ihr Rasen hilft ja nichts. Was wollen Sie denn mit den Lichtern? Lassen Sie die Lichter gefälligst stehen, wo sie stehen.

ARZT *hält immerfort den Puls.*

ADOLF Er atmet ruhig, ganz ruhig.
ARZT Zu ruhig.
BETTY Er schläft.
KIND Papa!
BETTY Nicht wahr, er schläft?
ARZT Er wird nicht mehr erwachen.
ADOLF *plötzlich fast schreiend* Was?? –
TONI *schreit leise auf.*
FERDINAND *rasch hin. Zu Toni* Ich bitte Sie, Fräulein, in Ihrem Interesse und dem der hier versammelten Familie, sich zu beruhigen. Ich hielte es für das weitaus Vernünftigste, wenn Sie sich – für einige Zeit entfernten.
EMMA *stark* Lassen Sie sie; sie gehört hierher.
BETTY *zum Arzt* Kann er mich noch hören?
ARZT *leise* Was wissen wir von diesen Augenblicken?
BETTY *mit einem Blick nach oben* Vielleicht hört er mich noch. *Zu ihm gebeugt* Sei ruhig, mein Kind, sei ruhig, die zwei da haben ihr Heim!
AGNES *hat mit großen Augen hingesehen; keiner bemerkt sie, wie sie still weinend zur Türe hinausschleicht.*
ADOLF *sieht alle Leute ohne Fassung an, weiß nicht, wo er seinen Blick ruhen lassen soll.*
FERDINAND *steht zu Häupten des Sterbenden mit vollkommen regungslosem Gesicht.*
FRANZISKA *küßt die Hand des Sterbenden.*
LULU *fängt laut zu weinen an.*

Vorhang

Zweiter Akt

Acht Tage nach dem ersten Akt.
Dasselbe Zimmer wie im ersten Akt. Die Einrichtung kaum verändert. Der Diwan ist etwas mehr nach hinten gerückt.

TONI *sitzt auf dem Lehnsessel vor dem Schreibtisch.*

DAS KIND *vor ihr, sitzt auf einem Schemel, hat Spielsachen vor sich liegen, spielt aber nicht.*
Es ist ganz still im Zimmer.

LULU *kommt sehr rasch und lärmend von links, so daß Toni leicht zusammenfährt. Er hat den Hut auf dem Kopf und Schulbücher unter dem Arm. Wie Toni sieht, daß Lulu auf das Kind zuläuft, lächelt sie.*

LULU *mit kindischer, aber echter Zärtlichkeit* Bubi! – Na! Was macht denn's Bubi?

TONI Also, Franzl, schön antworten.

KIND Spielen.

LULU Wart, ich spiel' mit. *Ist bereit, seine Bücher wegzulegen.*

TONI Mußt du nicht in die Schule gehen, Lulu?

LULU Ich komm' schon noch zurecht. *Zum Kind mit etwas ungeschickter Kindlichkeit.* Ja! Lulu muß immer lernen! – Kann nicht spielen wie's Bubi.

TONI Spielt aber grad so gern.

LULU Geh! *Zum Kind* Was hast denn da? *Nimmt einen kleinen Wurstel, der vor dem Kinde liegt, in die Hand* Den kenn' ich ja nicht.

KIND Die Franzi hat mir'n mitgebracht.

LULU So? – Weißt du schon, was der alles kann?

KIND *schüttelt den Kopf.*

LULU Sei doch nicht so dumm, Bubi! Wenn man was kriegt, so muß man's doch probieren.

TONI Das kann er doch nicht verstehen, Lulu.

LULU Paß nur auf, wie ich's ihm erklär'! *Zum Kind* So nimm den

Wurstel einmal in die Hand. *Kind nimmt ihn* So. Jetzt drück ihm da am Magen.

KIND *drückt, der Wurstel quietscht.*

LULU Na, siehst, Bubi. Also kann er was?

KIND Ja.

LULU Was kann er?

TONI Na, was kann der Wurstel?

KIND Sprechen.

LULU *unzufrieden* Wieso denn? Das ist doch nicht »Sprechen«. Sagt er Papa, Mama?

KIND Nein.

LULU Also: quietschen tut er. *Er drückt* Hörst?

AGNES *ist vor wenigen Sekunden rechts vorn eingetreten, ungesehen von den andern. Sie ist dunkel gekleidet, nicht Trauer. Sie scheint bewegt und, während sie das Kind betrachtet, wie in Andacht versunken.*

LULU *durch den Blick des Kindes aufmerksam gemacht, wendet sich hin, erblickt Agnes, steht auf* Agnes!

TONI *erhebt sich.*

AGNES *verlegen* Was tust du denn da?

LULU Ich erzieh' den Buben.

AGNES *geht auf Toni zu und reicht ihr die Hand* Ich heiße Agnes Winter.

TONI *nickt* Ich kenne Sie ja.

Verlegene Pause.

LULU Du bist lange nicht dagewesen, Agnes.

AGNES *hat den Blick immer auf das Kind gerichtet.*

LULU Seitdem –

AGNES *leise* Ich hab' nicht können.

LULU *kindisch, weiß nicht, wie er sich benehmen soll, zum Kind* Sag dem schönen Fräulein guten Tag! – So! – Kennst du das schöne Fräulein?

KIND *nickt.*

LULU *hat seine Fassung wieder* Du mußt nicht zu allem ja sagen. – Er ist so dumm, Agnes! Das schöne Fräulein da kennst du nicht.

KIND *mit großen Augen* O ja.

TONI *nickt* Gewiß.

LULU *versteht allmählich, leise* Ja richtig.

AGNES *nickt und sieht Toni an, die den Blick erwidert.*

LULU *altklug* Was sich so kleine Kinder alles merken!

TONI *drückt das Kind an sich und verbirgt das Gesicht auf seinem Haupt.*

LULU Du, Agnes, ich muß jetzt gehn. Wir haben nämlich Schul' – Griechisch.

AGNES *den Blick auf Toni, nickt.*

LULU *nimmt Agnes beiseite* Weißt, was die mir gesagt haben?

AGNES *zerstreut* Wer?

LULU *mit einer Kopfbewegung nach links* Na, die... die behandeln mich noch immer, als wenn ich in der ersten wär'.

AGNES Was haben sie dir denn gesagt?

LULU Also der Papa hat mir gesagt – *Winkt sie näher* der Hugo war mit ihr im Geheimen verheiratet. Jetzt frag' ich dich, Agnes, warum erzählt man mir solche Geschichten?

AGNES Es ist doch dasselbe.

LULU Na eben. – Also, grüß' dich Gott, Agnes... *Zurück* Pah, Bubi. – Adieu, Tante Toni... *Ab.*

Pause.

AGNES *leise* Also hier wohnen Sie?

TONI Wohnen – das eigentlich nicht. Dort *Nach der Türe rechts hinten weisend* ist unser Zimmer. Aber wir sind beinah immer da.

AGNES So.

TONI Anfangs haben sie das Zimmer ganz absperren wollen. Aber so ist es besser – glaub' ich.

AGNES *nickt, betrachtet das Kind* Ja. *Sie kniet, wie einer plötzlichen Eingebung folgend, neben dem Kinde nieder und küßt es mit Inbrunst.*

TONI *mild* Deswegen sind Sie heut gekommen.

AGNES Ja... *Erhebt sich* Ich war schon ein paarmal auf dem Weg hierher; – aber ich hab' mich nicht herauf getraut. Es hat mich so schrecklich erschüttert. Wir waren ja... so nahe verwandt.

Es war beinah, als wenn ich einen Bruder verloren hätte. *Sie ist ins Schluchzen gekommen und fällt Toni in die Arme.*

TONI Sie haben ihn – sehr liebgehabt.

AGNES *aufschauend* Hat er's denn gewußt?

TONI Er vielleicht nicht. – Aber ich. –

Pause.

AGNES Hat er von mir gesprochen?

TONI Natürlich. Er hat zu mir von allen Menschen gesprochen, die er gekannt hat. Das können Sie sich wohl denken, Fräulein Agnes.

AGNES Jetzt kann ich mir vieles denken. Und daß jemand auf der Welt sein muß, dem er alles sagt – das hab' ich schon lang gewußt. Wenn er zu Hause oder bei uns war, hab' ich oft genug gemerkt, daß er eigentlich lieber woanders sein möchte.

TONI *das Kind an sich drückend* Bei uns!

AGNES *ausbrechend* O Gott, wie beneid' ich Sie!

TONI *schaut auf.*

AGNES *wie beschämt* Sie haben ja... den...

TONI *leise* Gott erhalte ihn mir.

AGNES Sie müssen nicht böse sein, daß ich so rede. Aber das Herz tut mir so weh, ich kann's gar nicht sagen.

TONI *in tiefstem, aber unterdrücktem Schmerz* Liebes Fräulein Agnes, mir auch!

AGNES Fräulein Toni, ich möchte so gern Ihre Freundin sein!

EMMA *tritt ein, rechts vor, lächelt leicht, wie sie Agnes sieht.*

AGNES *ihr entgegen* Mama!

EMMA Grüß' Sie Gott, Toni! Was macht denn der Kleine?

TONI Ich danke, gnädige Frau.

EMMA Blaß!

TONI Ja, das ist er immer.

EMMA Jedenfalls ist es gut, daß sie bald aufs Land gehen.

TONI Freilich.

EMMA Auch für Sie!

TONI *abwehrend* Ach Gott!

EMMA *zu Agnes* Warst du schon bei Tante Betty?

AGNES Nein, Mama, jetzt kann ich nicht. Ich geh' lieber nach Hause, Mama, wenn du erlaubst.

EMMA Wie du willst, mein Kind.

AGNES *zu Toni* Jetzt werd' ich oft wiederkommen. Jeden Tag will ich kommen, ja? Wir sind Freundinnen, Mama.

EMMA So?

AGNES *beugt sich und küßt die Haare des Kindes. Sie reicht Toni die Hand und geht.*

EMMA *mit einem Blick auf das Kind* Für so was ist es schon der Mühe wert, zu leben. Haben Sie nur Mut. Ich hab's auch überstehen müssen.

TONI Sie sind so gut zu mir, gnädige Frau.

EMMA Wir sind ja alte Bekannte.

TONI Bekannte?

EMMA Er hat mir von Ihnen erzählt, – freilich ist das schon sehr, sehr lange her.

TONI Mir auch von Ihnen, gnädige Frau... Viel... Noch ganz zuletzt. Ja, Sie haben ihn gekannt! – Darum verstehen Sie auch alles so gut.

EMMA Das werden die andern auch. Sie müssen nur Geduld haben, Toni. Vorläufig ist noch eine gewisse Scheu da.

TONI Ja – warum denn? Sie brauchten mich doch nur zu fragen; ich hab' ja nichts zu verbergen.

EMMA Auch die Franzi hat Sie noch um gar nichts gefragt?

TONI Die möcht's manchmal tun – das merk' ich schon. Aber ich glaub', sie traut sich nicht recht.

EMMA Traut sich nicht? *Lächelnd* Sie meinen – wegen ihres Bräutigams?

TONI Ist es denn wirklich ihr Bräutigam?

EMMA Gewiß.

TONI Man merkt's so gar nicht. Haben sich denn die gern?

EMMA Mein Kind, das Gernhaben, wie wir zwei es uns vorstellen, ist freilich was anderes.

TONI Nicht wahr? –

KIND Mama!

TONI Was willst denn, Franzl?

KIND Wird der Papa heut kommen?

TONI Morgen, Franzl, morgen. – Setz dich daher – und schau dir die Bilder an. *Setzt das Kind auf einen Fauteuil, gibt ihm das Bilderbuch in die Hand* Ja, – und sei schön still! *Zu Emma zurückkehrend* Immer fragt er mich das! Es macht mich noch wahnsinnig. Was soll ich ihm denn sagen? Ich kann ihm doch nicht sagen, daß sein Vater nicht heut und nicht morgen und nie mehr kommen wird. Ich versteh's ja selber noch nicht. Es ist grad, wie wenn ich's jeden Tag in der Früh neu erfahren möcht'. Immer muß ich mich erst besinnen, weil ich jede Nacht von ihm träum' – immer gehn wir miteinander herum, und er führt mich bei der Hand – so wie er den Franzl immer bei der Hand geführt hat. – Haben Sie denn eine Ahnung, gnädige Frau, wie gern er uns zwei gehabt hat?

EMMA Ich kann's mir wohl denken.

TONI *schüttelt den Kopf* Nein –

EMMA *lächelt.*

TONI Das können Sie sich nicht denken. Sie wissen ja nicht, wie das alles war. Was er für mich gewesen ist, können Sie nicht wissen. Ich bin so allein gewesen, das kann sich gar kein Mensch vorstellen.

EMMA Freilich – wenn man so früh seine Mutter verliert!

TONI O Gott – meine Mutter hab' ich gar nicht gekannt. So weit ich zurückdenk', war ich immer mit dem Vater allein.

EMMA Aber es sind doch Leute zu Ihnen ins Haus gekommen?

TONI Wie ich noch ein Kind war – ja. Wie der Vater selbst noch jünger war, sind manchmal Kollegen aus dem Bureau zu ihm gekommen. Aber in den letzten Jahren so gut wie keiner. Nur ein Bruder vom Vater und seine Frau, – die sind am Sonntag manchmal bei uns gewesen, das weiß ich mich noch zu erinnern – da sind wir zusammengesessen, die zwei alten Leut', der Vater und ich – in unserem kleinen Zimmer – da ist kaum ein Wort gesprochen worden ... Ich hätt' schreien können.

EMMA Warum?

TONI Vor Angst. Immer war's so still bei uns, als wenn man sich vor irgend etwas fürchten müßt'! Man hat nie so recht aufatmen können. Und je älter der Vater geworden ist, um so ärger ist das geworden. An nichts hat er eine rechte Freude gehabt. Und immer Sorgen – auch wenn's nicht notwendig war…

EMMA Was ist er denn eigentlich gewesen?

TONI Beim Magistrat war er angestellt.

EMMA Aber der Hugo hat Sie… bald vom Haus weggenommen?

TONI *nach einer Pause* Ich hätt' ja… gehn müssen.

KIND *das Gustav erblickt* Onkel Gustav! *Streckt ihm die Arme entgegen.*

TONI *steht auf.*

GUSTAV *ist eingetreten, geht vor allem dem Kinde entgegen und schließt es in die Arme – Pause der Bewegung. Dann streckt er Toni die Hand entgegen; dann Emma* Ist das ein Wiedersehen!

EMMA Wann sind Sie denn zurückgekommen?

GUSTAV Vor einer halben Stunde, gnädige Frau, ich hab' eine so große Sehnsucht gehabt, die beiden da *Auf Toni und das Kind weisend* wiederzusehen. – *Bewegt* Also seid ihr wirklich da! Wohnt hier! – Das beruhigt mich sehr! – Und wie geht's euch denn… wie ist das überhaupt alles – hat man euch auch lieb? *Kleine Pause.*

EMMA Es ist alles gut – und wird noch besser werden.

BETTY *und* FRANZISKA *kommen von links.*

BETTY Sie sind wieder da, Gustav?

FRANZISKA Guten Tag! *Begrüßung. Franziska wendet sich gleich dem Kinde zu.*

BETTY Zurück vom Urlaub?

GUSTAV Ja, gnädige Frau, und hierher war natürlich mein erster Weg. *Leise zu Betty* Was Sie da getan haben, ist sehr schön.

BETTY Es ist doch selbstverständlich.

GUSTAV Ja, von Ihnen, gnädige Frau… gewiß.

FRANZISKA *zu Gustav* Waren Sie zu Hause?

GUSTAV Ja, Fräulein. Es war ein trauriger Urlaub! Denken Sie – die Stimmung, in der ich von hier abgereist bin, und – daheim hab' ich auch nicht alles so gefunden, wie ich gewünscht hätte.

FRANZISKA Wie geht's Ihrer Mutter?

GUSTAV Nicht zum besten. Sie ist sehr alt geworden. Wer weiß, ob ich sie noch einmal wiedersehen werde.

BETTY Warum machen Sie sich so trübe Gedanken?

GUSTAV Was! Ist das Leben eine traurige Erfindung! Wenn man so ein paar Jahre daran vergessen hat und es für sehr fidel hält – da kommt dann alles Schlimme auf einmal. – *Einfach* Da heißt es dann gleich – alles verlieren, was einem ...

TONI *klammert sich unwillkürlich an das Kind.*

GUSTAV *absichtlich abschweifend* Sie ziehen wohl bald alle aufs Land?

BETTY Ja, in einigen Tagen.

GUSTAV Das ist gut. Auch wegen des Buben. Um die Zeit war er sonst immer schon im Grünen. *Zu Franziska* Sie wissen doch, daß er nach Ihnen heißt.

FRANZISKA *nickt.*

GUSTAV Er hat gewußt, was er an seiner Schwester hat. *Zum Kind* Ja, jetzt wird der Franzl bald wieder im Garten herumlaufen.

KIND Und der Papa wird mit mir fangen spielen.

FRANZISKA *zu Toni* War das sehr weit draußen, wo ihr auf dem Lande gewohnt habt?

TONI Nein.

GUSTAV Ganz nah. Ich bin sehr oft noch spätabends mit ihm hinaus. Erinnerst du dich, Toni, wie wir –

TONI *wehrt ab.*

FRANZISKA *zu Gustav* Sie haben auch mehr von ihm gehabt als wir. Warum hab' ich von alldem früher nichts wissen dürfen? Warum? Warum? – Den Garten möcht' ich doch gern einmal sehen! Wir wollen einmal alle zusammen...

TONI *beinahe hart* Nein – –

FRANZISKA Warum nicht?

TONI Ich könnt' es nicht ertragen.

Pause.

BETTY Was mir eben wieder eingefallen ist, Toni, Sie müssen doch bald einmal in Ihre alte Wohnung hier in der Stadt schauen.

TONI Nein, nein...

BETTY Es wird doch notwendig sein. Die Zimmer könnten weiter vermietet werden, während wir auf dem Lande sind. Oder soll ich hinschicken, alles abholen lassen?

TONI Nein, gnädige Frau, ich danke sehr... Da geh' ich doch lieber selbst hin. Es ist noch manches dort, das ich gerne bei mir haben möchte.

FRANZISKA *von dem Kinde weg, herzlich* Wenn ich Sie begleiten würde, Toni?

TONI Sie wollen mit mir?

FRANZISKA Ich denke, wenn Sie nicht allein hin müssen, wird es Ihnen leichter sein.

TONI Das ist schon möglich.

FRANZISKA Wenn es dir recht ist, Mama, wollen wir das gleich besorgen.

BETTY Ich habe nichts dagegen, nur möchte ich nicht, daß du lange fortbleibst. Doktor Ferdinand wird –

FRANZISKA *leicht verlegen* Wenn er mich sehen will, wird er schon auf mich warten.

GUSTAV *wechselt einen Blick mit Emma.*

TONI So wollen wir also gleich gehen, Fräulein Franziska?

FRANZISKA Sagen Sie mir doch »Franzi«, wie die andern – wozu das »Fräulein«?

TONI Wie gerne.

FRANZISKA Also adieu!

GUSTAV Ich begleite die Damen – wenigstens die Stiege hinunter. Ich komme direkt von der Bahn und war noch nicht zu Hause. – Sie erlauben mir doch, bald wiederzukommen, gnädige Frau. Ich glaube auch im Sinne Hugos zu handeln, wenn ich mich manchmal nach dem Kleinen umschaue.

BETTY Kommen Sie nur oft.

GUSTAV Also auf Wiedersehen!

BETTY *zu Toni* Den Kleinen lassen Sie uns da, Toni.

GUSTAV Pah, Franzerl, morgen sehen wir uns wieder, ja?

TONI Freust du dich denn nicht, daß morgen der Onkel Gustav wiederkommt?

EMMA Wie Sie gekommen sind, hat er gelacht.

TONI Jetzt lacht er auch. Er hat ein eigenes Lachen – das ist anders wie sonst bei Kindern – das kenn' eigentlich nur ich – *Pause der Bewegung.*

FRANZISKA Adieu, Tante Emma.

GUSTAV Küss' die Hand, meine Damen! – *Gustav, Franziska, Toni ab.*

BETTY *zu dem Kinde* Mein süßer Bub! *Zu Emma* Wenn ich denke, der könnte auf der Welt sein – und ich wüßte nichts davon!

EMMA Das wäre auch möglich.

KIND Großmama.

BETTY Was denn, Franzl?

KIND Wirst du auch im Garten spielen, wenn der Papa zurückkommt?

BETTY Freilich, Franzl, freilich. – *Sie ist sehr bewegt. Pause* Ach Gott, wie wenig von seinem Leben hat uns gehört. Ich darf gar nicht daran denken.

EMMA Hast du's nicht manchmal gefühlt?

BETTY Das mag wohl sein. Wenn man einen Sohn in dem Alter hat, – muß man ja an manches denken. Aber daß er ganz woanders daheim ist als bei uns, Emma! – daß es etwas gibt, was ihm teurer war als wir alle – als ich – – nein, das hab' ich nicht geahnt.

EMMA *schweigt.*

BETTY *mit Blick auf das Kind* Hätt' ich's nur früher gewußt! Mir kommen jetzt diese letzten Jahre so entsetzlich fremd – so – ich weiß gar nicht, wie ich dir das sagen soll – ganz unheimlich kommen sie mir vor. Jetzt weiß ich ja erst, wieviel, wie unendlich viel er... mir schuldig geblieben ist.

EMMA Du bekommst doch vieles wieder zurück.

BETTY Ja, Emma, der Bub da gibt's mir wieder. Nach und nach, durch solche Worte wie jetzt, vom Garten, durch alles mögliche, was er zusammenplauscht, dadurch, daß er überhaupt da ist, gibt er mir die Tage wieder, die mir mein Hugo nicht gegeben hat. *Sie nimmt das Kind, herzt es* Ja, mein süßer, süßer

Bub, da sind sie! Auf deinen Lippen, in deinen Augen, da sind alle die Tage, die mir der Hugo nicht gegeben hat!

EMMA *sehr bewegt* Glaub mir, Betty, in den Augen seiner Mutter fändest du vielleicht noch mehr davon, wenn du auch da suchen wolltest.

BETTY Ja, das ist schon möglich. Aber da fände ich vielleicht noch vieles andere, was ich nicht suche und was ich nicht finden möchte.

EMMA Was denn? Was könntest du da finden, was du nicht finden möchtest?

BETTY Wie kannst du mich so fragen, Emma?

EMMA Nun – was? – Daß sie Freuden und Schmerzen durchgemacht hat, von denen du, meine liebe Betty, dir wahrscheinlich in deinem ganzen Leben nichts hast träumen lassen! Was denn sonst? Sie wäre ja ohne ihn möglicherweise was Schlechtes geworden – und wenn er gewollt, so hätte er selbst sie zu was Schlechtem machen können. Aber er hat sie zur Mutter seines Kindes gemacht, und so ist sie gut geworden. Du mußt sie liebhaben, Betty.

BETTY Das tu' ich ja.

EMMA Sie verdient es! – *Bewegt* Ich weiß, was es heißt, einen geliebten Mann verlieren, als junge und geliebte Frau. Alles verschmerzen wir, Vater und Mutter und Söhne – aber wenn uns der Geliebte gestorben ist, können wir nie wieder lachen wie andere Frauen – da kommen immer wieder Tage, wo es ist wie am ersten Tag, – und an jedem Grab weinen wir doch wieder nur für ihn. –

Pause.

BETTY Ich muß jetzt so oft an ihn denken. Soll man nicht an eine Bestimmung glauben?

EMMA Wie meinst du das?

BETTY Gerade die beiden haben so früh von uns fort müssen – mein Bruder und mein Sohn, gerade die, die einander so ähnlich waren!

EMMA Ja, es war eine seltsame Ähnlichkeit.

BETTY Und beinah auf den Tag sind sie gleichalt geworden.

EMMA *in Sinnen* Besonders wenn Hugo am Klavier gesessen ist, da war mir, als säh' ich ihn wieder vor mir. Ich glaube fast, ich hab' ihn oft nur deswegen gebeten, mir was vorzuspielen.

ADOLF *tritt ein, links vorn, hat ein Päckchen in der Hand.*

ADOLF Guten Abend! Guten Abend, Emma, wie geht's dir denn? *Beugt sich zum Kinde herab* Na, was macht das Bubi? Was macht das süße kleine Bubi?... *Liebkosung, übertrieben* Was hab' ich da dem Bubi mitgebracht?

EMMA Darf ich dich um etwas bitten, Adolf?

ADOLF Stets zu deinen Diensten, Emma.

EMMA Wenn du dem Kind nicht so oft Bubi sagen möchtest – es macht einen ganz nervös.

ADOLF Komisch bist du, Emma, – Na. *Zum Kind* Herr Hofrat, was glaubst du, daß ich dir mitgebracht hab'?

BETTY Jeden Tag bringst du ihm was mit. *An Emma gewandt* Und dabei hat er eigentlich an nichts eine rechte Freude.

ADOLF Das wird schon kommen. Wahrscheinlich haben wir das Richtige noch nicht gefunden. Meiner Überzeugung nach hat nämlich jedes Kind sein Spielzeug, dasjenige, das gerade seiner Individualität... *Er hat das Päckchen geöffnet, nimmt eine Trompete heraus* Das gehört dem kleinen Franzl! – Ja! *Er trompetet.*

KIND *zuckt zusammen.*

EMMA Das scheint schon wieder nicht das Richtige zu sein.

ADOLF Wo ist denn übrigens – die Mutter?

EMMA Warum sagst du nicht einfach Toni?

ADOLF Ich sage ohne weiteres Toni! – Ah, das ist gut! – Na, da kennst du mich schlecht. Wo ist Toni?

BETTY Sie ist – mit Franzi fortgegangen.

ADOLF Mit Franzi?... Zusammen? – Hm –

BETTY Ja.

ADOLF *auf und ab* Im Prinzip ist ja dagegen nichts einzuwenden. Aber es könnte falsch aufgefaßt werden.

BETTY Wieso?

ADOLF Ich werde euch das erklären. Es könnte so aufgefaßt werden, als ob wir uns darauf etwas zugute täten.

BETTY Zugute?

ADOLF Ja. – Seht her – unsere Tochter, ein junges Mädchen, lassen wir bei hellichtem Tage mit dieser... *Blick auf Emma* mit Toni in der Praterstraße spazierengehen – ja, das tun wir – so egal seid ihr uns. – Es ist zu absichtlich, Betty, wir werden ohnedies noch genug Kämpfe zu bestehen haben –

BETTY Kämpfe?

ADOLF Tut ja nichts, die Sache ist das schon wert – und mit dir zusammen – ja, Betty, du bist mein tapferes Weib. Wir wissen doch, wofür... für diesen kleinen süßen Engel da! *Zum Kind, das zu weinen begonnen hat* Ja, was hast du denn? Was habt ihr denn nur mit dem Buben gemacht? *Zum Kind* Du sollst nicht weinen! Warum weinst du denn? *Sehr nervös* Ach Gott, ach Gott – das vertrage ich absolut nicht. Betty, willst du den Kleinen nicht lieber in ein anderes Zimmer bringen?

BETTY Komm, Franzerl.

ADOLF Aber die Trompete da soll er sich mitnehmen. Na, da nimm... da. *Gibt dem Kinde die Trompete. Betty und das Kind ab.*

ADOLF *im Zimmer auf und ab* Ist das Leben nicht sonderbar? Da ist man nun längere Zeit – Großpapa gewesen und hat keine Ahnung davon gehabt. Was sagst du denn eigentlich dazu, Emma?

EMMA *zuckt die Achseln.*

ADOLF Du hast's wohl gewußt?

EMMA *wendet sich ab.*

ADOLF Ich sollte dir eigentlich böse sein, daß du mir nichts gesagt hast.

EMMA Das hätt' ich keinesfalls getan.

ADOLF Du hättest unrecht gehabt, Emma. Siehst du, das wird mir niemand abstreiten: wie ich jederzeit ein liberaler Mann war – ich habe oft Gelegenheit gehabt, es zu beweisen – so bin ich auch ein liberaler Vater gewesen. Mein armer Hugo hat sich nie über mich zu beklagen gehabt. Ich kann von mir sagen, daß ich alles verstehe. Aber – wenn ich von dieser Sache erfahren hätte – der hätte ich zu rechter Zeit ein Ende gemacht. Das hab' ich nämlich nicht geahnt. Siehst du, der Junge hat viel Geld gebraucht, ich muß sagen – eigentlich mehr, als sonst Söhne aus gut bürgerlichen Häusern zu brauchen pflegen, aber ich habe mir gedacht, der Junge lebt wie die anderen jungen Leute, hat seine fidelen kleinen Aventüren, kurz und gut, er genießt sein Leben. Donnerwetter, man war ja auch einmal jung, man versteht das ja!

EMMA Gott sei Dank, wenn man es nur versteht!

ADOLF Allerdings versteht man es. Aber, was ich immer stillschweigend vorausgesetzt habe, war: Der Junge hat ein Verhältnis, wo das Hängenbleiben ausgeschlossen ist. Das ist doch etwas, was man von seinem Sohne verlangen kann. Zu allem übrigen hätt' ich nie ein Wort gesagt... hab' ich nie ein Wort gesagt. – Du hast doch davon gewußt, Emma, du bist ja seine Vertraute gewesen.

EMMA Früher einmal – ja.

ADOLF Früher, das wissen wir!

EMMA Was wissen wir?

ADOLF *ernst* Alles, meine liebe Emma, was rings um mich geschieht. Glaube nicht, daß es irgend etwas gibt, das diesen Augen entgehen könnte.

EMMA Was willst du damit sagen?

ADOLF Ich kenne die Welt, liebe Emma. Daher fasse ich die Dinge stets in ihrer wahren Bedeutung auf, nicht nach der landläufigen Moral. Und meiner Ansicht nach gibt es gar nichts, was einen jungen Mann mehr bildet, mehr reift, als – die Verehrung für eine schöne junge Frau – – oder Witwe... Du bist noch immer schön, Emma.

EMMA Was soll man zu einem Menschen sagen, der sich nicht scheut, in diesem Zimmer –

ADOLF Sans conséquence bei uns, liebe Emma, – das weiß ich längst – die Söhne haben in solchen Fällen gewöhnlich mehr Glück als die Väter.

BETTY *kommt zurück* Es hat sich beruhigt. Ich hab' es ein bißchen aufs Bettchen hingelegt – weil es ganz müde ist, als hätt' es weiß Gott was für Aufregungen durchgemacht.

ADOLF So. Wir müssen doch dieser Tage einmal ernstlich mit Schmidt über den Buben reden. In meinem Leben ist mir kein so nervöses Kind vorgekommen, und das betrübt mich. Wie immer man die Sache nehmen mag: Dieses Kind ist von unserem Blute, und was mich anbelangt, lieb' ich es so sehr, als...

EMMA Als wenn es dein Enkel wäre... was?

ADOLF Tue ich auch.

EMMA Es ist doch euer Enkel.

ADOLF Ich liebe es, als wenn es mein legitimer Enkel, als wenn es in der Ehe geboren wäre, von einer Frau, die wir selbst unserem Hugo zugeführt hätten.

EMMA Es ist gar nicht ausgemacht, daß die besser gewesen wäre.

ADOLF Du bist eben immer originell, liebe Emma. Aber wir haben nun einmal in der Welt nicht mit lauter Leuten zu tun wie du oder ich. Drum sagt' ich früher: Der Kampf beginnt. Gott sei Dank, ich bin der Mann, ihn durchzuführen, ich habe schon manchmal Gelegenheit gehabt, zu zeigen – na –

BETTY Was meinst du denn eigentlich? Warum sprichst du von einem Kampf?

ADOLF Sag, meine liebe Betty, ist dir nicht aufgefallen, daß einige unserer intimsten Freunde seit dem Begräbnis sich nicht bei uns haben blicken lassen?

BETTY Es sind ja erst acht Tage her.

ADOLF Immerhin... Unter anderen Umständen wären sie wohl gekommen.

BETTY Von Bibers und Grünbergs ist es allerdings sonderbar.

ADOLF Weder Biber noch seine Frau, noch seine Töchter haben sich blicken lassen.

BETTY Nun ja, wir werden schlimmsten Falls auf diesen Verkehr verzichten können. Wir haben eben eine Pflicht zu erfüllen.

ADOLF Das ist's – ja! Du bist mein braves Weib, Betty. Eine Pflicht haben wir zu erfüllen, das ist das erlösende Wort. Aber wenige verstehen das! Wenige! Sogar solche, von denen man denken sollte...

EMMA So erzähl doch endlich, was du zu erzählen hast!

ADOLF Ich habe heute früh Doktor Mettner begegnet, wie ich meinen Morgenspaziergang über den Ring machte. Du wirst zugeben, ein Mann ohne engherzige Vorurteile, ein Vorkämpfer für alle freisinnigen Ideen wie ich selbst – ja, ich kann sagen – Schulter an Schulter haben wir seinerzeit... *Emma steht nervös auf.*

BETTY Nun, was hat's mit ihm gegeben?

ADOLF Lieber Professor, sagte Mettner, Sie geben der Gesellschaft einen Faustschlag ins Gesicht – ich gebrauche seinen Ausdruck »Faustschlag« –

BETTY Was hast du ihm erwidert?

ADOLF Ich? – Lieber Doktor, habe ich erwidert, ich kann mir das erlauben. Ich meine nämlich, wenn man so dasteht wie ich, wenn man –

FERDINAND *tritt ein* Guten Abend!

ADOLF Guten Abend, Doktor!

FERDINAND *im Zimmer umherblickend* Also immer hier?

ADOLF Ja. Hier sind wir ihm am nächsten.

FERDINAND Fräulein Franzi ist wohl in ihrem Zimmer?

BETTY Franzi ist nicht zu Hause, Doktor; sie wird aber bald kommen. Sie ist mit Toni fortgegangen.

FERDINAND Mit ihr? Halten Sie das für unerläßlich, gnädige Frau?

ADOLF Was hab' ich gesagt, Betty? Der Doktor findet das auch nicht in der Ordnung.

BETTY Lieber Doktor, sie ist doch nun einmal unsere Hausgenossin.

FERDINAND Ich denke, nachdem die ersten fürchterlichen Tage vorüber sind, in denen wir alle wie niedergeschmettert waren, – ist es nun endlich an der Zeit, über diese ganze Angelegenheit ins klare zu kommen. Ich bitte Sie, ich beschwöre Sie – bedenken Sie doch endlich, wen Sie in dieses Haus aufgenommen haben, wer mit Ihnen an einem Tische sitzt, wem Sie erlaubt haben, mit uns allen am Grabe Ihres Sohnes zu beten.

EMMA Die Mutter seines Kindes ist sie!

BETTY Ja, die Mutter seines Kindes.

FERDINAND Seine Mätresse ist sie gewesen, das steht jedenfalls fest, also eines von den Weibern, die man sonst in solchen Häusern nicht über die Schwelle läßt.

EMMA Lernen Sie sie doch erst kennen, bevor Sie sie mit einem Worte abzutun versuchen.

FERDINAND Ich bin nicht danach begierig. Sie haben ja alle irgendeine Entschuldigung – das ist nichts Neues! Die ist gut für die nächsten Liebhaber – bei uns hier hat sie nicht zu gelten.

ADOLF Lieber Doktor, Ihre Ansichten sind die eines rechtlichen Mannes, und es ist für mich besonders erfreulich, daß gerade der Mann solche Ansichten hegt, dem ich das Glück meiner einzigen Tochter anzuvertrauen gesonnen bin. Wir wissen alle, daß dieses junge Wesen gefehlt hat, und ich bin, wie ich vielleicht als bekannt annehmen darf, sehr ferne davon, in dieser Hinsicht lax zu denken. Aber wir haben ein Recht gegenüber solchen Geschöpfen, das wir gelegentlich in Anspruch nehmen dürfen; das Recht: zu verzeihen. Und das wollen wir tun. Ich verzeihe ihr!

EMMA Verzeihen? – Du sprichst von Verzeihen? – Was hast du – *Pause. Stark* was hat überhaupt ein Mensch dem andern zu verzeihen? – Vermessenheit ist das! Strafen dürfen wir, – und rächen meinethalben – damit bleiben wir doch unter uns sozusagen. Aber zum Verzeihen ist doch keiner gut genug. Ihr habt einfach den letzten Willen eures Sohnes zu erfüllen – das ist alles.

ADOLF Das tun wir ja. Ich weiß nicht, was du willst. Wenn es mir – abgesehen davon – auch noch beliebt, ihr zu verzeihen, so ist das meine Sache.

FERDINAND Der letzte Wille Hugos? – Wissen Sie, was sein letzter Wille war? – Seine letzten Worte kennen wir, die er gesprochen hat, als schon die Schatten des Todes über seinem Bewußtsein lagen.

BETTY *fast erschrocken* Nein, Doktor, sagen Sie das nicht. Er wußte, was er wollte. O ja.

FERDINAND Wenn ich auch das annehmen will, eine Frage bleibt jedenfalls offen – ob er das Recht hatte, Verfügungen zu treffen, die so tief die Existenzbedingungen seiner nächsten Angehörigen berühren?

EMMA Wie können Sie es wagen, über ihn zu urteilen!

FERDINAND Damit maße ich mir keinerlei Urteil an.

EMMA Sie haben ihn ja nie begriffen, Sie haben ihn überhaupt nie leiden können.

ADOLF *ernst* Emma, du sprichst zu dem Lehrer und Freund unseres armen Hugo.

FERDINAND Ich hab' ihn liebgehabt – und glaube ihn auch genügend begriffen zu haben – das war nicht so schwer. Er war jung, liebenswürdig und gut – aber die Menschen hat er nicht gekannt.

ADOLF Ja, er war zu gut für diese Welt!

EMMA Ja! Zu gut für diese Welt. Besser, als ihr alle ahnen könnt, ist er gewesen – und darum hat er noch im letzten Augenblick seines Lebens das Beste getan, was er tun konnte, und euch die Sorge um diese zwei Geschöpfe ans Herz gelegt, die ohne euch wahrscheinlich verloren wären.

BETTY Und ich danke Gott, daß er noch die Kraft gehabt hat, diese Worte zu sprechen. – Auch wenn ich von anderer Seite erfahren hätte, daß ein Kind meines Hugo existiert, ich hätte es zu uns genommen!

FERDINAND Das Kind ja – aber seine Mutter –

BETTY Ich hätte sie doch nicht von ihrem Kinde getrennt.

ADOLF Das hätten wir nicht getan. Nein, das hätten wir nicht getan! – Und mit einem Worte, Doktor, werde ich Sie über die ganze Sache endgültig beruhigen. Zu dem Kinde hätten wir jedenfalls eine Person ins Haus nehmen müssen. Denken Sie einfach, Toni ist diese Person. Wir hätten keine bessere gefunden. Mit dieser Lösung wird vielleicht auch meine verehrte Schwägerin einverstanden sein.

STUBENMÄDCHEN *tritt ein* Herr Professor Biber fragt, ob die Herrschaften zu sprechen seien.

ADOLF Biber? – Natürlich sind wir ... Professor Biber allein ... Frau Biber nicht?

STUBENMÄDCHEN Nein, Herr Professor Biber ist allein da.

ADOLF Führen Sie ihn gleich in den Salon.

STUBENMÄDCHEN *ab.*

BETTY Siehst du, er ist doch gekommen.

ADOLF Aber ohne Frau... *Auf eine Idee kommend* Betty, hol das Kind.

BETTY *bedauernd* Ach Gott, es wird jetzt schlafen.

ADOLF Betty, hole das Kind – Biber soll sofort sehen, woran er ist. Wir haben keinen Anlaß, unsere Handlungsweise zu verbergen. Hole das Kind.

BETTY *ins Nebenzimmer; bringt das Kind.*

ADOLF *nachdem er Emma stolz angesehen* So... komm, mein süßer kleiner Bub. Führ ihn an der Hand, Betty. So wollen wir Biber gegenübertreten. Auf Wiedersehen! *Adolf, Betty, das Kind ab.*

EMMA So hassen Sie ihn wirklich übers Grab hinaus?

FERDINAND Warum sagen Sie mir das?

EMMA Ich weiß ja, daß sich Ihre ganze Natur gegen ihn gewehrt hat – vom ersten Augenblick an, da Sie dieses Haus betreten haben. Aber jetzt ist er ja fort. Alle die Heiterkeit und Güte ist fort! Warum jetzt noch? Warum wollen Sie Ihren Haß dieses arme Wesen entgelten lassen, das ihn von uns allen am meisten geliebt hat!

FERDINAND Die Sache liegt anders, als Sie sie auffassen, gnädige Frau... Daß wir einander fremd gegenübergestanden sind – mag ja richtig sein. Ich bin eben ganz woanders hergekommen – aus einer armseligen und miserablen Kindheit – während er die Sorge nie gekannt hat. Er hat von Jugend auf alles gehabt, was das Leben schön macht – und ich sehr lange nichts. So etwas macht einander fremd. Aber das hat sich ja geändert, wie Ihnen nicht unbekannt ist – und wenn ich ihn je beneidet hätte – das müßte vorbei sein. Und da soll ich jene Person hassen, weil sie seine Geliebte war? Ich gönne ihr alles Glück der Welt, nur hier darf sie nicht bleiben – aus Franziskas Nähe soll sie fort.

EMMA Warum? Sie führen ja Franzi in der nächsten Zeit aus diesem Hause weg.

FERDINAND Sind Sie dessen ganz gewiß, gnädige Frau? – Ich sage Ihnen, daß alles zu wanken beginnt, seit diese Toni hier ist. Ich fühle mich so lange meines Glückes nicht sicher, als die Möglichkeit vorliegt, daß sie sich Franzi nähern kann. Ich habe mit Geschöpfen dieser Art nie zu tun gehabt; sie sind mir unheimlich. Ich fühle, daß ich sie hier nicht dulden darf. Aus einer anderen Welt kommt sie, von der kein Hauch die Seele eines reinen Mädchens wie Franzi berühren darf – dahin soll sie zurück!

EMMA Eine andere Welt gar?

FERDINAND Ja, das nenn' ich eine andere Welt, wo die Gesetze nicht gelten, auf denen die ganze Ordnung unseres bürgerlichen Lebens beruht – wo man sich einfach nimmt, was einem gefällt – ohne Skrupel, ohne Reue! Und ich kann's nicht ertragen, daß ein Wesen jener Welt an der Seite Franzis bleibt.

EMMA Wie ein Kind von Fabelländern reden Sie von dieser »anderen Welt«. Als wenn's irgendwelche Grenzen dieser Art gäbe!... Hier »die Tugend« – und dort »das Laster«. So einfach ist das Leben nicht, mein guter Doktor. Die Grenzen wären ja sehr bequem für Sie – nur existieren sie nicht. In uns allen ist nämlich die Sehnsucht nach Glück – und das ist die Gefahr, die Sie fürchten! – Mit Recht, übrigens! Sie werden Franzi vor vielem behüten müssen, wenn sie Sie nicht lieben wird – nicht nur vor Tonis Gegenwart.

FERDINAND Wenn Franzi bleibt, was sie war, wird es nicht notwendig sein.

EMMA Sie wissen doch gar nicht, von wo überall diese Gefahren kommen können. Menschen wie Sie bemerken sie vielleicht nicht einmal. Ich sage Ihnen aber: Ein Blick, den sie einmal zu rechter Zeit über sich gleiten fühlt, – die Schauer eines Frühlingstages können sie empfinden lassen, daß es noch eine andere Seligkeit für sie gibt, als Sie ihr bieten können – und – die Grenzen sind verwischt.

FERDINAND Das sind Dinge, die vorübergehen. Frühlingstage sind kurz, und Blicke sind rasch vergessen. Aber Toni wäre immer da, und – Sie müssen es ja fühlen wie ich – ihr Blick, ihre Rede, ihr Dasein allein strömt einen Duft aus, der mich ängstigt.

FRANZISKA *tritt ein* Guten Abend!

FERDINAND Guten Abend, Franziska!

EMMA Wo hast du Toni gelassen?

FRANZISKA Sie ist noch dort geblieben.

FERDINAND Wo geblieben?

FRANZISKA Ich war mit ihr in ihrer früheren Wohnung. *Bewegung Ferdinands* Sie will alles so weit ordnen, daß sie nicht noch einmal dahin zurück muß.

EMMA Das begreif' ich.

FRANZISKA Wir haben Auftrag gegeben, alles hierher zu schikken. *Zu beiden* Ich bin zufrieden, daß ich mit ihr dort war. Ich habe mir doch alles ganz anders gedacht. Wie glücklich müssen sie gewesen sein. Mit welcher Zärtlichkeit hat er sie umgeben! Man fühlt es so, wenn man dort ist. Es ist noch alles wie am letzten Tag. An dem Abend hat er noch hinkommen wollen, und alles sieht aus, als wenn es nur auf ihn wartete. Auf dem Tisch sind noch die Veilchen gestanden, die er ihr das letzte Mal gebracht hat, wie er oben war. Die Toni ist mit mir zum Fenster gegangen, und wir haben zusammen in den Hof hinuntergeschaut, wo der Franzl früher gespielt hat; da waren kleine Kinder unten, und wie sie uns gesehen haben, haben sie heraufgerufen und die Toni gefragt, wann der Franzl wieder spielen wird... Sie hat so geweint... *Große Pause* Sind Papa und Mama nicht zu Hause?

EMMA Es ist Besuch bei ihnen, Professor Biber.

FRANZISKA Ah, sind die doch gekommen?

EMMA Nur er. – – Ich kann leider nicht länger warten – grüße sie schön von mir. – Leb wohl! – Adieu, Herr Doktor!

FRANZISKA Du willst schon gehn? – Grüße Agnes. Toni hat mir erzählt, daß sie heute – *Im Abgehen die letzten Worte. Ferdinand bleibt allein zurück.*

FRANZISKA *wiederkehrend, will in das Zimmer rechts hinten.*

FERDINAND Der Kleine ist bei Ihren Eltern, Fräulein Franzi.

FRANZISKA So? Wollen wir nicht auch hinein? Es scheint, Papa ist sehr stolz auf den Kleinen.

FERDINAND Franziska, ist es möglich! – Sie waren in jener Wohnung – mit Toni?

FRANZISKA Nun ja! Was befremdet Sie?

FERDINAND Franziska, lassen Sie mich's als gute Fügung nehmen, daß ich heute mit Ihnen in diesem Zimmer sprechen darf, wo uns das Andenken Ihres teuren Bruders umschwebt. Ich hätte Ihnen so viel zu sagen. Seit dem unglückseligen Tage haben wir keine zehn Worte miteinander gesprochen wie in früherer Zeit. Und gerade an jenem Abend –

FRANZISKA Sie reden so seltsam.

FERDINAND Sagen Sie mir vorerst das eine: Hat sich nichts in Ihnen gewehrt, als Sie über die Schwelle jener Wohnung traten, aus der Sie eben kommen?

FRANZISKA Gewehrt? – Wie können Sie das glauben! – Ich hatte mich ja längst danach gesehnt!

FERDINAND Das haben Sie nicht getan, nein ...

FRANZISKA Ja – gesehnt. – Wenn Sie wüßten, Ferdinand, mit welcher Andacht ich diese Wohnung betreten habe! – Es war eine tiefere Andacht als draußen auf seinem Grab ... Dort, wo er mit ihr gelebt hat, wo er glücklich gewesen ist, hab' ich mich besser seiner erinnern können als dort, wo er *Schaudert* langsam zu Staub wird. Wären Sie doch mit mir dort gewesen! – Hätten Sie sie gesehen, wie ich sie gesehen habe! – Sie würden verstehen, daß ich sie lieben darf wie eine Schwester.

FERDINAND *hart* Entweihen Sie diesen heiligen Namen nicht! Diese Person – Ihre Schwester! Was für ein Zauber geht von solchen Wesen aus, daß selbst ein Mädchen wie Sie, Franziska, vergessen kann, was es für Wesen sind.

FRANZISKA Was hätte ich denn vergessen sollen? Hugo hat sie lieb gehabt, und sie ist die Mutter seines Kindes – das ist der ganze Zauber, den sie für mich hat. Ich wollte, Ferdinand, Sie könnten ihn auch empfinden.

ADOLF, BETTY, DAS KIND

FRANZISKA *gleich auf das Kind zu* Franzerl!

ADOLF Meine liebe Franzi! Weißt du, wer eben dagewesen ist?

FRANZISKA *mit dem Kind beschäftigt* Professor Biber, wie ich höre? – – Was hast du denn, Bubi? Warum ist er denn so still?

ADOLF *blickt scheinbar gerührt auf Franziska.*

BETTY Er ist so müd'.

FRANZISKA Was habt ihr denn mit ihm gemacht?

BETTY Papa wollte ihn durchaus dem Biber vorstellen – da mußt' ich ihn nachmittags aus dem Schlaf aufwecken.

FRANZISKA *wendet sich wieder zu dem Kind* Da wird sich der Franzl aber gleich wieder hinlegen – ja? Wenn die Mama nach Haus kommt, soll's Franzl wieder frisch und munter sein, nicht wahr?

KIND Wo ist denn die Mama?

Franziska und Kind rechts hinten ab.

ADOLF Das gute Kind! . . . Sie ahnt noch nichts.

FERDINAND Was gibt's denn?

ADOLF Es war ein Abschiedsbesuch in aller Form, den uns Professor Biber gemacht hat.

FERDINAND Freilich, er hat eine Frau und Töchter.

FRANZISKA *kommt wieder* So abgespannt hab' ich den Kleinen noch nie gesehen. Wär' nur Toni schon zu Haus.

BETTY Die Mädeln lassen dich grüßen.

ADOLF Nimm es als letzten Gruß. Du wirst sie nicht wiedersehen.

FRANZISKA *erschrocken* Was ist denn?

ADOLF Mein Kind, wir stehen allein. Auch Bibers werden nicht mehr mit uns verkehren.

FRANZISKA Ach so.

BETTY Das hat Biber doch nicht gesagt.

ADOLF Meine liebe Betty, für mich war es deutlich genug. Vor allem ist er allein gekommen. Es war ein Abschiedsbesuch für immer. Meine Aufforderung, uns auf dem Lande zu besuchen, hat er abgelehnt.

FRANZISKA Wie denn, Papa?

ADOLF Ausflüchte... sie werden im August in die Schweiz reisen – als wenn bis dahin nicht noch Zeit genug wäre. Ja, meine Lieben, wir werden auf uns selbst angewiesen sein *Faßt Ferdinands Hand* und müssen uns um so fester aneinanderschließen. Es ist ja ganz natürlich, daß gerade jetzt, nach so unsäglich trauriger Zeit die Sehnsucht nach besseren Tagen uns alle um so heißer überkommt. Es liegt vielleicht auch von unserer Seite, Betty, mehr Pietät darin, an das Glück der Kinder zu denken, die uns Gott noch gelassen hat – als sich einer unfruchtbaren Trauer hinzugeben, die uns ja doch die Toten nicht wiederbringt.

BETTY Adolf!

FRANZISKA Papa!

ADOLF Ihr versteht mich ja. Ich fände es dem Ernst unserer gegenwärtigen Lage durchaus nicht widersprechend, wenn deine Verlobung, meine liebe Franziska, noch ausgesprochen würde, bevor wir aufs Land übersiedeln.

FRANZISKA Es ist doch nicht die Zeit, Feste zu feiern.

ADOLF Worauf man erwidern könnte: eine Verlobung ist kein Fest! Im Ernst gesprochen: eine Verlobung ist eine heilige und feierliche Sache – und besonders bei euch, die ihr einander so lange kennt. Bedenke nur, liebe Franziska, wie verlassen wir von nun an sein werden, – und wenn uns ein treuer Freund bleibt, so müssen wir ihn doppelt hoch schätzen.

FRANZISKA Ich möchte ja so gerne glauben, daß Sie es sind.

FERDINAND Zweifeln Sie daran, Franziska? *Er streckt ihr die Hand entgegen, die sie zögernd nimmt.*

TONI *kommt. Sie trägt einige Bilder in der Hand. Wie sie die Gruppe sieht, bleibt sie an der Türe stehen.*

FRANZISKA *rasch zu ihr* Guten Abend, Toni.

TONI *sehr erregt* Guten Abend.

BETTY Was ist Ihnen denn, Toni, wie sehen Sie denn aus?

TONI Es wird schon vorübergehen.

FRANZISKA Sie haben geweint, Toni.

ADOLF Heut sollen keine Tränen mehr fließen. Freuen Sie sich mit uns, Toni. Franzi wird sich mit dem Doktor verloben.

TONI *ohne Bewegung* Ich gratuliere. *Kleine Pause.*

ADOLF Sie dürfen sich freuen, Toni. Sie sollen es tun. Seien Sie überzeugt, unser armer Hugo selbst, wenn er Sie hier unter uns sähe, würde wünschen, daß Sie unsere Freude teilen.

FERDINAND *hat während der letzten Sätze die Bilder, wie zufällig, zur Hand genommen und sie mit Aufmerksamkeit betrachtet. Pause.*

TONI *hat ihn starr angesehen; plötzlich* Wo ist mein Bub? *Sie eilt ins Nebenzimmer.*

ADOLF Ich finde, sie könnte an eurem Glück etwas innigeren Anteil nehmen.

FERDINAND *betrachtet die Bilder* Wer ist das?

BETTY Das ist ein altes Bild von Hugo. O Gott!... 19 Jahre war er damals.

ADOLF Was für edle Züge!

FERDINAND Das hier mein' ich... den alten Mann.

FRANZISKA Das ist Tonis Vater.

FERDINAND Wissen Sie das bestimmt, Franzi?

FRANZISKA Ganz gewiß. Sie hat es mir eben dort gezeigt. Auf dem kleinen Tisch am Fenster, wo sie gearbeitet hat, ist es neben dem Bilde von Hugo gestanden.

FERDINAND Sonderbar. Ich habe diesen alten Mann gekannt... Weber... jetzt erinnere ich mich auch des Namens.

ADOLF Ist's möglich?

BETTY Woher –?

TONI *herein* Gnädige Frau, ich weiß nicht, was dem Kind ist. Es kommt mir verändert vor. Herr Doktor, bitte, wollen Sie –

FERDINAND Ich habe Ihren Vater gekannt, Fräulein Toni.

TONI Sie?

FERDINAND Allerdings zu einer Zeit, wo S i e ihn offenbar nicht mehr gekannt haben.

TONI *fährt zusammen.*

FERDINAND Ich bin durch eine Zeit lang oft bei ihm gewesen.

TONI Sie waren bei ihm?

FERDINAND Ich bin sein Arzt gewesen, während seiner letzten Krankheit.

TONI Ah –

BETTY Wirklich!

ADOLF Wie seltsam sich oft die Fäden des Schicksals verschlingen.

FERDINAND Jetzt, da ich dieses Bild sehe, wird mir vieles wieder gegenwärtig.

TONI Es ist lang her –

FERDINAND Jawohl, es müssen drei Jahre sein; ich war noch Assistent.

TONI Hat er damals von mir gesprochen?

FERDINAND Er? ... Niemals.

TONI Nun ja, selbstverständlich.

FERDINAND Sein Bild bewahren Sie auf, aber den alten Mann haben Sie allein sterben lassen!

ADOLF Was ist das? Sie haben Ihren Vater allein –

TONI Es war nicht meine Schuld, daß es so hat kommen müssen.

FERDINAND Wahrhaftig!

TONI Wissen Sie, wie oft ich vor seiner Tür gestanden bin, und er hat mich nicht hereingelassen?

FERDINAND Das wäre allerdings bequem, wenn die Türen gleich wieder aufspringen wollten, die sich vor Töchtern Ihrer Art geschlossen haben!

ADOLF Das ist einem Vater wahrhaftig nicht zu verdenken!

TONI Hören Sie mich doch an –

FERDINAND An mancherlei erinnere ich mich jetzt. Es waren ein paar alte Leute bei Ihrem Vater, Verwandte glaube ich – die haben ihn gepflegt.

ADOLF Das wäre Ihre Pflicht gewesen, Toni.

FERDINAND Und die waren es, die mir von seiner Tochter erzählt haben, von der Schande, die er mit ihr erlebt, von dem Gram, den er um ihretwillen erlitten, und Gemütsbewegungen dieser Art pflegen das Leben von alten Leuten nicht zu verlängern.

BETTY So lassen wir doch jetzt diese Dinge.

ADOLF Von alldem haben wir bis heute nichts erfahren.

TONI Man hat mich ja nicht gefragt. Ich will Ihnen ja alles sagen.

FERDINAND Freilich ist's lustiger, mit einem Liebhaber zu leben, als am Krankenlager seines Vaters zu wachen! – Die Jugend genießen nennt man das wohl – und lächelt mild, wenn man davon spricht. – Aber gar so leicht ist das doch nicht zu nehmen, wie man es selbst hier gerne täte – solange es noch Väter gibt, die an solchen Kindern zu Grunde gehen.

FRANZISKA So sprechen Sie doch, Toni.

TONI Es ist nicht wahr, daß er daran gestorben ist – es ist nicht wahr, daß ich ihn allein gelassen hab' – nur auf mich ist es angekommen, daß er mich wieder zu sich genommen hätte – trotz allem!

BETTY Was sagen Sie?

TONI Er hat ja gar nichts anderes verlangt, als daß ich wieder bei ihm wohne.

ADOLF Warum haben Sie's nicht getan?

BETTY, FRANZISKA Nun –

TONI Aber das Kind hätt' ich zu fremden Leuten geben sollen!

FRANZISKA O Gott!

FERDINAND Dieser Wunsch war natürlich. Sie hätten ihn erfüllen müssen.

ADOLF So was kommt alle Tage vor.

BETTY Nein! –

TONI Nicht um die ganze Welt hätte ich es getan! Und glauben Sie, der Hugo hätte es je zugegeben?

FERDINAND Wenn Sie ihn sehr gebeten hätten, wäre es vielleicht doch zu erreichen gewesen.

TONI Was verstehen Sie denn von dem allen? Wenn man irgendeinem Wesen auf der Welt schuldig ist, so ist es doch das eigene Kind. Und dann war's ja erst aus mit dem Vater. Wie er gesehen hat, es ist alles umsonst, und ich geb' meinen Buben nicht fort, – da hat er mich nimmer hereingelassen und hat mich von der Tür davongeschickt... so oft, bis ich's endlich aufgegeben hab'.

FRANZISKA Was müssen Sie gelitten haben!

TONI Freilich hab' ich gelitten. Aber warum hat denn der Vater nichts mehr von mir wissen wollen? Wär' ich weniger schlecht gewesen, wenn ich mein Kind zu fremden Leuten gegeben, und wenn die Leute im Haus nichts davon erfahren, und wenn ich dem Vater wieder die Wirtschaft geführt hätte – wie früher; wär' ich da was andres gewesen als so?

FERDINAND Das allerdings nicht; – aber eine Pflicht hätten Sie erfüllt! –

TONI Das hab' ich getan.

FRANZISKA Warum sind Sie denn damals nicht gleich zu uns gekommen?

ADOLF Kind, ich bitte dich, mische du dich nicht in diese Fragen.

FERDINAND Was fällt Ihnen denn ein, Franziska.

TONI Zu Ihnen... damals –? Ja – wie hätte ich das dürfen!

FRANZISKA Nun ja – warum hat Hugo nicht damals mit euch *Zu ihren Eltern* gesprochen –? Gleich damals –?

TONI Es hätt' uns... nicht viel geholfen – damals...

ADOLF Immerhin – ich muß mich selbst fragen, warum unser armer Hugo nicht wenigstens den Versuch gemacht hat, wenn er es überhaupt ernst mit Ihnen meinte. Wer weiß, wozu ich mich unter diesen besonderen Umständen entschlossen hätte.

BETTY Damals... wohl zu nichts, Adolf.

TONI Das hat der Hugo auch gesagt.

ADOLF Es scheint, man kennt mich in meinem eigenen Hause nicht vollkommen.

FERDINAND Wer sagt es denn, daß es Hugos Absicht war, sich für immer zu binden.

TONI *sehr heftig* Wir haben ein Kind gehabt!

BETTY Ja! Es ist auch jetzt gar nicht an der Zeit, über diese Dinge nachzugrübeln, nachdem unser Hugo nicht mehr unter uns ist. Für mich soll es nicht anders sein, als wären Sie seine Frau gewesen. Kommen Sie, Toni, kommen Sie –

FRANZISKA Sie gehören zu uns, Toni, du gehörst zu uns.

BETTY Und was immer geschehen sein mag, – es war sein Wille!
Streckt ihr die Hand entgegen.

TONI *küßt ihr die Hand* Gnädige Frau –

BETTY *umarmt sie* Ich bin Ihre Mutter!

ADOLF *streckt ihr die Hand entgegen.*

TONI Herr...

ADOLF Was »Herr«... Vielleicht gar »Herr Professor«. – Nennen Sie mich immerhin Vater. – Jawohl, Vater nennen Sie mich!

TONI *küßt ihm die Hand.*

ADOLF Nicht so, mein Kind! *Schließt sie in seine Arme* Hier ist Ihr Platz! *Winkt Betty zu sich, in der deutlichen Absicht, eine Gruppe zu arrangieren.*

FRANZISKA So reichen Sie ihr die Hand, Ferdinand!

FERDINAND Ich kann nicht.

ADOLF *mit einem Blick zur Höhe und mit Tränen in der Stimme* Was glaubst du –, Betty, ist er jetzt zufrieden?

KIND *von drinnen* Mama!

TONI *horcht auf.*

KIND *laut weinend* Mama!

TONI *läuft hinein.*

ADOLF Was hat sie denn –?

BETTY Das Kind...

TONI *kommt rasch* Gnädige Frau...

BETTY Was gibt's?

TONI Das Kind... ich weiß nicht, was das ist –
Toni, Betty ab; Franziska rasch nach.

ADOLF Wie sie alle an dem Kind hängen, sehen Sie, Doktor, es ergreift mich, – ich kann mir nicht helfen...

FRANZISKA *kommt rasch in höchster Aufregung.*

ADOLF Nun?

FRANZISKA Ich hab's ja gewußt... es ist wirklich krank –

TONI *rasch herein, faßt Ferdinand beim Arm, flehend* Herr Doktor – bitte kommen Sie – kommen Sie –
Toni, Ferdinand, gleich darauf Adolf ab.

FRANZISKA *allein* Mein Gott, mein Gott – Du wirst uns doch den Franzl nicht nehmen!

Vorhang

Acht Tage nach dem zweiten. Gleiche Dekoration. Schwüler Sommernachmittag. Die Jalousien nahezu geschlossen.
Lulu kniet auf dem Boden und ist beschäftigt, Spielsachen in eine kleine Tasche zu packen. Franziska, die auf einem Sessel sitzt und Spielsachen auf dem Schoße hat, reicht ihm eins nach dem andern.

LULU *wie Franziska eben ein Spielzeug in der Hand hält und es traurig betrachtet* Na – Franzi –

FRANZISKA Da. –

LULU *sieht auf, zu Franziska* Sei nicht gar zu traurig, Franzi! – Wir müssen uns halt denken, daß wir's nur geträumt haben, Franzi, weißt!

FRANZISKA Weiter... weiter, damit wir fertig werden, bevor die Toni nach Haus kommt.

Lulu kniet nieder und packt weiter.

AGNES *kommt rechts vorn.*

LULU *wie Franziska zusammenzuckt* Agnes ist es.

FRANZISKA Grüß' dich Gott, Agnes.

AGNES Guten Tag. Was macht ihr denn da? Einpacken –?

LULU Schau nur her, Agnes.

AGNES *tritt näher* Ach so...

LULU Das hat alles dem kleinen Franzl gehört.

AGNES Was soll denn damit geschehen?

LULU Wir wollen's als Andenken aufbewahren.

FRANZISKA Es kann nicht so liegenbleiben. Morgen reisen wir ab.

AGNES Toni auch?

FRANZISKA Wir werden sie doch nicht allein in der Stadt lassen.

AGNES Freilich. – Wo ist sie denn?

FRANZISKA Wir haben eine Stunde abwarten müssen, wo sie nicht da ist. Wenn sie zu Hause ist, sitzt sie den ganzen Tag mitten unter den Sachen und red't kein Wort.

AGNES *nickt.*

LULU Alles ist noch herumgelegen wie am ersten Tag.

AGNES Ich hätt' mich nicht getraut, was anzurühren. *Sie steht neben Franziska und nimmt mit Zagen ein kleines Mützchen von Franziskas Schoß, wendet es hin und her.*

FRANZISKA Willst dir's behalten?

AGNES Ja... Damit ich auch ein Andenken hab'! *Sie wendet sich um, da eben die Türe geht; wie sie merkt, daß Toni eintritt, verbirgt sie das Mützchen.*

LULU *will die Tasche rasch schließen.*

TONI *kommt heran, sieht, was geschehen ist* So... *Sie starrt auf die Sachen.*

FRANZISKA Wir... haben... lieber...

LULU Willst du... willst du vielleicht, daß ich's in dein Zimmer ––

TONI Wohin... du willst. – *Sie wendet sich ab.*

LULU *entfernt sich auf einen Wink Franziskas mit der Tasche. Rechts hinten.*

TONI Guten Tag, Fräulein Agnes.

AGNES *verlegen* Guten Tag.

TONI *zu Franziska* War Gustav vielleicht da?

FRANZISKA Nein. –– Wo sind Sie gewesen, Toni?

TONI *sie spricht zerstreut, wie gestört; manchmal ruhig; manche Worte ganz ohne ersichtlichen Grund sehr erregt* Ich bin herumgegangen.

FRANZISKA War's nicht zu schwül?

AGNES *betrachtet Toni wie mit einer geheimen Angst.*

TONI Ja. Sehr schwül. Besonders im Gehn. Aber allein kann man sich ja nirgends hinsetzen. Im Stadtpark hab' ich mich auf einer Bank ausruhn wollen – gleich ist einer gekommen und hat mit mir zu reden angefangen.

AGNES *schaut Franziska an.*

TONI So ist es immer. Nicht einmal vor dem schwarzen Kleid haben die Leute Respekt. Aber was soll ich denn tun? Im Zimmer halt ich's nicht mehr aus.

FRANZISKA Morgen um diese Zeit sind wir in unserem Garten. Da ist frische Luft und Ruhe.

TONI *vor sich hin* Ruh' ist nur an einem Ort. – *Pause* Warum sehen Sie mich so an, Agnes?

AGNES *befangen* Ich? Nein, wirklich nicht!

TONI *nicht laut, zu Agnes, wie erklärend* Ich bin ja nicht schuld. Auch von anderen Frauen sind schon Kinder gestorben.

FRANZISKA Toni!

AGNES *sehr befangen* Ich muß jetzt gehn. Adieu, Franzi... Adieu, Toni!

FRANZISKA Du willst schon gehn, Agnes?

AGNES Ich will später wiederkommen; die Mama kommt auch noch herauf, euch adieu sagen, ich hol' sie ab. – Adieu! *Sie reicht Toni die Hand.*

TONI *sieht sie groß an* Adieu!

FRANZISKA *mit ihr an der Tür* Was hast du denn?

AGNES Ich weiß nicht. Mir wird so bang, wenn ich sie sehe.

TONI *sieht ihr nach.*

Pause.

FRANZISKA Ich muß noch in die Stadt gehen, Toni, einiges einkaufen. Wollen Sie mit?

TONI Nein.

FRANZISKA Kann ich Ihnen vielleicht etwas besorgen?

TONI Wozu?

FRANZISKA Sie werden sich draußen doch irgendwie beschäftigen wollen, nicht wahr? Vielleicht kann ich Ihnen etwas zum Arbeiten bringen. Sie dürfen nicht immerfort Ihren Gedanken nachhängen.

TONI Es wird sich schon was finden.

FRANZISKA Wissen Sie, Toni, vielleicht können wir zusammen was arbeiten.

TONI Wir – zusammen?

FRANZISKA *etwas befangen* Irgendwas sticken – nicht wahr – oder... Man muß doch wenigstens versuchen, die traurigen Gedanken auf Augenblicke zu zerstreuen.

TONI Wenn man aber nichts anderes hat.

FRANZISKA Wieso?

TONI Nichts anderes hat als die Gedanken – wenn das alles ist, was einem geblieben ist –!

FRANZISKA Sagen Sie das nicht, Toni. – – Sie sind nicht allein.

TONI Nicht allein? – Was bin ich denn heut noch für euch?

GUSTAV *kommt* Guten Tag, Fräulein Franziska! Grüß' dich Gott, Toni! *Reicht ihnen beiden die Hand* Also bleibt's dabei? Morgen früh?

FRANZISKA Ja. Werden Sie uns besuchen?

GUSTAV Dazu werd' ich keine Zeit haben, Fräulein Franziska, ich komme heute, Ihnen auf längere Zeit adieu zu sagen – und dir auch, Toni –

FRANZISKA Für einen Sonntag werden Sie sich doch einmal freimachen können? Wir würden uns alle so sehr freuen.

GUSTAV *schüttelt den Kopf* Das glaub' ich nicht. Das Beste wäre, ich würd' ein für alle Mal für Sie alle verschwinden. Ich kann doch nur traurige Erinnerungen in Ihnen wachrufen.

TONI *einfach* Mir wird's immer ein Trost sein, wenn du kommst, Gustav!

FRANZISKA *nach kurzer, etwas verlegener Pause* Uns allen. Wir werden nie vergessen, daß Sie sein bester Freund waren. Für jetzt muß ich Ihnen adieu sagen, Gustav; ich muß noch einiges besorgen. Meine Eltern sind im Salon. Sie gehen wohl hinein?

GUSTAV Gewiß! – Also auf Wiedersehen, Fräulein Franzi – wenn nicht früher – im Herbste.

FRANZISKA Das täte mir sehr leid. Also adieu. Adieu, Toni! *Ab.*

TONI Wirklich erst im Herbst?

GUSTAV Es wird kaum anders gehen, Toni.

TONI Lang ist das.

GUSTAV Nicht so gar sehr.

TONI Wenn du wenigstens einmal im Laufe des Sommers hinauskämst.

GUSTAV Ich möchte es lieber nicht.

TONI Warum denn?

GUSTAV Du weißt, wie die Leute sind. Einige im Hause haben es schon sonderbar gefunden, daß ich während der Krankheit des Kleinen täglich bei euch war. Nicht wahr? Du hast's ja ganz gut bemerkt. Es ist schon besser, ich komme die nächste Zeit nicht. Was nach Ablauf des Sommers geschehen soll, darüber können wir reden, wenn du mit den anderen vom Land zurückkommst.

TONI Was soll denn geschehen?

GUSTAV Das muß eben reiflich überlegt werden.

TONI Du meinst – fortgehen? – Ja – wohin? Wohin?

GUSTAV Auf die Dauer wirst du doch nicht hierbleiben können – oder wollen.

TONI Du hast recht, Gustav. Schon heute ließen sie mich gehen, wenn ich wollte. Ich sage dir, Gustav, an dem Tag, wo wir vom Friedhof nach Hause gekommen sind, hätten sie mich gehen lassen.

GUSTAV Nein, so ist es nicht!

TONI Ja ... so ist es!

GUSTAV Du vergißt Franzi.

TONI Auch die ist nicht mehr, wie sie war. In dem kleinen Grab liegt gar viel. – In ein paar Wochen dächte niemand mehr an mich.

GUSTAV Man würde gewiß für deine Zukunft sorgen.

TONI Darum ist mir nicht bang. Eine Arbeit würde ich schon finden.

GUSTAV Auch das.

TONI Aber vor dem Alleinsein hab' ich Angst! – Und wenn ich einmal von hier fort bin – bin ich ganz allein.

GUSTAV Nicht verzweifeln, Toni. Das Leben geht doch weiter, Toni, nicht wahr? – Wer weiß, was es noch bringt.

TONI Was soll's mir denn bringen?

GUSTAV Ich rede ja von einer Zeit, die noch sehr fern ist – die du dir heut noch gar nicht vorstellen kannst. Aber diese Zeit wird kommen – das ist gar nicht anders möglich. Wenn du einmal in einer andern Umgebung bist, wirst du auch andere Menschen kennenlernen. Die Existenz wird irgendeinen neuen Sinn für dich bekommen. – Was können wir heut von alldem wissen?

TONI Nein ... nein ...

GUSTAV Auch in unserem tiefsten Schmerz muß etwas von der Hoffnung sein, daß er einmal aufhört – sonst könnten wir ihn nicht überleben. Du bist noch jung – und du wirst auch wieder fühlen, daß du jung bist – und irgendeinmal wirst du am Ende auch an die Möglichkeit eines neuen Glückes denken können.

TONI Glück – für mich?... Nein, Gustav. Was müßt' ich da sein! – Glück nach all dem, was ich durchgemacht habe! – Gustav, Gustav, wie kannst du das glauben?

GUSTAV Nicht ein Glück, wie du es erlebt hast. Ich denke an irgendwas sehr Stilles – an ein Ausruhen – an eine Art von Frieden – den man doch allein nie finden kann.

TONI Vor allem hab' ich Angst, Gustav – vor der Verlassenheit... und auch davor – daß es einmal anders sein könnte. Es ist schon das beste, ich bleib' hier – sonst ist es aus – so oder so.

GUSTAV Beruhige dich, Toni! – Wo immer du sein wirst – hier oder draußen – vergiß nicht, daß du einen Freund hast – *Faßt ihre Hand* einen treuen Freund!

TONI *entzieht ihm die Hand* Nein, Gustav. Du hast ja recht gehabt. Das würde uns doch keiner glauben.

GUSTAV Was? – Bin ich's nicht immer gewesen? Auch solang er gelebt hat?

TONI Aber jetzt ist er nicht mehr da – jetzt ist es was anderes.

GUSTAV Ganz dasselbe ist es.

TONI Heute... ja!... *Steht auf* Hier muß ich bleiben, wo er gelebt hat... ja – das ist das einzige. Auf Wiedersehen, Gustav, im Herbst.

GUSTAV Wohin willst du gehen?

TONI Ich war heut noch nicht in der Kirche. Ich will hinübergehen, beten, daß die mich dabehalten, daß ich die Schwester von der Franzi bleiben darf. Leb wohl, Gustav! *Ab; in der Tür begegnet ihr Ferdinand.*

FERDINAND, *später* ADOLF *und* BETTY

FERDINAND *nachdem er Toni nachgesehen* Guten Tag, Herr Brander!

GUSTAV Guten Tag, Herr Doktor!

FERDINAND Was ist dem Fräulein?

GUSTAV Ich weiß nicht. *Sie sehen einander ins Auge.*

Adolf und Betty treten ein von links; zum Ausgehen angekleidet. Begrüßung.

BETTY Es ist schön, daß wir Sie noch einmal sehen.

GUSTAV Ich habe eben Toni adieu gesagt. – *Nach einer kurzen Pause, einer Eingebung folgend* Seien Sie gut zu ihr! Sie hat viel gelitten.

ADOLF Mein lieber junger Freund, wir haben auch viel gelitten – jawohl – und in unserem Alter bedeutet das etwas mehr! Was wisset ihr jungen Leute überhaupt von Leiden? Solange das Leben noch vor einem liegt. – Da ist man nun dem Himmel dankbar, daß er einem wenigstens so einen süßen Fratzen gelassen – der Kleine hätte das werden sollen, was unserem armen Hugo nicht vergönnt war – na, weine nicht, meine arme Betty – es hat nicht sollen sein. Der Traum ist zu Ende.

Pause.

BETTY *nachdem sie ihre Tränen getrocknet* Werden Sie uns auf dem Lande besuchen, Gustav?

GUSTAV Ich hoffe, daß ich einmal... Für alle Fälle wünsch' ich glückliche Reise – und ein Wiedersehen in besseren Tagen.

Nimmt Abschied und geht.

BETTY Franzi ist in die Stadt gegangen, einige Einkäufe besorgen. Sie muß bald da sein. Wollen Sie auf sie warten, Ferdinand?

FERDINAND Gewiß.

ADOLF Wir wollen nur einen Besuch bei Bibers machen. Sie haben zum Begräbnis vom Kleinen einen Kranz geschickt; ich finde das charmant.

FERDINAND Mit Toni haben Sie bereits gesprochen?

ADOLF Noch nicht.

FERDINAND So. Ich möchte aber zu bedenken geben, daß heute der letzte Tag ist, an dem etwas Entscheidendes geschehen kann.

BETTY Lassen wir's doch bis zum Herbst.

FERDINAND Jeder Aufschub ist von Übel. Ist sie einmal in der Villa draußen, dann wird sie so lange bei Ihnen bleiben, als es ihr beliebt.

BETTY Ich hab' heut wieder die ganze Nacht darüber nachgedacht. Wir können sie nicht fortschicken, Ferdinand; die Verantwortung wäre zu groß.

FERDINAND Ich sagte doch schon! Es gibt ein sehr einfaches Mittel, sich gegen diese zu schützen – Geld.

ADOLF Das müßte man jedenfalls tun. Ganz selbstverständlich.

FERDINAND Übrigens wird sie nicht lange darauf angewiesen sein. Sie ahnen gar nicht, wie wenig bang mir um sie ist!

BETTY Aber mir, mir ist bang um sie.

ADOLF Sei ruhig, meine liebe Betty. Man wird ihr eine Rente aussetzen, solang sie sie benötigt.

BETTY Nein – nein: das war es nicht, was Hugo von uns verlangt hat!

FERDINAND Gnädige Frau, alles, was Hugo gewollt hat, haben wir leider mit dem Kleinen begraben müssen. Das ist doch ziemlich klar. Was soll diese Person jetzt noch hier? Heut ist sie nichts anderes als manche andere, die Sie gewiß nicht in Ihr Haus aufnehmen möchten.

ADOLF Es ist beinahe wie ein Fingerzeig Gottes.

BETTY Sag das nicht, Adolf.

ADOLF Wie du willst, liebe Betty. Aber wenn wir die Sache genau nehmen, so handelt es sich nur darum, – daß sie woanders wohnen wird.

FERDINAND Ganz richtig. Ich weiß auch gar nicht recht, gnädige Frau, wie Sie sich den weiteren Aufenthalt Tonis bei Ihnen vorstellen. Wir wissen doch alle, daß die Trauer junger Witwen – wenn ich hier schon diesen Ausdruck anwenden darf – nicht ewig zu währen pflegt... und es wäre doch uns allen – und insbesondere Ihnen, der Mutter, in hohem Grade peinlich, wenn sozusagen unter Ihren Augen –

BETTY *ziemlich heftig* Nein, nein, so ist Toni nicht.

ADOLF *überlegen* Betty! Was glaubst du denn eigentlich? Sie wird ewig um ihn weinen? Es ist doch auch gar nicht zu verlangen!

BETTY Adolf!

ADOLF Mein Kind – man muß die Dinge nehmen, wie sie sind.

FERDINAND Ich versichere Sie, gnädige Frau, es wird Ihnen nur angenehm sein, wenn Toni die Besuche, die ihr gelten, nicht in Ihrem Hause, sondern bei sich empfängt; es wäre Ihnen möglicherweise bei genauerer Betrachtung schon heute angenehm.

BETTY Was meinen Sie, Doktor?... Gustav? – Er war Hugos Freund.

FERDINAND Sie deuten meine Worte falsch, gnädige Frau. Gustav war der beste Freund Hugos, und es ist nur natürlich, daß er oft mit ihr zusammen gewesen ist. Man darf nicht gleich an das Ärgste denken. Solche Weiber sind im allgemeinen auch zu vorsichtig. Es steht zu viel für sie auf dem Spiel. – Jetzt freilich ist Hugo tot, und sie ist jung und schön.

BETTY *viel schwächer* Nein – sie wird meinen Sohn nie vergessen.

ADOLF Du hast ideale Ansichten, mein Kind. Erhalte sie dir. Aber du wirst gewisse Naturgesetze nicht umstoßen. Das Ganze ist für uns einfach eine Geldfrage – und ich werde die Sache noch heute in Ordnung bringen. Ja, wir werden noch heute – sobald wir zurückkommen, werden wir mit ihr reden.

BETTY Nein, ich kann ihr nicht sagen, daß sie gehen soll. –

ADOLF Das ist auch gar nicht notwendig. Ich werd' es ihr sagen. Ich werde ihr einfach die Sachlage der Wahrheit gemäß auseinandersetzen.

BETTY Was? Was willst du ihr denn sagen?

ADOLF Ich werde ihr sagen, daß unsere Landwohnung zu klein ist.

FERDINAND Da ich nun doch schon ein gewisses Recht zu haben glaube, mich zu den Ihrigen zu zählen, lassen Sie mich auch die Pflichten tragen. Ich will es übernehmen, mit ihr zu reden.

BETTY Sie werden zu hart sein, Doktor. Sie haben sie nie lieb gehabt.

FERDINAND Ich werde milde sein.

BETTY Sie soll nicht gleich gehen. Ich will noch mit ihr sprechen, bevor sie geht. Ich will ihr sagen, daß sie uns nicht verliert, daß sie immer Freunde an uns haben wird.

ADOLF Gewiß. Sie kann auch ohne weiteres heute nacht hier schlafen. Auch die nächste Woche. Überhaupt so lange, bis sie eine andere Wohnung gefunden hat – wir sind ja ohnehin nicht mehr da.

EMMA *tritt ein* Guten Abend. Ich habe wohl gestört? – *Pause. Mit einem plötzlichen Gedanken* Wo ist Toni?

FERDINAND Heute, gnädige Frau, finden Sie sie noch hier, aber es ist das letzte Mal.

EMMA Wie ist das zu verstehen?

ADOLF Das ist so zu verstehen, daß wir in reiflicher Erwägung der durch den Tod des armen Kindes neu geschaffenen Umstände ein weiteres Verbleiben Tonis in unserem Hause für – untunlich halten.

EMMA *zu Betty* Und du gibst das zu?

BETTY Wir werden sie trotzdem nicht verlassen, Emma.

EMMA Das heißt, ihr werdet ihr Geld geben? Darauf kommt es nicht an. Mit Geld ist diesem armen Geschöpfe nicht geholfen, ein Heim braucht sie.

FERDINAND Sie wird bald eines gefunden haben, gnädige Frau.

EMMA Ja. – Sie hat eins gefunden. Ich nehme sie in mein Haus.

BETTY Emma!

FERDINAND Ich bitte um Entschuldigung. Halbe Maßregeln helfen hier nicht! Toni muß nicht nur aus diesem Hause – sie muß aus unserm Kreis verschwinden. Wir wollen nichts mehr mit ihr zu tun haben.

ADOLF So ist es, Emma. – Es geht unmöglich, daß du eine Person, die wir nicht länger bei uns haben wollen, zu dir nimmst. Du würdest dich dadurch in einen ganz offenen Widerspruch mit uns setzen.

EMMA Ganz richtig.

ADOLF Und würdest es uns unmöglich machen, in gleicher Weise wie bisher bei dir zu verkehren.

EMMA So werdet ihr eben nicht bei mir verkehren.

ADOLF Ach so... ach so – *Auf und ab* – nun, deine Sympathie für diese Dame geht etwas weit.

EMMA Ich löse einfach euer Versprechen an Hugo ein; das ist alles.

ADOLF So. Ich will nun gar nicht davon reden, daß es sich um ein ganz anderes Versprechen gehandelt hat. Aber ich möchte doch fragen, mit welchem Rechte du dich zur Vollstreckerin des letzten Willens unseres Sohnes aufwirfst.

EMMA Ich bin seine beste Freundin gewesen. Ihr wißt es sehr gut!

ADOLF Ja, das weiß ich allerdings... allerdings weiß ich das! Aber gerade darum erscheint es mir sehr unwahrscheinlich, daß er dich – es ist zum mindesten nicht üblich –

BETTY *will Einhalt tun* Adolf!

EMMA Laß ihn, Betty! Ich weiß ja, was er glaubt. Nennen wir die Dinge doch einmal bei ihrem Namen. Du meinst, ich war die Geliebte eures Sohnes.

BETTY Emma –

ADOLF Das hab' ich nie gesagt. Und was ich glaube, ist meine Sache. Ich muß dringend bitten, mir nicht Dinge in den Mund zu legen, die ich nie ausgesprochen habe.

BETTY Emma, was fällt dir denn ein! Nie haben wir das geglaubt! Wir wissen, daß du seine Freundin warst. Ich will's dir ja gestehn: es hat mich oft gekränkt, daß er zu dir mehr Vertrauen gehabt hat als zu mir – aber nie habe ich an so etwas gedacht – ich schwöre es dir, Emma – hätt' ich denn sonst so mit dir sprechen können – die ganzen Jahre her, wie ich's getan? – Und auch Adolf glaubt es nicht.

EMMA Den kennst du nicht, Betty. Der hätte was anderes gar nie begriffen. Aber das hat ihn natürlich nie gehindert, mit mir zu verkehren.

ADOLF Mir scheint gar, du willst mir das zum Vorwurf machen –

EMMA Statt deine Größe zu bewundern – was?! Aber du hast auch gewußt, daß ich ihm meine Agnes mit tausend Freuden zur Frau gegeben hätte – und warst sehr einverstanden – weil es dir bequem gewesen wäre, was – du Ehrenmann? – Und dieses arme Geschöpf, das ja ein Engel gegen mich sein müßte, wenn das wahr wäre, was ihr von mir geglaubt habt – das jagt ihr davon, weil es euch unbequem ist –?

ADOLF Ich werde mich nicht so weit erniedrigen, dir zu erwidern. Nimm diesen Engel zu dir ins Haus. Ich habe nichts dagegen, wenn du sie sofort hier in Empfang nimmst. Sie, mein lieber Doktor, bestellen ihr, was wir ihr zu sagen haben. – Ich hab' in dieser Sache nichts mehr mit ihr zu reden. Komm, Betty, wir wollen unsern Besuch machen.

BETTY Emma, ich versichere dich –

EMMA Ich erwarte Toni hier, nehme sie mit mir und betrete euer Haus nie wieder.

BETTY Emma!

ADOLF Komm, Betty, oder hast du vielleicht Lust, sie zu bitten?

AGNES *tritt ein* Guten Abend!

ADOLF Du, liebes Kind, wirst uns immer willkommen sein. Adieu. – Komm, Betty! *Adolf und Betty ab.*

AGNES Was soll denn das bedeuten?

EMMA Mein liebes Kind, Toni verläßt dieses Haus und wird bei uns leben.

AGNES *zuckt zusammen* So. –

FERDINAND *auf einen fragenden Blick Agnes'* So will es Ihre Frau Mama.

AGNES Warum sagte Onkel Adolf, ich wäre ihm auch weiterhin willkommen?

FERDINAND Weil wir alle das Haus Ihrer Frau Mama keineswegs mehr betreten werden.

AGNES *sieht ängstlich hin und her.*

EMMA Du siehst, Agnes, daß auch von dir ein gewisser Grad von Opfermut gefordert wird. – Es ist nicht immer ganz leicht, das Rechte zu tun.

AGNES Du bist ja so gut; – aber was soll sie denn bei uns tun?

EMMA Ein Heim soll sie haben.

AGNES Für lange?

EMMA Für immer – möglicherweise. Du wirst doch nicht mehr lange bei mir bleiben.

AGNES O ja, Mama, ich werde immer bei dir bleiben. Du glaubst doch nicht, daß ich heiraten werde.

EMMA Du Kind!

AGNES Nein, Mama, ich werde immer bei dir sein! Und wir waren ja so lange allein, du und ich, nicht wahr, Mama, und es war so schön, und jetzt soll eine Fremde bei uns leben?

EMMA Fremd nennst du sie heut? Es ist noch nicht lang, daß du sie deine Freundin genannt hast.

AGNES Das ist vorbei.

EMMA Warum?

AGNES Ja, weißt du, Mama, solang ich sie immer mit dem süßen kleinen Buben zusammen gesehen hab', da ist sie mir ganz anders vorgekommen als jetzt – ich versteh' selber nicht, wie das war; aber jetzt ist das alles vorbei ... ich finde nicht mehr hin zu ihr, Mama, sie ist nicht mehr, die sie war ...

EMMA Ja, was hat sich denn geändert? Ich begreife dich nicht, mein Kind.

AGNES Ich muß jetzt an so vieles denken, was mir früher nicht eingefallen ist, an alles, was sie getan ...

EMMA Agnes, Agnes! Kannst du wissen, was aus dir geworden wäre, wenn du mich nicht gehabt hättest?

AGNES Ich bin dir ja so dankbar, Mama, und ich will auch wirklich nicht stolz sein; – ich verachte sie ja nicht – aber ich kann nicht, Mama, ich kann nicht mit ihr zusammen leben unter einem Dache – bei dir ... du, ich – und sie – nein –

FERDINAND Es gibt doch Grenzen, gnädige Frau.

EMMA *nach einer Pause* So gehen wir, mein Kind.

AGNES Ich bitt' dich, Mama, sei nicht bös'. Ich will sie ja gern von Zeit zu Zeit sehen.

EMMA Das verlang' ich nicht von dir.

AGNES Wir wollen auch so viel für sie tun, als möglich ist. Aber, liebe Mama, nimm sie nicht ins Haus! Nimm sie nicht ins Haus!

EMMA Ich bin dir nicht bös'. Gegen deinen Willen kann ich sie nicht zu mir nehmen. *Wartet auf Antwort* Sage, du willst nicht.

AGNES *nimmt die Hand ihrer Mama, küßt sie* Ich kann nicht. Mich schaudert vor ihr.

EMMA *hart* Komm, Agnes.

AGNES Mama – ich will dich auch so liebhaben – wie –

EMMA Komm, es ist gut.

TONI *die eben eintritt, begegnet Emma und Agnes.*

TONI *geht auf sie zu und küßt ihr die Hand.*

EMMA *will zuerst sprechen; dann fällt ihr Blick auf Agnes, die sie ängstlich anschaut.* Kommen Sie bald zu uns, Toni! Leben Sie wohl!

AGNES Adieu, Toni!

TONI Gnädige Frau – *Angstvoll* Agnes –

Emma und Agnes ab.

TONI Warum sind sie so fortgegangen? *Will ihnen nach.*

FERDINAND Ich muß Sie bitten zu bleiben. Ich habe mit Ihnen im Auftrage der Familie zu sprechen.

TONI Sie haben mit mir zu sprechen?

FERDINAND Ja.

TONI Man schickt mich fort?

FERDINAND Sie werden selbst einsehen, daß Ihr weiteres Verweilen innerhalb der Familie nicht mehr den Verhältnissen entspricht –

TONI Ja, was hab' ich denn getan?

FERDINAND Man hat durchaus nicht die Absicht, Ihnen Vorwürfe zu machen. Es ist ein Abschied in Frieden, und Sie können überzeugt sein, daß es Ihnen an ausreichender Unterstützung nicht fehlen wird.

TONI Ja... und wann... soll ich denn schon fort?

FERDINAND Das ist vollkommen Ihnen anheimgestellt.

TONI Also nehmen sie mich mit hinaus aufs Land?

FERDINAND *leicht lächelnd* So ist das nun eben nicht gemeint. Die

Wohnung *hier* steht Ihnen bis auf weiteres zur Verfügung.

TONI Hier soll ich bleiben. Aber da bin ich ja ganz allein... das geht doch nicht.

FERDINAND Sie werden sich daran gewöhnen müssen. *Nicht zu heftig* Sie haben sich doch hoffentlich nicht eingebildet, daß man Sie auf ewige Zeit hier behalten wird.

TONI Nein – gewiß nicht – aber ein bißchen Zeit sollte man mir noch lassen – das müssen Sie doch verstehen. Es ist doch mehr über mich gekommen, als man ertragen kann. Vor wenigen Wochen war ich die glücklichste Frau von der Welt... der Hugo war da... und ein Kind hab' ich gehabt – und jetzt hab' ich nichts – nichts – gar nichts. – Aber ich hab' doch wenigstens da sein dürfen, bei seiner Mutter, bei seiner Schwester... Das sind doch die Menschen, die ihn gern gehabt haben – es ist doch die Luft, in der er geatmet hat – und jetzt soll ich hinaus, hinaus aus alldem... ja warum – warum?

FERDINAND Es ist eben hier nicht Ihr Platz... begreifen Sie doch das endlich.

TONI Ja – warum denn? Hab' ich ihn denn weniger geliebt, als ihn eine andere geliebt hätte? Hab' ich ihn weniger glücklich gemacht als eine andere?

FERDINAND Das gibt Ihnen doch kein Heimatsrecht in diesem Hause. Dieses »Glücklich machen« trifft manche.

TONI Glauben Sie das wirklich? Sie würden ja doch dem Himmel auf den Knien danken, wenn die Franzi Sie nur den tausendsten Teil so gern hätte, wie ich ihn gehabt hab'!

FERDINAND Sprechen Sie den Namen meiner Braut nicht aus. Ich verbiete es Ihnen.

TONI Warum denn? Bin ich vielleicht was Schlechteres als sie?

FERDINAND Das fragen Sie noch?! Sie, die sich einfach dem ersten besten an den Hals geworfen haben, der jung und hübsch war, und sich Ihr Glück genommen haben, wo Sie's gefunden –

TONI Ist denn das ein Verbrechen? Hab' ich aus meinem Elend

nicht heraus dürfen? Wissen denn Sie, wie mein Leben ausgeschaut hat, bevor ich den Hugo kennengelernt hab'?

FERDINAND Ich weiß auch, was Elend ist. Und besser als Sie. Unsereiner hat's freilich nicht so leicht, sich daraus zu retten – wie ein hübsches Ding, dem alles gleichgültig ist, was anständige Menschen Pflicht und Sitte nennen. Man hat sich ja hier redliche Mühe gegeben, alles das zu vergessen. Der Mutter des unschuldigen Kindes hat man beinah verzeihen können – wir beweinen es alle wie Sie – aber den großen Irrtum hat man mit ihm begraben.

BETTY, ADOLF *kommen.*

TONI *will auf sie zu, bleibt vor ihren verlegenen Mienen betroffen stehen.*

FERDINAND *prüft mit raschem Blick alle Anwesenden* Ich habe Ihren Wunsch erfüllt. Das Fräulein weiß alles.

TONI *will reden; kann nicht.*

ADOLF Ja, Toni, das Schicksal scheint es zu wollen, daß die Zukunft wieder frei vor Ihnen liegt – und wir wollen uns nicht dagegen auflehnen. Sie werden außerhalb dieser Mauern rascher vergessen, als es Ihnen hier möglich wäre.

BETTY Und Sie werden immer die besten Freunde an uns haben.

ADOLF So ist es. Der Doktor hat Ihnen wohl mitgeteilt, daß für Ihre materiellen Bedürfnisse in ausreichender Weise –

TONI *will sprechen.*

ADOLF Das ist natürlich. Was immer Sie zu unternehmen gedenken – in der ersten Zeit sind Sie auf sich allein angewiesen; und wenigstens in dieser Zeit müssen Sie uns schon den Gefallen erweisen, unsere Hilfe anzunehmen.

TONI *will sprechen, ist noch immer fassungslos.*

BETTY Ich weiß, Toni – Sie werden brav bleiben.

ADOLF Wer zweifelt daran?

BETTY Sie bleiben selbstverständlich hier, solange Sie wollen.

TONI Ich danke... sehr... aber ich habe die Absicht, schon heute fortzugehen.

ADOLF Ah, Sie haben wohl mit meiner Schwägerin –

FERDINAND Der Plan der Frau Winter kommt nicht zur Ausführung. Fräulein Agnes hat sich dagegen ausgesprochen.

BETTY Ja, warum wollen Sie denn schon heute fort?

ADOLF Es hat wirklich keine Eile. Nachdem wir uns im Prinzip über die Sache geeinigt haben, ist nicht das Geringste dagegen einzuwenden, daß Sie sich noch einige Tage in der Wohnung hier aufhalten. – Wir aber nehmen schon heute von Ihnen Abschied, da wir ja morgen abreisen.

BETTY Nicht jetzt, Toni, heute abend.

TONI Da es doch einmal entschieden ist, ist es besser, ich sage Ihnen gleich adieu...

ADOLF *weich* Wie Sie wollen, meine liebe Toni. Sie haben viel Leiden durchgemacht, Toni – ja! Man kann sagen: Wenn Sie einmal gefehlt haben, – Sie haben alles gesühnt! – Möge dieses Bewußtsein Ihnen für Ihren weiteren Weg Kraft verleihen!... Woher wir sie nehmen sollen – die wir uns keiner Schuld bewußt sind, weiß ich freilich nicht.

TONI Ich danke... *Küßt Betty die Hand* für alles. Ich hätte Franzi gerne noch gesehen – aber...

BETTY Das werden Sie noch. Sobald sie kommt, schicke ich sie zu Ihnen aufs Zimmer.

TONI Ich... Ich... Adieu – *Sie geht in ihr Zimmer.*

BETTY *will ihr nach einer kleinen Pause nach.*

ADOLF *hält sie zurück* – Lieber Doktor, ich kann es nicht leugnen, – der Abschied hat mich doch ein wenig bewegt.

BETTY Es ist zu traurig.

FERDINAND Das dauert nicht lange, verlassen Sie sich darauf. In ein paar Tagen werden Sie aufatmen – ja, auch Sie, gnädige Frau! – Sie werden fühlen, daß die Luft in diesem Hause sozusagen wieder rein geworden ist.

FRANZISKA *tritt ein* Guten Abend.

FERDINAND *auf sie zu, küßt ihr die Hand, was Franziska offenbar unangenehm berührt* Guten Abend, Franziska!

FRANZISKA Ich hab' alles besorgt, Mama. *Zu Ferdinand* Sie kommen auch, uns adieu sagen?

FERDINAND Das hat diesmal glücklicherweise wenig Bedeutung. Ich darf Sie ja dieses Jahr öfter besuchen als sonst.

ADOLF Kinder, was ihr noch für eine Art habt, miteinander zu reden. Hat man das je erlebt, daß Brautleute einander »Sie« sagen?

FERDINAND *mit ungeschickter Zärtlichkeit* Es wird schon später anders werden.

FRANZISKA Ja. – Mama, mir ist im Nachhausegehen etwas eingefallen – in Hinsicht auf die Einteilung der Villa.

BETTY Was, mein Kind?

FRANZISKA Ich meine nämlich – wegen des Zimmers für Toni. *Blick der andern* Es wäre vielleicht doch das beste, wir würden das eine Fremdenzimmer mit der Aussicht auf den Garten für sie bestimmen, das ja ohnehin heuer sonst keinen Zweck hätte... *Da nicht geantwortet wird* Das andere ist zu klein und auch zu düster. Bei trübem Wetter ist es fast dunkel.

BETTY Mein liebes Kind.

FRANZISKA Was ist denn, Mama?

BETTY Toni – kommt nicht mit.

FRANZISKA *nicht allzu erregt* Nicht mit uns? – Will sie nicht?

BETTY Es ist anders bestimmt worden.

ADOLF Ja, mein Kind, – und unser Entschluß wird dir nicht gar zu überraschend kommen.

FERDINAND Wir hoffen sogar, er wird Ihnen nicht ganz unwillkommen sein, Franziska.

FRANZISKA Nun?

FERDINAND Sie geht fort.

FRANZISKA Sie geht fort? Ja, was will sie denn tun? –

ADOLF Mein Kind, es ist ausreichend für sie gesorgt.

FRANZISKA Für immer geht sie fort? – Das ist doch nicht möglich... Habt ihr vergessen, was Hugo gewollt hat?

FERDINAND Liebe Franziska, wenn unser armer Hugo alles hätte voraussehen können, hätte er keine andere Verfügung getroffen als die, welche jetzt Ihre Eltern für richtig finden.

FRANZISKA Wie können wir das wissen?

FERDINAND Wir wissen es – auch Sie, Franziska. Was hält Sie

heute noch an diese Person? Sie versuchen nur, sie zu lieben – es gelingt Ihnen nicht mehr.

FRANZISKA Ich hab' sie lieb – ich hab' sie lieb.

FERDINAND Nicht mehr wie früher – und Sie fühlen selbst, daß alle Fäden allmählich zerrissen sind, seit das arme Kind tot ist. Schämen Sie sich dessen nicht, Franziska. Etwas in Ihnen hat schon längst begonnen, sich gegen diese aufgezwungene Schwesterschaft zu wehren. Ihre – *Erfaßt ihre Hand* Ihre Reinheit –

ADOLF Ich möchte sagen: das sittliche Bewußtsein.

FRANZISKA *schwächer* Aber es ist vollkommen unmöglich, sie wegzuschicken. Hugo hat sie doch geliebt. Er würde sie auch heute noch –

ADOLF Mein gutes Kind, du kennst die Welt nicht. Als junger Mensch wird man in sonderbare Abenteuer hineingezogen. Sprechen wir es endlich aus. Wäre unser Hugo am Leben geblieben, er hätte dieses Verhältnis sicher selbst gelöst. Er hätte eine Frau genommen aus unserem Kreise – aus der anständigen Gesellschaft, zu der wir gehören, wie es schließlich fast alle jungen Männer tun, die ihre Eltern liebhaben und in der Welt und mit der Welt leben wollen.

FRANZISKA Und sie – was hätte sie dann getan?

FERDINAND Was diese Geschöpfe gewöhnlich tun, wenn ein Verhältnis aus ist.

FRANZISKA *versteht nicht gleich, zuckt zusammen.*

ADOLF Du bist ein kluges Kind, Franziska, du wirst sie bald vergessen haben.

FRANZISKA Warum denn vergessen? Wir werden einander doch noch sehen? Sie wird doch zu uns kommen – oder ich zu ihr?

FERDINAND Franziska – Sie beide werden nicht lange Sehnsucht darnach haben.

FRANZISKA Das wird sich zeigen. Ist sie schon fort?

BETTY Nein.

FRANZISKA So will ich sie noch einmal sehen.

FERDINAND Franziska!

FRANZISKA *geht ab nach rechts hinten.*

ADOLF Sie hat sich brav gehalten.

FERDINAND Sie selbst, glauben Sie mir, ist befriedigt über diesen Ausgang. Ich hoffe, sie wird auch diesen Abschied –

FRANZISKA *zurückkehrend* Sie ist nicht da – dieser Zettel –

ADOLF *liest ihn, erschrickt.*

FERDINAND *liest ihn; hart* Worte!

BETTY Um Gottes willen!

FERDINAND Das beweist gar nichts... Worte...

FRANZISKA *in höchster Erregung* »Nicht nach mir suchen – es ist zu spät« – was heißt das?

FERDINAND Angst einjagen. Ein letzter Versuch. Beruhigen Sie sich doch. Ich lege meine Hand ins Feuer, daß die sich nichts antut.

FRANZISKA Wo ist sie?

FERDINAND Warum fragen Sie das mich, Franziska?

FRANZISKA Sie haben sie ja davongejagt, darum frag' ich Sie.

BETTY Mein Kind!

ADOLF *den Zettel in der Hand* »Es ist zu spät.« – Das heißt einfach: Sie wünscht nicht, gesucht zu werden... steht ja übrigens da: Nicht nach mir suchen... sie wünscht es nicht – statt morgen früh, ist sie eben schon heute –

FERDINAND Gewiß ist es so.

FRANZISKA »Nicht nach mir suchen, es ist zu spät.« Was redet ihr denn, das ist doch so klar.

FERDINAND Sie wird sich schon irgendwo aufgreifen lassen – an den Ufern der Donau – auf einer Brücke – das kennt man ja. – Diese Art Weiber bringen sich nicht um – das Leben ist zu schön für sie –

ADOLF Ah, meine arme Betty, was kommt alles über uns!

BETTY *sich endlich aufraffend* Ja, aber irgendwas muß man doch tun! Wie immer das Billett da aufzufassen ist, geschehen muß doch irgend etwas!

FRANZISKA »Es ist zu spät« – es ist zu spät.

ADOLF Ich will sofort die Anzeige machen – ich werde augenblicklich zur Polizeidirektion fahren. Oder warten Sie, Doktor, ich werde hintelephonieren. – Oder, nein, ich werde mir einen Wagen nehmen und zu – *Er klingelt* Ich will einfach vor allem zu der Wachtstube im Prater fahren, das scheint mir das Vernünftigste – *Stubenmädchen tritt ein* Holen Sie einen Fiaker – rasch – *Stubenmädchen ab.*

BETTY Hätten wir sie nicht fortgeschickt.

FRANZISKA Warum hast du's zugelassen, Mama? Was hilft das alles jetzt! Ihr wißt das so gut als ich –

ADOLF Wie willst du was wissen?

FERDINAND Was immer geschehen sein mag, – ich versichere Sie, – es wird nichts geschehen sein; – niemand – jawohl, niemand hat sich einen Vorwurf zu machen – niemand – ich betone das; niemand sich, und niemand einem anderen.

FRANZISKA Ja, warum habt ihr sie denn davongejagt? Hat sie irgendwen gestört? Irgendwem was Böses getan?

ADOLF Der Doktor hat recht – Vorwürfe sind durchaus nicht am Platze – *Er sieht zum Fenster, ob der Wagen schon da ist,* durchaus nicht – wir konnten sie nicht bei uns behalten – es lag gar kein Grund mehr vor. Da müßte man... Das kannst du, Franziska, nicht verstehen... viele Weiber im Hause haben!

FRANZISKA Warum denn? Ja warum? Haben wir denn alles vergessen, was sie ihm war? Alles bewahren wir auf, was uns an ihn erinnert, alles, was er geliebt hat – das Nichtigste! Da sind die Bilder – die Bücher – und man hat an diese Dinge nicht gerührt – mit Andacht treten wir alle in dieses Zimmer ein – alles, was uns an ihn erinnert, ist uns heilig, und gerade das Wesen, das ihm durch Jahre mehr war als wir alle, jagen wir hinaus? Die, die wir am sorgsamsten hätten hüten müssen, das einzige Lebendige, was uns von ihm übriggeblieben ist, nachdem das Kind gestorben – die jagen wir hinaus?

FERDINAND *in starker Bewegung* Franziska, ich muß doch bemerken, daß es nicht angeht, als Erinnerung an seinen verstorbenen Bruder dessen Maitresse aufzubewahren.

FRANZISKA *fast aufschreiend* Ferdinand, gehen Sie, ich bitte Sie, gehen Sie. Ich fange an, Sie zu verstehen. Gehen Sie – es ist mir entsetzlich, Sie zu sehen. Sie haben sie gehaßt...

FERDINAND Ja – wie die Sünde!

FRANZISKA Nein, sie war nicht die Sünde – es ist nicht wahr – so schaut die Sünde nicht aus. Was einen guten Menschen so glücklich macht, kann nicht die Sünde sein. Wie das Glück … wie die Freude eines andern haben Sie sie gehaßt, weil Sie alles hassen, was heiter und frei ist, wie Sie auch unsern Hugo gehaßt haben. – Ich verstehe Sie so gut. Gehen Sie, ich bitte sie darum … es ist mir entsetzlich, Sie zu sehen.

ADOLF Franziska, du bist in einer Weise erregt –

FERDINAND *Adolf ins Wort fallend* Es ist jetzt nicht Zeit, darauf zu erwidern. Gestatten Sie mir, daß ich mich vorläufig entferne. Ich will nicht – Adieu –

ADOLF *zu Ferdinand* Warten Sie gefälligst im Haustor auf mich. Sie müssen mit mir fahren.

FERDINAND *ab.*

BETTY Verzeih, mein Kind, wir haben in ganz anderer Absicht – wir konnten nicht ahnen … – –

ADOLF *plötzlich, nachdem er auf- und abgegangen, stehenbleibend* Man bittet sein Kind nicht um Verzeihung. Man will das Beste seines Kindes. *Zu Franziska* Was waren das für unerhörte Dinge, die du dem Doktor gesagt hast! Was wird er von dir denken? Und ich erkläre dir: Ich fühle mich vollkommen unschuldig – auch wenn diese Person ihren hysterischen Vorsatz ausgeführt haben sollte. Ich sehe ja mit Schrecken, was durch diesen Verkehr schon alles in dir angerichtet worden ist … »die Freude … das Glück der andern … keine Sünde – so schaut die Sünde nicht aus.« Woher willst du wissen, wie die Sünde ausschaut? – Man sieht ja nun, was herauskommt, wenn man sich einmal über gewisse Dinge hinwegsetzt und sich mit Geschöpfen einläßt, die – nicht zu uns gehören! Was hat man am Ende davon? Nichts als Skandal! Die Leute höhnen einen aus – und zum Schlusse kommen noch solche Absurditäten. Ich, der Professor Losatti, muß jetzt auf die Polizei gehen, anzeigen, daß die Geliebte meines verstorbenen Sohnes vermißt wird. Es ist einfach empörend …

FRANZISKA Papa! Papa!

BETTY Adolf, hast du denn kein Herz!

ADOLF Herz genug. Mehr Herz als ihr alle! Eine Rente hab' ich ihr aussetzen wollen – hat sie mir vielleicht nicht geglaubt? Oder will sie durch diese... *Beim Fenster* – Da ist der Wagen. Adieu. Ich gehe. – Nun – vielleicht bin ich noch würdig, von meiner Tochter die Erwiderung auf meinen Gruß zu bekommen. Es scheint beinahe, man hat Lust, mir die Verantwortung aufzulasten – ah, da werd' ich schon ergebenst... Das ist der Lohn! Ja, das ist der Lohn! Das erlebt man an seinem eigenen Kinde! *Er geht erbittert ab.*

BETTY Mein Kind, mein liebes Kind!

FRANZISKA *mit gerungenen Händen* Hugo! Hugo!

BETTY Es ist ja noch – man kann sie noch finden.

FRANZISKA Nein – nein... wir werden sie nicht mehr sehen. – Alle... alle sind fort von uns – Hugo, das Kind, sie... sie sind alle zusammen... *Erschauernd* in diesem Augenblicke vielleicht geht sie zu ihnen. Und auch wir, Mama, sind schuld, auch wir –

BETTY Ich vielleicht... ich hätte – aber du nicht – du nicht –

FRANZISKA Auch ich, Mama, ich fühle es so tief. Wir sind feig gewesen, wir haben es nicht gewagt, sie so lieb zu haben, wie sie es verdient hat. Gnaden haben wir ihr erwiesen, Gnaden – wir! – Und hätten einfach g u t sein müssen, Mama!

Vorhang

Paracelsus

Versspiel in einem Akt

Personen

CYPRIAN, *ein Waffenschmied*
JUSTINA, *seine Gattin*
CÄCILIA, *seine Schwester*
DOKTOR COPUS, *Stadtarzt*
ANSELM, *ein Junker*
THEOPHRASTUS BOMBASTUS HOHENHEIM, *genannt Paracelsus*

Spielt zu Basel, zu Beginn des 16. Jahrhunderts, an einem schönen Junimorgen, im Hause des Cyprian.

Das wohlgehaltene Zimmer hat zwei Türen, die eine links führt ins Gemach Justinas, die andere rechts ins Vorgemach.

Erster Auftritt

JUSTINA *sitzt am Fenster, mit einer Arbeit beschäftigt (Spinnrokken).*

CÄCILIA *tritt ein.*

JUSTINA *aufschauend, ruhig.*
Wie? Schon zurück?

CÄCILIA Zu lärmend ist die Stadt.
Sie setzt sich
Mich schmerzt der Kopf; ich mußte wieder heim.
Und wärst du mit mir auf dem Markt gewesen,
Du wärst mit mir zurück.

JUSTINA Warum?

CÄCILIA Weil dort
Ein solches Drängen und so wüstes Schrein,
Daß kein Vernünft'ger es ertragen kann.

JUSTINA
Gibt's was zu sehn? Sind neue Gaukler da?

CÄCILIA
Hat's nicht die Magd erzählt?

JUSTINA Die kam noch nicht.

CÄCILIA
Nun freilich; die kommt heute nicht nach Hause.
Ganz Basel, glaub' ich, ist dort festgebannt.
Hin strömen alle; alle bleiben dort,
Als gäb's die größten Wunder dort zu schaun.

JUSTINA
Nun, was für Wunder, du verwirrtes Ding?

CÄCILIA
'S ist ein Quacksalber da – und das ist alles.

JUSTINA
Das ist nicht viel!

CÄCILIA Ich sagt' es ja. Man hat
Derlei Gesellen hier genug gehabt.
Was finden sie an diesem just Besondres?

JUSTINA
Wird ein berühmter sein, ein weit gereister –
Hast du den Namen nicht gehört? –

CÄCILIA Es schwirrten
Gar viel' um mich – doch ich vergaß sie alle.
Gottlob, daß ich daheim – mich schwindelt noch.

Zweiter Auftritt

Justina, Cäcilia. Doktor Copus tritt auf.

COPUS
Ich wünsche guten Morgen, werte Damen.

JUSTINA
Ihr kommt zur Zeit; *Lächelnd* das Kind ist wieder krank.

COPUS
Dann ist's die Erste heut, die meiner wartet,
Die andern alle liefen mir davon.

JUSTINA
Wo sind sie?

COPUS Wo sie sind –? Nun, auf dem Markt!
Herr Paracelsus ist uns ja erschienen,
Was braucht man da den Doktor Copus noch!

CÄCILIA
Ja! Paracelsus hieß er!

JUSTINA Paracelsus!
Der also ist's! Der hochberühmte Arzt!

COPUS *zornig*

Was sagt Ihr? – Hochberühmt?

CÄCILIA *begütigend* Sie meint's nicht so.

COPUS

Und »Arzt« –? So, bitt' ich, nennt Quacksalber mich
Und nennt mich unbekannt – wenn Paracelsus
Berühmt und Arzt!

CÄCILIA *fast ängstlich* Was ist er denn?

COPUS Ein Schwindler.

Und nun genug. – *Bricht ab* Wie geht's Euch, liebes Fräulein?

Fühlt Cäcilia den Puls

Ein bißchen rasch.

CÄCILIA Ich hab' das Fieber, nicht?

COPUS

Habt Ihr das Pulver heute früh genommen?

CÄCILIA

Gewiß; wie Ihr's verordnet, Doktor Copus.
Und doch ist noch mein Puls zu schnell?

COPUS »Und doch!«

Wenn Ihr das Pulver nicht genommen hättet,
So ging' er doppelt rasch.

CÄCILIA Soll ich noch eins

Heut nehmen?

COPUS Eure Zunge, wenn's beliebt.

Cäcilia streckt die Zunge hervor.

COPUS

Nicht übel, Fräulein! Diese kann so bleiben.

CÄCILIA

Doch meinem Kopf geht's schlimmer als seit lang!

COPUS *ohne auf sie zu hören, plötzlich wieder in Wut*

Und wißt Ihr, wer dort steht wie andres Volk?

JUSTINA

Wer denn? – Und wo? –

COPUS Der Meister Cyprianus

Steht auf dem Markt und hört dem Schwindler zu.

JUSTINA

Mein Gatte?

COPUS Er, der sonst dergleichen Volk,
Das heimatlos die Straßen zieht, verachtet,
Steht auf dem Markt – nein! auf den Stufen steht er,
Die zum Gerüst des Paracelsus führen,
Und hört und sieht und staunt und wird verrückt!

JUSTINA

Nun aber sagt doch, was so Wunderbares
An diesem Mann?

COPUS Ich finde wunderbar
Nur eins: die große Frechheit, die er zeigt.
Ein Wort, das ich mit meinen Ohren hörte:
Mein Bart hat tiefere Gelehrsamkeit
Als sämtliche Doktoren und Skribenten.

JUSTINA

Ein Scherz – so klingt's! –

COPUS Ja nehmt ihn nur in Schutz!
Er spottet Avicennas! Höhnt Galen!
Begeifert alle, die v o r ihm gewesen
Und unsre hohe Kunst so weit gebracht.
Der Schule lacht er, der er selbst entstammt.
Die Ärzte schmäht er und die Apotheker,
Und um den wackern Pöbel hinzureißen,
Was glaubt Ihr, daß der Unverschämte tut? –
Die Arzeneien, die ihm Kranke brachten,
Die Tränke gießt er auf den Boden hin,
Die Flaschen schleudert er davon ins Weite
Und bläst die Pulver einfach in die Luft
Und schreit dazu: Was einst Hippokrates
Und mehr als das, bin ich, bin Paracelsus!
Und Eure Ärzte sind beschränkte Tröpfe!

JUSTINA

Und Cyprianus steht dabei?

COPUS Und lauscht!
Und unser halbes Basel steht und staunt,

Und meine eigenen Patienten sah ich –
Die stehen dort und harren seines Rats!

CÄCILIA

Er ordiniert?

COPUS Oh, wollt Ihr etwa hin?
Jawohl! Er ordiniert! – Und glaubt Ihr's nicht,
Die Totenliste morgen wird's erweisen.
Ich aber sag' Euch lieber: Lebet wohl.
Aufs Rathaus geh' ich, lege meine Stelle
Zurück – und will des Lebens kargen Rest
Dem undankbaren Basel fern verbringen.

CÄCILIA

Herr Doktor! – Und mein Kopf? Was soll ich tun?

COPUS

Ich will Euch zeigen, wie's der Schwindler macht.

JUSTINA

Ja, bitte; zeigt uns das.

CÄCILIA An meinem Leiden
Wollt Ihr die Künste jenes Manns versuchen?

COPUS

Wie, Fräulein, Ihr habt Kopfweh?

CÄCILIA Ach, Ihr wißt's ja.

COPUS

Als Paracelsus sprech' ich ja: gebt acht!
Nun schaut mich an!
Er fixiert sie, macht magnetisierende Handbewegungen
Der Kopfschmerz ist verschwunden.

CÄCILIA

Ich hab' ihn noch – und stärker, als er war.

COPUS

So macht es jener: Alles ohne Pulver –
Und schimpft dazu auf die, die's anders machen.
Und das ist seine vielgepriesne Kunst.
Und alles dies in Basel: faßt man's denn?

JUSTINA

Ich denk', er treibt es allerorten so?

COPUS

Gewiß; doch hier ist er vor dreizehn Jahren
Zu seiner Meister Füßen noch gesessen,
Trithemius' Schüler war er! Wißt Ihr's nicht?

JUSTINA

Trithemius'? Der im vor'gen Jahre starb.

COPUS

Zur rechten Zeit! Und in dieselbe Stadt,
Nach Wanderzügen durch die ganze Welt,
Durch Schweden, Preußen und die Tatarei
Von einem Ort zum andern ziehend – fliehend –
Versteht mich wohl: er hatte Grund zu fliehen –
Kehrt in dieselbe Stadt zurück, die ihn
Das ABC der edlen Kunst gelehrt,
Die er vergessen und die er verleugnet.

JUSTINA

So sagt mir doch: wer ist's? In Basel war er?

COPUS

Ihr habt ihn gut gekannt, als er noch einfach
Bombastus Theophrastus Hohenheim hieß –

JUSTINA *höchst erregt*

Wie sagt Ihr? Theophrastus...

COPUS Hohenheim.

JUSTINA

Der ist's?

COPUS Ja, der.

JUSTINA Der große Paracelsus,
Hörst du, Cäcilia, ist Hohenheim,
Von dem ich dir erzählt.

CÄCILIA Was hast du nur?

JUSTINA

Du hast ihn nicht gekannt – warst noch ein Kind –
Nun weiß ich, warum Cyprian ihm lauscht.

Dritter Auftritt

Cäcilia, Justina, Copus. Junker Anselm tritt auf.

ANSELM
Mein Klopfen hört' man nicht – so bitt' ich um
Vergebung, daß ich ungemeldet eintrat.
– Ich störe? Ist der Meister nicht zugegen?

JUSTINA
Noch nicht.

ANSELM *geziert, aber liebenswürdig*
Wie geht's der allerschönsten Frau?
Und wie dem lieblichsten der jungen Mädchen?
Und wie dem hochgelehrtesten der Männer?

CÄCILIA
Und wie dem unausstehlichsten der Junker?

ANSELM *immer Justina betrachtend*
Dem geht's nicht gut – denn bald verlassen muß er
Die schönste Stadt und manches, das ihm teuer.

CÄCILIA
Ist's nun gewiß? – Schon oft verspracht Ihr das!

ANSELM
Der Vater ruft mich. Ich muß wieder heim,
Bevor ich *Blick auf Justina* meiner Wünsche Ziel erreicht.
Denn noch ist Meister Thomas nicht zufrieden.
Die Orgel spiel' ich schlecht; das Tönesetzen
Will nicht gelingen – und kein einz'ges Lied
Hab' ich vollendet, der soviel begann.

CÄCILIA
Der Grund ist einfach.

COPUS
Ihr seid noch so jung,
Die Musika ist eine schwere Kunst.

ANSELM
Dem, der nicht glücklich ist, fällt alles schwer.

CÄCILIA
Und einem, der durch alle Nächte zecht

Und Würfel spielt bis an den grauen Morgen,
Dem ist bei Tag noch nie was Rechts gelungen.

JUSTINA *vorwurfsvoll*
Cäcilia!

COPUS
Tut Ihr das? Das ist nicht gut.

ANSELM
Habt Ihr ein Mittel gegen Gram der Seele?

COPUS
Die Würfel sind es nicht.

ANSELM
Auch nicht der Wein.
Doch beides macht vergessen – das ist gut.

COPUS
Ich bin nicht Euer Arzt – so muß ich schweigen.

CÄCILIA
Doch meiner seid Ihr – und noch immer, seht,
Schmerzt mich der Kopf, und ratlos steh' ich da.

COPUS
Verzeiht, mein Fräulein, gleich verschreib' ich Euch,
Was Euch in einer Stunde helfen soll.

CÄCILIA
Kommt auf mein Zimmer, Doktor.

COPUS
Mit Verlaub.
Copus, Cäcilia ab.

Vierter Auftritt

Justina, Anselm

ANSELM
Justina!

JUSTINA Schweigt!

ANSELM
Heut fordert Ihr's vergeblich!
Daß ich die Stadt verlassen muß, ist wahr;
Wahr, daß ich heut zum letzten Mal Euch sehe,
Und sagen muß ich Euch –

JUSTINA Ich will's nicht hören.

ANSELM
So schweig' ich – aber meine Stummheit redet.

JUSTINA
Ein jedes Wort von Euch beleidigt mich,
Und Eure Blicke kränken meine Würde.

ANSELM
Die Blicke, die zu einer Göttin aufschaun,
Die Worte, die aufsteigen, ein Gebet –?

JUSTINA
Genug, sag' ich!

ANSELM Ihr kennt mich nicht, Justina,
Ihr wißt nicht, was ich will – kaum, was ich bin.
Ich gelt' Euch als ein Stümper – oder Narr!
Das bin ich nicht! Mehr bin ich, als Ihr ahnt.
Und was mir meines Geistes Kräfte lähmt,
Ist, daß Ihr sie nicht kennt und sie verachtet.
Es könnte dieser Lippen Lächeln mich
Zum Künstler – ach – ein Kuß zum Meister bilden!

JUSTINA *hat ihre Fassung wieder, ist kühl und scharf*
Holt Euch bei andern, was Euch schaffen lehrt.
Ich habe keine Küsse und kein Lächeln.

ANSELM
Die wundersamsten Lieder säng' ich dann
Zum Preise meiner vielgeliebten Herrin,
Und auf die Nachwelt kämen wir vereint.

JUSTINA
Die blühnde Jugend hat mich nie verführt –
Nun soll mich gar der Ruhm – ein Schatten, locken?
Seht doch – Ihr habt ein Lächeln nur verlangt...
Ich geb' Euch mehr...

ANSELM O sprecht!

JUSTINA Ich lache laut. *Lacht.*

ANSELM
In Wahnsinn treibt Ihr mich.

JUSTINA Der Weg ist weit.

ANSELM
Und in den Tod...
JUSTINA   Wir müssen alle hin.
ANSELM *wirft sich hin*
Zu Euren Füßen fleh' ich, kommt heut abend
In Euren Garten – dort ein letztes Mal
Will ich auf Eure Hand die Lippen drücken.
Es wird uns niemand sehen. Übers Gitter
Steig' ich herein... Verschwiegen ist die Nacht.
Ich warte in der Laube...
JUSTINA   Ihr seid toll...
Steht auf. Mein Gatte kommt.
ANSELM   Was tut's? Sieht er
Mich auf den Knien vor Euch, so lacht er nur –
So wohlgemut spaziert er durch die Welt,
So sicher seines Weibs und so berauscht
Vom stolzen Glücke des Alleinbesitzens –
Ich aber sag' Euch: solcher Übermut...
JUSTINA
Steht auf – Um Himmels willen – hört Ihr nicht –

Fünfter Auftritt

Anselm, Justina, Cyprian. Später Paracelsus

CYPRIAN *lächelnd über die Verlegenheit der beiden*
Mein guter Junker, seid Ihr wieder da?
ANSELM
Ich bin... ich wollte just –
CYPRIAN *ohne seiner zu achten, zu Justina*
Mein liebes Kind,
Ich bring' heut einen wunderlichen Gast,
Mit dem wir unsre Kurzweil haben werden.
Justina erschrickt leicht
Mein guter Paracelsus, tretet ein.

Paracelsus erscheint an der Tür

Ein einfach bürgerliches Haus – doch denk' ich,
Wenn man gewohnt, im Frei'n zu übernachten,
So kann sich's sehen lassen.

PARACELSUS Werter Meister,
Nicht ganz verächtlich ist des Himmels Dach.

CYPRIAN *auf Anselm weisend*
Das ist Anselm, ein Junker, der in Basel
Das Orgelspielen... nicht wahr, Orgelspielen?

ANSELM
Jawohl, das Orgelspielen will ich lernen.

CYPRIAN *sich erinnernd*
Bei Meister Thomas... freilich ... Seinem Vater
Hab' ich ein herrlich Waffenzeug geliefert,
Als er mit einer Reiterschar hier durchzog.
Kopfschüttelnd Der Vater Krieger... Musiker der Sohn.

ANSELM
Zum Zeitvertreib.

CYPRIAN Nun, ja. *Zu Paracelsus* Und nun, mein Guter,
Seid uns willkommen. Sollt nach langer Zeit
In ehrlicher Gemeinschaft eine Stunde
Bei einem Becher guten Weins verbringen.

PARACELSUS
Und kennt mich Eure schöne Gattin noch?

JUSTINA
Gewiß ich kenn' Euch –

PARACELSUS *blickt sie lange an.*

CYPRIAN Nun, für seine Jahre
Sieht er verwittert aus! Was sagst du nur,
Der Mann, um den Geheimnis webt und Dunkel,
Der Ruhelose, dem die wilde Fabel
Vorauseilt wie ein tollgewordner Herold,
Der Hexenmeister ist der Hohenheim,
Den wir als frommen Studiosus kannten.

PARACELSUS

Ich bin kein Hexenmeister, edle Frau.
Ich bin ein Arzt, nur klüger als die andern.

CYPRIAN

Was Ärzte sind, das wissen wir, mein Guter,
Die treiben solche Schwänke nicht wie Ihr.
Doch was Ihr immer seid, Ihr macht mir Spaß,
Und da Ihr über meine Schwelle tratet,
Seid Ihr mein Gast – woher Ihr kommen mögt.
Auch freut mich, daß ich stets Euch recht erkannt,
Schon als vor Jahren Ihr in Basel weiltet,
Die Alchymie beflissen bei Trithem,
Und vor gewissen Fenstern nächtlich schwärmtet –
Ich wußte stets: aus Euch wird nie was Rechts!

Mädchen kommt mit Wein; wie sie hergerichtet, geht sie wieder; Justina macht sich ein wenig an dem Tisch zu schaffen. Paracelsus schaut Anselm scharf an.

PARACELSUS

Ihr findet? –

CYPRIAN

Aber dieses ist mein Spruch:
Ein jeder lebe, wie's ihn freuen mag!
Wo wäre das Verdienst, am eignen Herd,
Dem Hause nützend wie dem Allgemeinen,
Sein ehrlich Handwerk treiben als ein Bürger,
Gäb's andre nicht, die's in die Ferne lockt,
Als fahrende Gesellen hinzuziehen.
Zu Zeiten seh' ich solche Käuze gern,
Die den Geruch von weiten Fahrten bringen.
Denn: gehn sie wieder, ist man dreifach froh,
Daß man sein Heim, sein Weib hat und sein Handwerk.

JUSTINA

Noch immer steht dein Gast.

CYPRIAN

Setzt Euch doch nieder
Und Ihr, mein lieber Junker –

ANSELM

Mich entschuldigt.
Ich muß jetzt fort, denn abends reis' ich ab.

CYPRIAN
Was sagt Ihr?

ANSELM Ja; mein Vater ruft und drängt.
Noch manches liegt mir ob, bevor ich reise.
Ich komme mittags, Euch Lebwohl zu sagen.
Im Abgehen
Nicht länger konnt' ich diesen Blick ertragen.

Sechster Auftritt

Cyprian, Justina, Paracelsus

CYPRIAN
Was ist dem Junker?

JUSTINA *verlegen* Weiß nicht.

CYPRIAN *lachend* Aber ich!
Was gilt's, daß er von Liebe dir gesprochen?

JUSTINA
Nicht doch.

CYPRIAN Und daß du dich erzürnt –

JUSTINA Nein – nein.

CYPRIAN
Und ihn mit rauhen Worten heimgeschickt?

JUSTINA
Was fällt dir ein?

CYPRIAN *lachend* Ich hoffe, daß du's tatest.

JUSTINA
Gewiß, ich hätt's getan.

CYPRIAN Sieh, wie sie rot wird.

PARACELSUS
Und so verwirrt, als wäre Schönheit Schuld!

JUSTINA *fast in Tränen*
Ich bitt' Euch sehr...

CYPRIAN *zu Paracelsus* Ihr seht, sie ist wie einst.

PARACELSUS *mit Bedeutung*
Ich seh's.

CYPRIAN *scherzend*

Und schämt sich ihrer stummen Macht,
Die jeder fühlen muß, der sich ihr naht.
Ihr wißt ja auch ein Lied davon zu singen.

JUSTINA *flehend*

Ich bitte dich!

PARACELSUS Scheut Ihr Erinnerung?
Man kann ihr besser nicht die Schauer nehmen,
Als wenn man sie zum Leben wieder weckt.

CYPRIAN

Wen schauert hier? Vergangnes ist vergangen.
Zum Gatten nahm sie m i c h , nicht Euch, und preist
Alltäglich ihren Gott für diese Wahl.
Mein ist dies Haus, wie's meines Vaters war,
Und meiner Ahnen seit dreihundert Jahren.
Sein Wohlstand wächst durch Arbeit und durch Fleiß.
Ja – seht mich an, mein Lieber, dieser Arm,
Der, wie bekannt, ein gutes Schwert zu schmieden
Und, wenn's dazu kommt, auch zu schwingen weiß,
Ist wohl dazu gemacht, ein Weib zu schirmen.
Das ist es, was die Frau verlangt, und drum
Gewann ich sie, und drum kann ich sie halten.
Zu fürchten hab' ich nichts... Erinnrung nicht
Und keine Schwärmerei. Vom Gegenwärt'gen
Umschlossen und gebändigt ist das Weib.
Geöffnet ist mein Tor... ich fürchte niemand.

PARACELSUS

Ich wünschte dieses Wort so wahr als stolz.

CYPRIAN

Ich schenk' Euch diesen Wunsch – er ist erfüllt.

Siebenter Auftritt

Justina, Cyprian, Paracelsus. Cäcilia tritt ein. Wie sie Paracelsus sieht, will sie weg.

CYPRIAN
Bleib doch! Das ist Cäcilia.
PARACELSUS
Eure Schwester!
CYPRIAN
Sie war ein Kind, als Ihr die Stadt verließet.
Cäcilia, dies hier ist ein Wunderdoktor.
CÄCILIA
Ich sah Euch schon...
CYPRIAN
Wie wär' es, Paracelsus,
Wenn Ihr an dieser Eure Kunst versuchtet?
CÄCILIA
Wie... was?
CYPRIAN
Bleib nur bei uns. Ich wette,
Der Mann mit seinem Zaubern kann dich heilen.
PARACELSUS
Was sagt Ihr? »Zaubern«?
CYPRIAN
Wie kann ich anders,
Was ich heut auf dem Markt gesehn, bezeichnen?
JUSTINA
Nun aber möcht' ich selbst am Ende wissen,
Was Ihr vermögt.
CYPRIAN
Jetzt findet sie die Sprache,
Verwundrung nahm sie – Neugier bringt sie wieder.
Herablassend
Von allen Gauklern, die sich hier gezeigt,
Ist er's, der seine Sach' am besten trifft.
Ich liebe sonst dergleichen nicht besonders;
Das Feuerfressen wie das Pillendrehen,
Quacksalberei, Goldmachen und Komödie
Ist nicht mein Fall. Ihr seid doch alle Lumpen.
PARACELSUS
Schon möglich. Ratsherrn sind wir sicher nicht.

CYPRIAN

Der Witz ist kühn, doch sei er Euch vergeben,
Da ich in guter Laune heute bin,
Und weil Ihr mehr könnt, als die andern können.
Man merkt, Ihr habt vor Zeiten was gelernt,
Und unter all dem Schwindel, den Ihr treibt,
Blitzt immer etwas wie Gelahrtheit auf.

PARACELSUS *höhnisch*

Ihr scherzt!

CYPRIAN Hört, Kinder, was er aufgeführt.

PARACELSUS

Laßt doch...

CYPRIAN Nur, was mir eben einfällt.

Zu Justina und Cäcilia

Ihr kennt die Frau des Schmieds?

CÄCILIA Die ganz gelähmt ist.

CYPRIAN

Seit heute morgen regt sie Arm und Beine,
Und was der andern Mühe n i e geglückt,
In einem Augenblick gelang es diesem.

CÄCILIA

Ist's möglich?

CYPRIAN Und es kommt noch sonderbarer.

Kennst du das Töchterlein des Drechslermeisters?

JUSTINA

Die plötzlich stumm ward im vergangnen Winter?

CYPRIAN

Sie redet wieder, seit es d e r befahl.

JUSTINA

Wie ist dies alles möglich?

CYPRIAN Hexerei!

Und höchst erstaunt hab' ich mich schon gefragt,
Wie Ihr bis heut dem Feuertod entgingt.

PARACELSUS

Geduld, verehrter Meister, Zeit bringt Rat.

CYPRIAN
Doch was am allermeisten mich verblüfft,
Das war, was mit Medardus Ihr verübtet.
Erklärend
In Schlummer ließ er diesen Jüngling sinken
Durch seiner Augen Macht.

CÄCILIA Durch Eurer Augen?

CYPRIAN
Dann sagt' er ihm, – wir alle konnten's hören –:
Von einer weiten Reise kommt Ihr heim,
Durch fremde Länder, wo Ihr viel erfahren –
Erzählt uns doch davon.

JUSTINA Und der?

CYPRIAN Erzählte!

JUSTINA
Von Menschen, Dingen, die er nie gesehn?

CYPRIAN
Von Abenteuern, die er nie bestand.

JUSTINA
Und glaubte dran?

PARACELSUS Nicht länger, als ich wollte.
Ich löschte diese Träume wieder aus,
Und was er uns erzählt, weiß er nicht mehr.

CYPRIAN
Und nur Ihr selbst könnt nehmen, was Ihr gabt?

PARACELSUS
Gewiß!

CYPRIAN Und hättet Ihr ihn nicht befreit
Von diesen Träumen, die Ihr selbst ihm schuft?

PARACELSUS
Zeitlebens würd' er schwören, daß es wahr.
Steht auf; plötzlich in anderem, fast pathetischem Ton
So viel vermag ich! Wer vermag so viel?
Ich kann das Schicksal sein, wenn's mir beliebt!

CYPRIAN

Mein Bester, solches wirkt nur auf dem Markt.
Hier laßt die großen Worte, wenn's beliebt.
Das Schicksal kommt von Gott, nicht von den
Zaubrern,
Und was Ihr schafft, ist Wahn – doch keine Wahrheit.

PARACELSUS

Mehr als die Wahrheit, die da war und sein wird,
Ist Wahn, der ist ... der Augenblick regiert!
Vermöchtet Ihr gelebte Jahre gleich
Beschriebnen Blättern vor Euch aufzurollen,
Ihr würdet kaum ein Blatt zu deuten wissen.
Denn das Gedächtnis trügt fast wie die Hoffnung –
Geheimnis alles ... Der Moment von früher
Wie jeder nächste! Nur der Augenblick
Ist unser – und der flattert schon davon.
Bedenkt dies Eine nur: daß jede Nacht
Uns zwingt hinabzusteigen in ein Fremdes,
Entledigt unsrer Kraft und unsres Reichtums,
Und alles Lebens Fülle und Verdienst
Und weit geringrer Macht sind als die Träume,
Die unserm willenlosen Schlaf begegnen.

CYPRIAN

Auch ich hab' manchen Alpdruck schon verspürt;
Jedoch was tut's, man wacht ja wieder auf,
Die Sonne kommt, der gute Lärm des Tags,
Man lacht des Traums und geht an seine Arbeit.
Nur einer, der ins Leere strebt wie Ihr,
Kann sich von einem Traum beirren lassen.
Für unsereins, die wissen, was sie wollen,
Ist Schicksal nur, was sich im Hellen zeigt
Und nicht verweht, wenn wir die Augen öffnen.
Ja! Euresgleichen möchte freilich gern
Die Grenzen löschen zwischen Tag und Nacht
Und uns in Dämmerschein und Zweifel stellen.
Gott sei's gedankt! 's gibt manches, das gewiß ist:

Ein Mann wie ich steht stets auf festem Grunde,
Hält sicher, was er hat, ist fromm und stark.
Glaubt mir, wir fürchten Euresgleichen nicht.

PARACELSUS
Es wird auch nicht verlangt. – Doch wolltet Ihr,
Daß ich des werten Fräuleins Krankheit heile.

CYPRIAN
Ganz recht.

CÄCILIA Ich bin gesund... auch hab' ich einen Arzt.

CYPRIAN
Laßt von Justinen Euch erzählen, der
Vertraut sie mehr als mir.

JUSTINA Sie ist verdrießlich,
Fast melancholisch.

CÄCILIA Nein.

JUSTINA Zuweilen seufzt sie.
Auch Tränen sah ich schon in ihren Augen.

PARACELSUS
Und niemand weiß, warum?

CÄCILIA Ich weine nie.

PARACELSUS
Mein edles Fräulein – fragen will ich nichts,
Die Gründe Eures Kummers nicht erforschen.
Ich kann Euch alle Eure Schmerzen nehmen,
Auch ohne daß Ihr mir die Ursach' nennt.

CÄCILIA
Nein, nein –

CYPRIAN Ich denke doch, das läßt sich hören.

PARACELSUS
Oft sind die Fragen eines Arztes lästig,
Ich spar' Euch das und mach' Euch doch gesund.

CÄCILIA
Und nehmt mir alles Leid?

PARACELSUS Das will ich tun.

CÄCILIA
Und bin dann völlig frei?

PARACELSUS Von aller Qual.

CÄCILIA

Und bin vergnügt?

PARACELSUS Und lacht den ganzen Tag

Und faßt nicht, daß Ihr je bekümmert wart.

CÄCILIA

Nein, nein, ich will nicht lachen und vergnügt sein.

CYPRIAN

Da seh' doch einer diese Närrin an,
Ist Lachen doch der beste Segen Gottes!

PARACELSUS

Gefällt's dem Fräulein nicht, so lassen wir's
Etwa bei stiller Heiterkeit bewenden.

CÄCILIA

Ich will nicht heiter sein.

CYPRIAN Du willst es nicht?

JUSTINA

Was willst du nur?

CÄCILIA Man lasse mich in Frieden.

PARACELSUS

Es scheint, das Leid, mein Kind, das Euch bedrückt,
Ist so durchtränkt von einem jungen Glück,
Daß Ihr nicht um die Welt es missen möchtet.
Mein Rat ist drum: bewahrt es treu im Herzen.
Cäcilia läuft ab.

Achter Auftritt

Justina, Cyprian, Paracelsus

CYPRIAN

Nun, ich muß sagen, Ihr macht's Euch bequem!
Es scheint, der Zauberstab ist nicht zur Hand,
Und Eure Kunst versagt in meinem Haus.

PARACELSUS

Ich meinte lieber, daß sie sich erwiesen.

CYPRIAN
Vielleicht auch, daß das Hexen auf dem Markt
Wohl einstudiert war mit den Raschgeheilten.
Und was nun gar Medardus anbetrifft,
Der war für ein paar Groschen Euch zu Diensten.

PARACELSUS
Mag sein.

CYPRIAN Ihr nennt Euch Arzt?! – Landstreicher seid Ihr,
Wie andre auch, dem ab und zu was glückt.

PARACELSUS
Somit nicht würdig Eurer Gastlichkeit.
Lebt wohl.

CYPRIAN O nein! So leicht entkommt Ihr nicht.

JUSTINA
Ihr seht, mein Gatte spaßt – Ihr bleibt willkommen!

CYPRIAN
Gewiß! Auf seine Art ist's jeder Gast.
Doch hat man solchen sich ins Haus geladen,
So zeig' er, was er kann. Die Fiedelleute,
Die ich zuweilen hier im Hause habe,
Die spielen auf – sonst ließ' ich sie nicht ein.

PARACELSUS
's ist wahr. Noch hab' ich diesen Trunk mir nicht verdient.
Er tritt plötzlich vor Justina hin.

JUSTINA
Was wollt Ihr?...
Sie will sich erheben und kann nicht.

CYPRIAN Nun?

JUSTINA Ich will...

PARACELSUS Ihr könnt nicht aufstehn.

CYPRIAN
Ist's wahr?

PARACELSUS
Habt keine Furcht, Justina. Schwer
Sind Euch die Augenlider; fallen zu.
Ihr wollt sie öffnen, könnt's nicht mehr. Ihr seid

So müd' – so müd' – sehr müd'. Der Schlummer kommt,
Die Sinne schwinden Euch. Ihr schlummert schon.
In beinahe beschwörendem Tone
Ganz tief... sehr tief... so tief... Ihr schlaft, Ihr träumt.
Sie schlummert ein. – Große Pause.

CYPRIAN
Vortrefflich. Ja. Nun aber laßt sie träumen.

PARACELSUS
Das werd' ich tun. Und will mit leisen Worten
Ein ganzes Schicksal ihr erstehen lassen.
Ich nenn' es so, Ihr nennt es einen Traum –
Seid Ihr zufrieden?

CYPRIAN Ich bin höchst gespannt.
Wie schade, daß ich nicht die Nachbarn rief,
Doch könnt' ich noch...

PARACELSUS Laßt nur, die würden stören.
Er beugt sich zu ihr.

CYPRIAN
Was macht Ihr nun, darf ich's nicht hören?

PARACELSUS Nein.
Ich will Euch gänzlich in Erstaunen sehn.
Leert diesen Becher – solang habt Geduld.

CYPRIAN
Doch länger nicht!
Er trinkt.
Paracelsus flüstert Justina etwas ins Ohr, die Stellung der beiden so, daß man weder sein noch ihr Gesicht sieht.

PARACELSUS *während Cyprian noch trinkt*
Ich bin zu Ende.

CYPRIAN *stellt den Becher hin* Nun?

PARACELSUS
Wacht auf! Justina, wach!

CYPRIAN Justina!

PARACELSUS *stark* Wach!
Justina sieht beide starr an, zuletzt Cyprian, schreit auf und läuft davon, in ihre Kammer, die sie von innen zuriegelt.

CYPRIAN *ist zuerst sprachlos*
Justina!
Zu Paracelsus
Was soll dies bedeuten, sprecht!
Was tatet Ihr?...
Zur Tür Justina!
Zu Paracelsus Flieht sie mich?
Was war's, das Ihr ihr zugeflüstert habt?

PARACELSUS
Beruhigt Euch, das alles ist ein Spiel!
Auch liebt sie Euch so sehr als je.

CYPRIAN Warum
Entfloh sie? Und mit solchem Blick! – Justina!

PARACELSUS
Verweilt! Sie liebt Euch, doch die Reue quält –

CYPRIAN
Die Reue?

PARACELSUS Ja.

CYPRIAN Erklärt Euch, wenn's beliebt.

PARACELSUS *nach kurzer Pause*
Ein hübscher Bursch, der eben Euch verließ –

CYPRIAN
Ein hübscher... wer?

PARACELSUS Anselmus hieß er wohl.

CYPRIAN
Was ist's mit dem?

PARACELSUS Was oft mit Junkern ist.

CYPRIAN
Sie träumt vielleicht, daß sie den Junker liebt –?
Ein schlechter Scherz, fürwahr!

PARACELSUS Was fällt Euch ein. –

CYPRIAN
Nun also? Warum flieht sie? Sagt es endlich!

PARACELSUS
Nun, weil sie träumt – indes – was kümmert's Euch!

CYPRIAN
Sagt's mir; ich will es wissen.

PARACELSUS Nun, sie träumt,

Daß sie in Anselms Armen einmal ruhte.

CYPRIAN

Daß sie –

PARACELSUS – dem Junker angehörte, ganz wie Euch.

CYPRIAN

Ihr habt ihr diesen Wahn gegeben!

PARACELSUS Ja.

CYPRIAN

Der Scherz ist – macht ihn ungeschehn –

Zur Tür Justina!

Sehr unruhig.

PARACELSUS

Ein Traum, mein Bester – was bedeutet's weiter –
Ihr wißt es besser – und Ihr seid das Leben.

CYPRIAN

Ihr hättet andre Proben wählen können
Von Eurer Kunst. Seht, wie Ihr sie gemartert.
Befreit sie schleunigst von dem bösen Traum.

PARACELSUS

Warum denn böse? Er ist süß vielleicht!

CYPRIAN

Ihr seid ein Unverschämter! Hör', Justina!

An der Tür

Sie hat die Kammertür versperrt.

PARACELSUS Lebt wohl!

CYPRIAN

Ihr seid wohl nicht bei Sinnen. Hiergeblieben,
Verdammter Gaukler, und den Spaß beendet!
Es ist genug.

PARACELSUS *heftig*

Nein, es ist nicht genug!

Behaltet nur Justina, wie sie ist,
Unschuldig und doch schuldig, da sie's glaubt;
Keusch – und doch unkeusch, da sie in den Sinnen
Von wilden Gluten die Erinnrung trägt.

So lass' ich Euer treues Weib Euch da.

CYPRIAN

Ihr seid verrückt und sollt mir wahrlich büßen,
Daß Ihr mit mir, dem Meister Cyprian,
Solch frechen Scherz zu treiben wagt.

PARACELSUS Ein Scherz –!?

Von neuem immer, seh' ich solche Frauen,
Geschaffen, hoher Menschen Glück zu sein,
An einen Gauch, wie Ihr seid, weggeworfen,
Erbittert mich aufs neu'! Und nun gar die,
Die einst von Paracelsus ward geliebt,
Und die man – wohlberaten – Euch gegeben,
Als wär' ein Mädchenlos damit erfüllt –

CYPRIAN

Ja, mir; nicht einem Habenichts wie Euch!
Dergleichen Mädchen sind für unsereinen!

PARACELSUS

Ich weiß, sie sind für Euch, doch, weiß ich auch,
ein Tag mit mir erfüllte tiefre Sehnsucht,
Als fünfzig Jahr' mit einem Mann wie Ihr.

CYPRIAN

Was prahlt Ihr so? – So glücklich, als ein Weib
Nur sein kann, ist sie nun seit dreizehn Jahren
An meiner Seite.

PARACELSUS Seid Ihr des gewiß?

Weil's Euresgleichen angeborne Gabe,
Des Lichts Geschöpfe, die sich Euch genaht,
In Euren Kreis dumpf kläglichen Behagens
Herabzuziehn – glaubt Ihr, hier sei ihr Heim?
Zu Gast ist sie bei Euch – so gut wie ich.
Verschwendet seh' ich zuviel Lieblichkeit
An eine satte Frechheit, die sich brüstet.
Das ist ein Unrecht wider die Natur –
Und ich versuch's zu bessern, wie es geht.

CYPRIAN *wütend*

Wenn Ihr das wirklich glaubt, verruchter Mensch,

Warum nicht zwingt Ihr sie, mit Euch zu gehn,
Da Ihr sie jetzt in Eure Macht gebannt –?

PARACELSUS
Ich bin kein Räuber! Ihr versteht mich schlecht.
Euch nehmen wollt' ich sie, doch keinem geben.
Rein soll sie bleiben – nur für Euch beschmutzt.
Somit... lebt wohl.

CYPRIAN Ihr werdet unverzüglich
Dem Spuk ein Ende machen.

PARACELSUS Nein... lebt wohl.

CYPRIAN
Ihr bleibt.

PARACELSUS Wer kann es mir gebieten?

CYPRIAN Ich.
Gefangennehmen lass' ich Euch, des Hexens
Klag' ich Euch an.

PARACELSUS So tut's. Ich habe Zeit.

CYPRIAN
Man wird Euch in den tiefsten Kerker werfen.

PARACELSUS
Ich werde schweigen, und der Traum Justinens
Wird ewig währen.

CYPRIAN Foltern wird man Euch.
Man wird Euch töten!

PARACELSUS Und die letzte Hoffnung,
Daß jener Traum je enden kann, mit mir; –
Denn keiner lebt, der sie davon befreit.

CYPRIAN
Wahnsinniger! – Justina, komm... Justina,
Hörst du mich nicht?

JUSTINA *von drinnen* O Gnade!

CYPRIAN Riegle auf!
Justina!
Er zieht das Schwert, zertrümmert die Tür, zerrt Justina heraus, die ihr Antlitz verbirgt.

JUSTINA *sinkt auf die Knie*
Gnade!
CYPRIAN Fürchte nichts, mein Weib!
JUSTINA
Ich weiß ja, du bist gut!
CYPRIAN Unschuldig bist du.
JUSTINA
Oh, höhne nicht!
CYPRIAN Du träumst. Unschuldig bist du!
JUSTINA
Oh, wär' es wahr! Nun schaudr' ich selbst vor mir.
In seinen Armen seh' ich mich und fühle
Die Küsse glühn auf Hals und Lipp' und Wange –
CYPRIAN
Es ist nicht wahr! Der Zaubrer –
JUSTINA Ja, ihm dankst du,
Daß du die Wahrheit weißt.
CYPRIAN Es ist nicht wahr!
Noch einmal wend' ich mich an Euch – ich weiß –
Beleidigt hab' ich Euch, verdammter Lump,
Und tu' es noch – ich glaub' an Eure Macht,
Ihr seht, ich muß dran glauben – aber nun
Laßt es genug sein! Endet diese Qual.
Ich lass' Euch ledig ziehn – noch mehr – ich rühme
Allorten Eure ganz besondre Kunst,
Nur fügt es, endlich, daß mein Weib erwacht!
JUSTINA
Ich bin ja wach. Wie sonderbar du sprichst –
Um Himmels willen! Wenn dir meine Schuld
Die Sinne trübte – Paracelsus, helft!
CYPRIAN
Nun flehst du ihn an, daß er mich –
JUSTINA Verzeihe!
O Cyprian, verzeih! 's ist ja vorbei.
Ich will dir nun die beste Gattin sein –
Ein Augenblick der Schwäche ist's gewesen,

Er wird nicht wiederkommen, sei gewiß.
Doch damals schien der Mond so seltsam hell. –
Der Duft von unsern Fliederbüschen wehte,
Und ich war ganz allein im Gartenhaus.

PARACELSUS
. . . Nur weiter –

CYPRIAN Schweig!

JUSTINA Laß alles dir erzählen!
So wird es gut.

CYPRIAN Ich will's nicht hören!

PARACELSUS Laßt sie!
Wer weiß, was Ihr erfahrt!
Cyprian ist sehr betreten.

JUSTINA Ich war allein.
Im Gartenhaus – und du gingst in die Schenke.

PARACELSUS
Habt Ihr das nie getan?

CYPRIAN Wer tat das nie?

JUSTINA
Und da kam er – und nahm mich bei der Hand –
Und küßte mich – und sprach so heiße Worte –
Und dann – und dann – o Cyprian, verzeih!

CYPRIAN
Es gibt nichts zu verzeihn! Du träumst!

PARACELSUS *mit Bedeutung* Wer weiß?

CYPRIAN
Ihr wißt's – wie ich!

PARACELSUS Ist sie nicht eine Frau?
Anselm kein Mann –? Und gibt's kein Gartenhaus?

CYPRIAN *tief erschrocken*
Ihr – sagt –

PARACELSUS Und wenn es doch die Wahrheit wäre,
Die ich nur aufgerüttelt ihr im Herzen?

CYPRIAN
Ihr gabt ihr doch den Wahn – und zweifelt selbst!

PARACELSUS
Ich bin ein Zaubrer nur – sie ist ein Weib!
CYPRIAN
Ihr macht mich toll –
PARACELSUS Wer gibt uns jemals an,
Ob dies, wovon sie träumt, nicht auch erlebt ward?
CYPRIAN
Ihr glaubt – Justina –
Er eilt zu ihr.
PARACELSUS *für sich* Schlägt mir überm Haupt
Des eignen Zaubers Schwall mit Hohn zusammen?
Und wirren sich die Grenzen selbst für mich –?

Neunter Auftritt

Cyprian, Justina, Paracelsus. Anselm kommt.

Justina schreit auf. Anselm erschrickt, sieht alle an; Cyprian und Paracelsus beobachten ihn; Pause – er will auf Justina zu.

CYPRIAN *vor Anselm hintretend*
Sie hat gestanden –
ANSELM – Was?
PARACELSUS Wie er erschrickt.
JUSTINA
Mir aus den Augen!
ANSELM Was hab' ich verschuldet?
CYPRIAN
Gestanden hat sie. Hütet Euch zu leugnen.
ANSELM
Justina!
JUSTINA
Geht! Ich will Euch nicht mehr sehn,
Den Frieden meiner Seele nahmt Ihr mit,
Habt unsres Hauses Glück zerstört für immer,
Für kurze Seligkeit zu viel vernichtet!

Wie brennt vor Scham die Seele mir, daß ich
Das Opfer Eurer kecken Jugend ward
Und meiner unbewachten Sinne. Weh mir,
Daß jemals ich das Gartenhaus betreten!

ANSELM *erschrickt*

Um Gottes willen, schweigt, Ihr redet irr!

CYPRIAN *zieht das Schwert*

Gesteht!

JUSTINA Gesteht!

PARACELSUS Gesteht!

ANSELM Nichts hab' ich zu gestehn.

CYPRIAN

Hat Euer feiges Herz nicht mehr an Kühnheit,
Als hinreicht, einem Weibe sich zu nahn?

ANSELM

Justina!... Diese Rache war nicht schön!

CYPRIAN

Wie?! Rache nennt Ihr, daß sie reuig ist?
Elender!

ANSELM *mit edler Haltung*

Eurem Schwerte stell' ich mich
Zu jeder Frist, doch laßt vorerst mich sagen,
Daß meine Schuld gering. Nicht mehr verbrach ich,
Als daß ich Eure schöne Gattin liebte.
Und daß ich's wagte, ihr davon zu reden.

CYPRIAN

Und weiter – weiter!

ANSELM Dies ist alles!

JUSTINA Nein.

Er will mich schonen... O begreif doch endlich,
Daß alles dies vergeblich, da ich selbst
In tiefster Reue dem Gemahl gestand.

ANSELM *plötzlich zu Paracelsus*

Verdammter Hexenmeister, das seid Ihr!

CYPRIAN

Laßt mir den Mann in Ruh'! Ihm dank ich viel,

Er brachte Wahrheit in dies Haus der Lügen,
Er ist mein Freund, ihm bitt' ich alles ab.

PARACELSUS

Gemach! Wie ein Gewirr von Edelsteinen,
Die einen falsch, die andern echt, so liegt
Der letzten Stunde Fülle ausgebreitet.
Was zu verwerfen ist, und was Gewinn,
Ich weiß es jetzt so wenig – als Ihr selbst.
Und wahrlich! Mehr für mich, als Euch zuliebe,
Will ich die Wirrnis lösen, die ich schuf.
Justina! Schlummert ein!

ANSELM Wo bin ich denn?

PARACELSUS *stark*

Schlaft ein!

CYPRIAN Was wollt Ihr?

PARACELSUS Tief schlaft ein, Justina,
Sehr tief... ganz tief... schlaft ein... so ist es gut!
Justina ist regungslos auf den Sessel gesunken
Justina, hört Ihr mich?

JUSTINA *schlafend* Ich höre Euch.

PARACELSUS

So merkt wohl auf! Vergessen habt Ihr alles
Von jenem Augenblick, da ich zuerst
In Schlaf Euch senkte, bis zum nächsten, da ich
Euch wach sein heiße – diese letzte Stunde
Jag' i c h aus Eurem Sinn – als n i e erlebt!
Und nun–

CYPRIAN Was nun? Was nützt uns alles dies,
Wenn sie erwacht, und diese Stunde schwindet
Aus dem Gedächtnis ihr? Was weiß ich dann?
Wenn sie im Traum vielleicht die Wahrheit sprach!

PARACELSUS

Da schaff' ich Rat. – Merkt auf, Justina: Eins
Gebiet' ich Euch: Seid w a h r, wenn Ihr erwacht,
Wahr, wie Ihr nie gewesen – seid so wahr,
Nein! w a h r e r als Ihr pflegt gen Euch zu sein,
So daß wie klare Flut im Sonnenglanz

Die Seele daliegt, bis zum Grunde leuchtend –
Bis Euch der Abend dieses reichen Tages
Von diesem letzten Zauberspruch erlöst.

CYPRIAN

Warum bis Abend nur?

PARACELSUS Es ist genug.

Ihr werdet froh sein, daß die Sonne sinkt, –
Und wenn sie aller Frauen beste wäre.

ANSELM

Wie sich dies Rätsel löst, harr' ich vergebens.

PARACELSUS

Wacht auf, Justina ... und seid wahr ... wacht auf!

JUSTINA *öffnet die Augen und spricht gleich, als wäre nichts geschehen*

Nun sagt – wie lang noch starrt Ihr mich so an!
Vergeblich! – Euer Zauber will nicht wirken.
Ja! Hätte Euer Blick noch so viel Kraft
Wie zu der Zeit, da Hohenheim Ihr hießt –
– Ich mein' – für mich – – doch damit ist's vorbei!
Oh – Junker Anselm? – Wie kamt Ihr herein?
Ich hört' Euch gar nicht! Sagt Ihr uns Lebwohl?

ANSELM

Ihr wißt ... Justina ...

JUSTINA Gut ist's, daß Ihr scheidet,

Und frei wird mir erst sein, wenn Ihr daheim
Auf Eures Vaters Schloß.

ANSELM Ihr ... meint –?

JUSTINA 's ist Zeit!

Wärt Ihr nur eine Nacht noch hiergeblieben,
So wären minder schuldlos wir geschieden.
Noch fühl' ich meiner Jugend letzte Schauer,
Der Frühling schmeichelt und die Schönheit lockt.
Drum ist es gut, Ihr geht, so schnell Ihr könnt,
Denn ach, was wär' von alledem das Ende?
Ein bißchen Glück und sehr viel Angst und Reu'.
All dies ist mir erspart. Als treues Weib.

Zu Cyprian
Kann ich dir ferner in die Augen schauen,
Wenn du mich hütest, kannst du mir vertrauen.

CYPRIAN
Bei Gott! Das will ich tun!

JUSTINA Ein friedlich Glück,
Ist's auch nicht allzu glühend, bleibt das beste.

Zehnter Auftritt

Cyprian, Justina, Paracelsus, Anselm. Cäcilia tritt ein.

ANSELM *sehr froh, wie Cäcilia kommt*
Mein edles Fräulein, daß ich Euch noch sehe,
Ist mir höchst angenehm; ich nehme Abschied –
Ich nehm' auf immer Abschied heut von Basel.

CÄCILIA *lächelnd.*
So ist es ernst.

JUSTINA Du lächelst – so ist's recht.
Ein Kindertraum vergeht. Du siehst's an mir.

CÄCILIA
Was spricht sie da –

JUSTINA Mein liebes Kind, du wirst
Den hübschen Junker bald vergessen haben.

ANSELM
Cäcilia ... ja ... wie ist mir?

PARACELSUS Lauscht ihr gut!

CÄCILIA
Justina ... Bruder!
Hilfeflehend.

CYPRIAN Schweig! Sie ist erleuchtet!

JUSTINA
Seht,
auf Paracelsus
diesen hab' ich wirklich liebgehabt,

Ach, lange noch ... Oh, Cyprian, wie lang!
Als Ihr von dannen gingt, vor dreizehn Jahren,
Ohn' Abschied und ein Wort von Wiederkommen,
Ich meint', ich müßte sterben. Wärt Ihr damals
In jener Nacht, da Ihr die Stadt verließt,
Nochmals zurückgekehrt – ach alles hätt' ich,
Was Ihr verlangt, Euch freudig hingegeben,
Ob ich auch wußte, daß der nächste Morgen
Für ewig mir Euch nahm - so liebt' ich Euch!
Wer weiß, wie viele Fenster in der Stadt
Allnächtlich offenstehen für einen, der – nicht kommt!

CYPRIAN
Was hör' ich noch! – O sänke bald die Sonne!

CÄCILIA
Justina!

JUSTINA Theophrastus, denkt Ihr's noch?
– Doch seht, wie alles sich zum Guten fügt:
Heut dank' ich Gott, daß Ihr die Stadt verließt
In jener Nacht, und Euch die Kühnheit fehlte.
Was wär' ich heute! – Während Euch die Welt,
Die unbegrenzte, und mit Ruhm, gehört,
Wär ich zu Haus in Schand und Spott verdorben.
Ja, Cyprian! So leicht verlorst du mich!
Doch hast du's nicht geahnt – wie' s deine Art.
Du dachtest, war ich dir erst angetraut,
So war dir meine Zärtlichkeit gewiß.
Und doch! In mancher Nacht, hättst du gefühlt,
Wie fern ich dir war – wahrlich! Minder stolz
Wärst du der Frau gewesen, dir im Arm!
Doch stark ist Gegenwärt'ges und besiegt
Mit leichter Müh' den größten Feind, der fern. –
Und so gewannst du mich, mein Cyprian,
Und ich bin dein - und will es gerne bleiben.

CYPRIAN
Jetzt aber ist der Ferne wieder da ...

JUSTINA

Ja ... er ist da – doch ist's nicht er ... Fast scheint
Von ihm mich mehr und Tieferes zu scheiden,
Als mich von irgendeinem andern trennt,
Wie einer, der bedeutet ... doch nicht ist,
Steht er vor mir – ein Schatten meiner Jugend.
Und also, Schwester, sei gewiß, wird's dir
Mit unserm Junker Anselm auch ergehn.
Du wirst der Torheit lächeln, die dir heut
Des Lebens Inhalt scheint –

ANSELM *ergriffen* Nicht Torheit, nein –
Der Tor war ich ... doch wag' ich sonst kein Wort –
Höchst wunderlich erscheint mir diese Stunde,
Von tiefer Wahrheit leuchtet sie und sprüht.
Wer das gewirkt – ich ahn' es! Wie er's tat –
Vermag ich nicht zu fassen – doch ich weiß,
Daß auch in mir sich ein Verstehen regt,
Und daß ich schwer gefehlt, mein keckes Aug'
Zu einer edlen Frau emporzuheben.
Verzeiht es meinem jungen Stolz in Gnaden,
Mein edler Meister – und reicht mir die Hand.
Verwirrung war in mir, sie löst sich mählig –
Und viel begreif' ich, und die Nebel schwinden.
Er betrachtet Cäcilia.

Elfter Auftritt

Vorige. Copus.

COPUS *noch an der Tür*
Ich grüß' Euch alle. Weiß man schon das Neueste
In diesem edlen Kreis?
CYPRIAN Erlaubt vorerst –
vorstellend
Herr Doktor Copus, unser Stadtarzt hier –
COPUS *sich verbeugend*
Herr Theophrastus Hohenheim –
PARACELSUS Ich bin's.
COPUS
So darf ich Euch die Kunde selber bringen,
Die ich dem edlen Kreise melden wollte.
Ich komme eben aus dem Rat der Stadt.
Ein Antrag ward gestellt und angenommen,
Für Euch, mein Herr, von höchster Wichtigkeit.
PARACELSUS
Man weist mich aus?
COPUS O wär' es das! Entschuldigt.
PARACELSUS
Verhaftsbefehl ist gegen mich erlassen?
COPUS
Was fällt Euch ein?
PARACELSUS *lächelnd* Es droht der Scheiterhaufen?
COPUS
Wie übel kennt Ihr dieses gute Basel!
So hört: Es will der Rat, um Euch zu ehren,
Neu eine Würde schaffen, und er wählt
Zum zweiten Stadtarzt Euch. Ich bin der erste.
Ihr staunt?
PARACELSUS Ich sage Dank dem edlen Rat.
COPUS
Das heißt – Ihr nehmt die Stelle an?

PARACELSUS Ich kann nicht.

COPUS

O glaubt das nicht. Ihr könnt! Da ich der erste,
So habt Ihr gute Stütz' an mir, mein Freund.
Ich will Euch gern in manchem unterweisen.
In schweren Fällen könnt Ihr Rats erholen,
Bescheidne Schüler sieht der Meister gern.

PARACELSUS

Vergebt, doch taug' ich kaum zu solchem Amt.
Ihr wärt doch nicht zufrieden, fürcht' ich sehr.
Mein Bleiben ist nicht hier, ich ziehe fort,
Heut abends schon verlass' ich diese Stadt.

COPUS

Ist's wahr?

CYPRIAN Ihr geht?

PARACELSUS Und sag' Euch Lebet wohl.

CYPRIAN

Doch eh' Ihr geht, erklärt Euch, denn verwirrt
Laßt Ihr uns alle hier zurück. War's Ernst,
War's Spiel?

JUSTINA Wie fragst du sonderbar?

COPUS Was meint er?

PARACELSUS

Es war ein Spiel! Was sollt' es anders sein?
Was ist nicht Spiel, das wir auf Erden treiben,
Und schien es noch so groß und tief zu sein!
Mit wilden Söldnerscharen spielt der eine,
Ein andrer spielt mit tollen Abergläubischen.
Vielleicht mit Sonnen, Sternen irgendwer, –
Mit Menschenseelen spiele ich. Ein Sinn
Wird nur von dem gefunden, der ihn sucht.
Es fließen ineinander Traum und Wachen,
Wahrheit und Lüge. Sicherheit ist nirgends.
Wir wissen nichts von andern, nichts von uns;
Wir spielen immer, wer es weiß, ist klug.
Ab.

JUSTINA *wie erwachend*

Was ist denn hier geschehn? – Mich dünkt, ich sagte
So viel von mir, als ich – nie sagen wollte.

COPUS

Ich fasse nichts von allem, was ich höre –
Was trug sich zu? Was tat der Gaukler hier?

CYPRIAN

Ich weiß nicht, ob er Gutes wirken wollte,
Doch war es gut, drum wollen wir ihn loben.
Ein Sturmwind kam, der hat auf Augenblicke
Die Tore unsrer Seelen aufgerissen,
Wir haben einen Blick hineingetan...
Es ist vorbei, die Tore fallen zu. –
Doch was ich heut gesehn, für alle Zeit
Soll's mich vor allzu großem Stolze hüten.
Es war ein Spiel, doch fand ich seinen Sinn; –
Und weiß, daß ich auf rechtem Wege bin.

Der Vorhang fällt.

Die Gefährtin

Schauspiel in einem Akt

Personen

PROFESSOR ROBERT PILGRAM
DOKTOR ALFRED HAUSMANN
PROFESSOR WERKMANN
PROFESSOR BRAND
OLGA MERHOLM
EIN DIENER

Spielt in einer Sommerfrische unweit von Wien: an einem Herbstabend des letzten Jahres.

Elegantes Zimmer. Tapeten und Möbel in hellen, meist bläulichen Farben gehalten. Damenschreibtisch links vorn; Klavier rechts. – Rechts eine Tür, links eine Tür. Im Hintergrund eine große offene Tür, die auf den Balkon hinausführt. Blick auf die Landschaft: eine Straße, allmählich steigend, die weit hinausführt, abgeschlossen durch eine Friedhofmauer. Die Mauer ist nicht hoch, man sieht Grabsteine und Kreuze. Ganz fern, verschwimmend, mäßige Berge. Es ist später Abend, nahezu Nacht, die Landschaft liegt im Dunkel; auf der einsamen Straße fahle Mondbeleuchtung.

ROBERT *kommt aus dem Zimmer rechts, geleitet zwei Herren,* PROFESSOR WERKMANN *und* PROFESSOR BRAND.

ROBERT Sie entschuldigen, meine Herren, hier ist es so dunkel; ich will ein Licht holen.

WERKMANN Aber lieber Freund, wir finden auch so den Weg.

ROBERT Nur einen Augenblick. *Ab.*

Werkmann und Brand stehen allein im Dunkel.

WERKMANN Er ist sehr gefaßt.

BRAND Komödie.

WERKMANN Wenn man seine Frau begräbt, spielt man keine Komödie. Glauben Sie mir, ich habe das durchgemacht. Was hätte es für einen Zweck?

BRAND Sie kennen Pilgram noch immer nicht. Es wirkt doch großartig, am Nachmittag seine Frau begraben und am Abend zwei Stunden lang über wissenschaftliche Fragen diskutieren. Sie sehen – auch Sie fallen ihm darauf hinein.

WERKMANN Immerhin – man muß ein ganzer Mann sein.

BRAND Oder ein ganzer –

Robert mit einem Armleuchter, in dem zwei Kerzen brennen.

ROBERT Da bin ich, meine Herren.

Das Zimmer ist nur mäßig beleuchtet.

WERKMANN Wo sind wir denn hier?

ROBERT Es war das Zimmer meiner armen Frau. Hier kommen wir über die kleine Treppe direkt zur Gartentür, und in fünf Minuten sind Sie an der Bahnstation.

BRAND Wir erreichen noch den Neun-Uhr-Zug?

ROBERT Gewiß.

Die Türe rechts öffnet sich, der DIENER *tritt ein, er hat einen Kranz in der Hand.*

ROBERT Was gibt's denn?

DIENER Herr Professor, man ist eben noch aus der Stadt hiergewesen, um diesen Kranz abzugeben.

ROBERT Jetzt?

WERKMANN Wohl einer Ihrer Freunde, der die Nachricht zu spät erhalten hat. Sie werden sehen, morgen kommen noch mehr dieser traurigen Spenden. Ach ja – ich kenne das – leider!

ROBERT *hat die Schleife gelesen* Von meinem Assistenten – *Erklärend* Er ist noch an der Nordsee.

BRAND Doktor Hausmann ist an der Nordsee?

DIENER Wo soll ich den Kranz hinlegen, Herr Professor?

WERKMANN Die Blumen riechen auffallend stark.

BRAND Natürlich! Es sind Tuberosen.

ROBERT Ja, und Flieder – *Zum Diener* Auf den Balkon.

Diener tut, wie ihm befohlen; dann ab.

WERKMANN Ihr Assistent ist noch auf Urlaub?

ROBERT Er kommt jedenfalls bald zurück – vielleicht schon morgen.

WERKMANN Sie werden sich wohl zu Beginn des Semesters von ihm vertreten lassen?

ROBERT Keineswegs. Ich habe nicht die Absicht, in der Arbeit zu pausieren.

WERKMANN *ihm die Hand drückend* Sie haben recht, lieber Freund. Es ist der einzige Trost.

ROBERT Auch das! Aber selbst wenn es nicht Trost wäre, – es ist sehr die Frage, ob wir das Recht haben, aus unserer kurzen Existenz ein Stück einfach hinauszuwerfen. Nachdem wir nun doch einmal so erbärmlich sind, das meiste zu überleben –

Er geht mit ihnen ab, ihnen voraus.

WERKMANN *zu Brand* Er hat seine Frau nie geliebt.

BRAND Lassen Sie das gut sein.

Alle rechts ab. – Bühne einige Augenblicke leer. – OLGA *tritt links ein. Sie ist in dunkler Toilette, ohne Hut; hat eine nicht schwere Pelzmantille umgeworfen. –* DIENER *kommt vom Balkon.*

DIENER Guten Abend, gnädige Frau.

OLGA Ist der Herr Professor vielleicht im Garten?

DIENER Der Herr Professor hat nur zwei Herren –

Olga macht ihm ein Zeichen, da Robert links eintritt, ohne Olga zu bemerken.

ROBERT *indem er zum Schreibtisch geht* Sagen Sie, Franz, wissen Sie genau, wann der letzte Zug aus der Stadt hier ankommt?

DIENER Um zehn Uhr, Herr Professor.

ROBERT So. – *Pause* Es wäre möglich, daß der Doktor Hausmann noch heut abend kommt. Führen Sie ihn dann nur ohne weiteres zu mir.

DIENER Hierher?

ROBERT Wenn ich noch in diesem Zimmer sein sollte, hierher.

Diener ab. Robert setzt sich zum Schreibtisch, will ihn aufschließen.

OLGA *tritt hinter ihn* Guten Abend.

ROBERT *befremdet* Olga?

Er steht auf.

OLGA *ist in einer Verlegenheit, die sie mit aller Mühe zu bemeistern strebt, was ihr für Augenblicke gelingt* Ich habe Ihnen heute den ganzen Tag nicht die Hand drücken können –

ROBERT Wahrhaftig, kaum ein Wort haben wir miteinander gesprochen. Ich danke Ihnen. *Reicht ihr die Hand.*

OLGA Sie haben viele Freunde – heut hat man es gesehen.

ROBERT Ja, die letzten sind jetzt erst weggegangen.

OLGA Wer war denn so spät noch da?

ROBERT Brand und Werkmann, dieser weinerliche Schwätzer. Er ist fabelhaft stolz darauf, daß er im vorigen Jahre seine Frau verloren hat. Ja wirklich. Er redet wie ein Fachmann von diesen Dingen. Widerwärtiger Kerl. – *Pause* Aber daß Sie noch so spät Ihre Villa verlassen haben?

OLGA Glauben Sie, ich habe Angst, allein über den Feldweg zu gehen?

ROBERT Nein; aber Ihr Mann wird besorgt sein.

OLGA O nein. Er denkt wohl, ich bin schon auf meinem Zimmer und schlafe. Übrigens geh' ich sehr oft noch spät abends im Garten spazieren, – das wissen Sie ja.

ROBERT In unserer Allee, nicht wahr?

OLGA »Unsere« –? Sie meinen die längs des Gitters?

ROBERT Ja. – Ich denke immer, die ist nur für Sie und mich.

OLGA In der geh' ich oft allein herum.

ROBERT Aber doch nicht nachts?

OLGA Abends. Da ist sie am schönsten.

ROBERT Ihr Garten hat überhaupt etwas Friedliches.

OLGA Nicht wahr? *Herzlich* Drum müssen Sie auch bald wieder zu uns kommen. Sie werden sich bei uns wohler fühlen – als hier.

ROBERT Das ist wohl möglich. – *Er betrachtet sie; dann wendet er sich gegen den Hintergrund* Sehen Sie, da sind wir hinaus.

Olga nickt.

ROBERT Sollte man glauben, daß das erst wenige Stunden her ist? Und können Sie sich vorstellen, daß da über diesem dunklen Weg die Sonne gelegen ist? – *Pause* Wenn ich die Augen schließe, – ist plötzlich die Sonne wieder da. Sonderbar. Ich höre sogar, wie die Wagen rollen. – *Pause. – Er ist sehr nervös, spricht wie zerstreut* Sie haben recht, es waren auffallend viel Menschen da. Wenn man bedenkt, daß die Leute aus der Stadt gekommen sind – das ist ja eine ganze Reise. – Haben Sie den Kranz von meinen Schülern gesehen?

OLGA Freilich.

ROBERT Prächtig, nicht wahr? – Überhaupt diese Teilnahme! Einige meiner Kollegen haben ihren Urlaub unterbrochen, um herzukommen; es ist eigentlich außerordentlich – wie sagt man da? – »liebenswürdig« – nicht wahr?

OLGA Es ist doch ganz natürlich.

ROBERT Natürlich ist es schon, – aber ich frage mich nur, ob mein ganzer Schmerz dieses Mitgefühl oder diesen Ausdruck des Mitgefühls wert ist –

OLGA *fast erschrocken* Wie können Sie das sagen?

ROBERT Weil ich selbst so wenig fühle. – Ich weiß nur, daß sie tot ist – das allerdings mit einer so ungeheueren Deutlichkeit, daß es mich peinigt – – aber alles ist kalt und klar wie die Luft an Wintertagen.

OLGA Es wird nicht so bleiben. Der Schmerz wird kommen – und das wird viel besser sein.

ROBERT Wer weiß, ob er kommen wird. – Es ist zu lang vorbei.

OLGA *befremdet* Zu lang? – Was ist zu lang vorbei?

ROBERT Daß sie – für mich, – daß wir füreinander gelebt haben.

OLGA Ja – das geht wohl in den meisten Ehen so – *Sie geht zum Balkon; sieht den Kranz.*

ROBERT Er ist erst spätabends gekommen – von Doktor Hausmann.

OLGA Ah – *Sie betrachtet die Schleife; Robert beobachtet Olga. Sie merkt es* Er ist – noch nicht hier –?

ROBERT Nein. Aber ich hab' ihm gleich nach Scheveningen telegraphiert und halt' es nicht für ausgeschlossen, daß er noch heute kommt. Wenn er gleich von dem einen Bahnhof in Wien auf den andern fährt –

OLGA Das wird er gewiß tun.

ROBERT Dann ist er in einer Stunde da.

OLGA *mit gezwungener Sicherheit* Wie sehr wird es ihn erschüttert haben.

ROBERT Gewiß. – *Pause.* – *Ruhig* Seien Sie aufrichtig mit mir, Olga. Das hat doch irgendeinen Grund, daß Sie heut noch einmal zu mir kommen. Ich merk's Ihnen ja an. Sagen Sie mir ihn doch ganz einfach.

OLGA Es ist mir schwerer, als ich dachte.

ROBERT *ungeduldig, aber sich völlig beherrschend* Nun also –

OLGA Ich komme, Sie um etwas bitten.

ROBERT Wenn ich es erfüllen kann –

OLGA Ganz leicht. Es handelt sich um einige Briefe, die ich der armen Eveline geschrieben habe und die ich gerne zurückhaben möchte.

ROBERT So eilig?

OLGA Ich dacht' es mir: das erste, was Sie tun werden, nachdem alles vorbei, wird natürlich sein –

ROBERT Was?

OLGA *auf den Schreibtisch weisend* Nun, was Sie eben wollten, als ich hereintrat. *Wie begütigend* Ich tät' es auch, wenn mir wer gestorben wäre, den ich geliebt habe.

ROBERT *leicht enerviert* »Geliebt« – »geliebt« –

OLGA Also: der mir sehr nahe stand. – Es ist doch eine Art, sich ein Wesen zurückzurufen. *Sie spricht das Nächstfolgende wie einstudierte Sätze* Nun hätte es aber der Zufall fügen können, daß Ihnen gerade Briefe von mir zuerst in die Hand fielen – und darum bin ich noch heute zu Ihnen gekommen. – Es stehen Dinge in diesen Briefen, die Sie keineswegs lesen dürfen – die nur für eine andere Frau bestimmt sind – besonders in gewissen Briefen, die ich vor zwei oder drei Jahren geschrieben habe –

ROBERT Wo sind sie denn? Wissen Sie vielleicht, wo sie liegen?

OLGA Ich finde sie gleich, wenn Sie mir erlauben –

ROBERT Sie wollen selbst –?

OLGA Ich denke, es ist das Einfachste, da ich weiß, wo sie sind. Übrigens können auch Sie aufsperren, und ich gebe Ihnen genau an –

ROBERT Es ist nicht notwendig. Hier ist der Schlüssel.

OLGA Ich danke Ihnen. Aber Sie müssen mich deshalb nicht für unaufrichtig halten –

ROBERT Warum – sollt' ich das?

OLGA Einmal werde ich Ihnen auch das alles erzählen – ich meine, was damals nur Eveline gewußt hat – auf die Gefahr hin, daß mein Bild sich für Sie verändert – aber so – durch einen Zufall sollten Sie's nicht erfahren –

ROBERT Ihr Bild wird sich für mich nicht verändern –

OLGA Wer weiß? Sie haben mich immer überschätzt.

ROBERT Ich glaube auch keineswegs, daß ich aus diesen Briefen etwas Neues über Sie erfahren könnte. Was Sie da in Sicherheit bringen wollen, sind gewiß nicht Ihre Geheimnisse.

OLGA *geschickt* Was sollte es denn sein?

ROBERT Geheimnisse einer andern, denke ich.

OLGA Was fällt Ihnen ein – Eveline hatte keine vor Ihnen.

ROBERT Ich frage Sie nicht. – Nehmen Sie Ihre Briefe.

OLGA *sperrt auf, sucht in der Lade* Da sind sie. So – *Sie nimmt ein kleines Päckchen heraus, das mit einem blauen Bändchen zusammengebunden ist; hält es so, daß Robert es nicht sehen kann – eventuell unter ihrer Mantille – aber nicht zu absichtlich* Ich danke Ihnen sehr, – und jetzt will ich gehn. Auf Wiedersehen! *Sie wendet sich zum Gehen.*

ROBERT Wäre es nicht vorsichtig, auch in den andern Laden nachzusehen? – Es braucht nur eine Zeile zurückgeblieben zu sein – und alles wäre vergebens gewesen.

OLGA *weniger sicher* Wieso »vergebens«?

ROBERT Sie hätten sich die Mühe ersparen können, Olga.

OLGA Wieso? – Ich verstehe Sie absolut nicht.

ROBERT Gerade Sie, die so gut gewußt hat, wie Eveline und ich zueinander gestanden sind.

OLGA Wie man eben nach zehn Jahren – aber das hat mit meinen Briefen nicht das Geringste zu tun.

ROBERT Und glauben Sie, daß ich vor zehn Jahren irgendwelche Illusionen hatte? Das wäre recht töricht, wenn man eine Frau nimmt, die um zwanzig Jahre jünger ist. Ich wußte ganz gut, daß mir höchstens ein oder zwei schöne Jahre bevorstehen – ja – darüber war ich mir sehr klar. Da kann man doch nicht von Illusionen reden. Aber wieviel Jahre sind denn überhaupt unser? Das Leben ist nicht lang genug, daß man ohne weiteres auf ein Jahr des Glücks verzichten dürfte. Es genügt ja auch, – insbesondere was die Frauen anbelangt – ich meine natürlich die Frauen, in die man verliebt ist. Mit denen wird man sehr rasch fertig. Es gibt mancherlei, das viel wichtiger ist.

OLGA Das ist möglich – nur weiß man es nicht immer.

ROBERT Ich hab' es immer gewußt. Der Inhalt meines Lebens ist sie nie gewesen – auch in jenem Jahre des Glückes nicht. In einem gewissen Sinne war sie mehr als der Inhalt – – der Duft, wenn Sie wollen – aber gerade der Duft mußte sich natürlich verlieren. – Das sind ja ganz selbstverständliche Dinge. *Er spricht immer erregter, aber noch äußerlich ruhig* Wir hatten nichts mehr gemeinsam als die Erinnerung an ein kurzes Glück. Und ich sage Ihnen, diese Art von gemeinsamen Erinnerungen scheidet eher, als sie verbindet.

OLGA Ich kann mir auch denken, daß es ganz anders kommt.

ROBERT Gewiß. Aber nicht mit einem Geschöpf, wie Eveline eines war. Sie war zur Geliebten geschaffen, zur Gefährtin nicht. Das wissen Sie so gut wie ich.

OLGA »Gefährtin« – das ist ein sehr großes Wort. Wie viele Frauen können es überhaupt sein.

ROBERT Ich hab' es auch nie von ihr verlangt. Ich hab' mich nicht einsam gefühlt, wahrhaftig. Ein Mensch, der einen Beruf hat, ich meine nicht eine Beschäftigung, einen Beruf, kann sich überhaupt nie einsam fühlen.

OLGA *nicht schwärmerisch* Das ist das Herrliche bei den Männern – ich meine bei Männern wie Sie.

ROBERT Und als es mit unserem Glück zu Ende ging, bin ich eben in mein Leben zurück, von dem sie ja nicht viel begriffen hat, wie Sie wissen, und bin meinen Weg gegangen – wie sie den ihren.

OLGA Nein, so war es nicht. O nein.

ROBERT Gewiß war es so. Sie hat Ihnen mehr erzählt, als Sie mir sagen werden. Meinetwegen muß man keine Briefe aus dem Wege räumen. Für mich gibt es keine Überraschungen und Entdeckungen. Was wollen Sie denn? Sie sind eigentlich rührend. Sie möchten mich gern in einem Wahn lassen – nein – mich mit einem Wahn umgeben, in dem ich nie befangen war. Ich weiß, daß ich sie längst verloren habe – längst. *Immer erregter* Oder meinen Sie, ich habe mir eingebildet, daß Eveline in dem Augenblicke mit ihrer Existenz abgeschlossen hatte, da wir voneinander gegangen sind? – Daß sie plötzlich eine alte Frau geworden ist, weil sie mich – oder ich sie verlassen hatte? Nie hab' ich das geglaubt.

OLGA Aber Robert, es ist mir ganz unfaßbar, wie Sie auf solche Vermutungen kommen.

ROBERT Ich weiß, von wem diese Briefe sind; es sind nicht die Ihren. Ich weiß, daß einer auf der Welt ist, der heute viel tiefer zu beklagen ist als ich – einer, den sie geliebt hat – und der hat sie heute verloren, nicht ich – nicht ich. Sie sehen, das alles war mir gegenüber sehr überflüssig – es kann nur dieser eine sein.

OLGA Sie sind in einem schrecklichen Irrtum befangen.

ROBERT Ich bitte Sie, Olga, lassen Sie das! Sonst könnt' ich am Ende doch darauf bestehen, diese Briefe zu lesen *Auf eine Bewegung Olgas* Ich werde es nicht tun, Olga. Wir wollen sie verbrennen, ehe er kommt.

OLGA Sie wollen das tun?

ROBERT Ja. Denn das war meine Absicht, bevor Sie gekommen sind. Alles, was dieser Schreibtisch enthält, hätt' ich ins Feuer geworfen, ohne es anzusehen.

OLGA Nein, das hätten Sie sicher nicht getan.

ROBERT Sie brauchen sich keine Vorwürfe zu machen. Vielleicht ist es gut, daß ich nun alles weiß, ohne einen Blick darauf werfen zu müssen. So ist wenigstens die Klarheit da – und das ist schließlich das einzige, was wir vom Leben verlangen sollten.

OLGA *ernst* Sie hätten mehr verlangen dürfen.

ROBERT Früher einmal – und da hab' ich's ja nicht vergeblich verlangt. Aber jetzt –? Sie war jung, und ich war alt – das ist die ganze Geschichte – bei allen anderen Menschen würden wir's ja auch verstehen – warum nicht hier?

In diesem Augenblicke pfeift die Lokomotive des Zuges in der Ferne.

OLGA *zuckt zusammen.*

Pause.

OLGA Empfangen Sie ihn erst morgen, ich bitte Sie.

ROBERT Glauben Sie, daß ich nicht ruhig bin? Glauben Sie am Ende, daß ich –? Jetzt ist nur mehr eines notwendig: Er darf nie erfahren, daß ich es weiß – Er würde aus jedem Worte irgendwas heraushören wie Verzeihung und Großmut, ah – das will ich nicht. Es ist nichts von alledem. Ich habe ihn nie gehaßt – ich hasse ihn nicht – hier ist durchaus kein Grund zum Hassen – und keiner zum Verzeihen – ich verstehe es viel zu gut. – Zu ihm hat sie gehört – vergessen wir doch nicht das Wesentliche. Lassen wir uns doch nicht gleich wieder von der Macht der äußeren Beziehungen so verwirren. Zu ihm hat sie gehört, nicht zu mir. Und es hätte ja nicht mehr lange so dauern können –

OLGA Ich bitte Sie, Robert – empfangen Sie ihn heute nicht.

ROBERT Sie wissen ganz gut, daß sie von mir fort wollte –

OLGA Wie sollt' ich das –?

ROBERT Weil sie sich Ihnen anvertraut hat.

OLGA O nein.

ROBERT Woher wußten Sie dann, wo sich diese Briefe befinden?

OLGA Ich kam einmal zufällig dazu, als sie – einen – vor mir – ich wollte nichts hören – aber –

ROBERT Aber sie mußte eine Vertraute haben – natürlich – und Sie haben sich nicht wehren können. – Das ist mir alles vollkommen klar. – Nein – es war nicht mehr lange so fortzuführen. Glauben Sie, ich hab' es nicht gesehen, wie sich die beiden ihrer Lüge geschämt – wie sie gelitten haben? Ich habe ja den Augenblick herbeigesehnt – erwartet, in dem sie zu mir kommen; mich bitten würden: Gib uns frei –; warum haben sie den Mut nicht gefunden? Warum hab' ich ihnen nicht gesagt: So geht doch fort, ich halt' euch nicht. – Aber wir sind alle feig gewesen, sie und ich. Das ist das Unsinnige. Immer warten wir, daß irgendwas von draußen kommt, um Unhaltbares zu lösen – irgendwas, das uns der Mühe enthebt, ehrlich gegeneinander zu sein – und zuweilen kommt es ja auch, dieses andere – wie bei uns – *Wagenrollen. Kurzes Schweigen. Olga sehr bewegt. Robert, absichtlich ruhig, spricht weiter* – und, man muß sagen, es ist immerhin ein vornehmer Abschluß.

Der Wagen bleibt stehen.

OLGA Sie wollen ihn – empfangen –?

ROBERT Er soll die Briefe nicht sehen –

OLGA Lassen Sie mich gehen, ich nehme sie mit.

ROBERT Hier über diese Treppe –

OLGA Ich höre seinen Schritt.

ROBERT So ist er durch den Garten gekommen – *Nimmt ihr die Briefe aus der Hand und verschließt sie rasch wieder in die Lade* Bleiben Sie. Es ist zu spät. *Schritte draußen.*

ALFRED *tritt rasch ein. Er ist in dunklem Reiseanzug. Wie er Olga sieht, ist er leicht befangen. Robert will ihm entgegengehen, bleibt aber nach zwei Schritten stehen und erwartet ihn. Alfred drückt ihm die Hand, dann geht er auf Olga zu und reicht ihr die Hand. Kurzes Schweigen.*

ALFRED Das hätten wir uns nicht träumen lassen – dieses Wiedersehen – was?

ROBERT Du hast dich in der Stadt gar nicht aufgehalten?

ALFRED Nein. Wenn ich noch heute bei dir sein wollte – und das mußte ich – *Zu Olga* Entsetzlich – entsetzlich – wieso ist es denn geschehen – ich weiß ja gar nichts – nur ein Wort, ich bitte dich –

Da Robert nicht antwortet:

OLGA Es ist ganz plötzlich geschehen.

ALFRED Ein Herzschlag also.

ROBERT Ja.

ALFRED Ganz ohne vorherige Anzeichen?

ROBERT Ganz ohne vorherige Anzeichen.

ALFRED Und wann denn? – Wo? –

ROBERT Vorgestern nachmittag, während sie im Garten spazierenging. Der Gärtner sah sie stürzen – neben dem Teich – ich hörte seinen Ruf in meinem Zimmer – und als ich hinunter kam, war es schon vorbei.

ALFRED Mein lieber, mein armer Freund! Was mußt du gelitten haben! Es ist gar nicht zu fassen – dieses blühende – junge –

OLGA Vielleicht das schönste Los.

ALFRED Das ist ein matter Trost.

ROBERT Mein Telegramm hast du verspätet bekommen, nicht wahr?

ALFRED Ja – sonst hätte ich schon heute früh hier sein können. – Ja, wenn es Ahnungen gäbe, hätte es mich wohl etwas früher nach Hause treiben müssen.

OLGA Aber es gibt keine.

ALFRED Wahrhaftig. Es war ein Tag wie alle andern, noch heller und fröhlicher womöglich als sonst.

ROBERT Noch fröhlicher als sonst –

ALFRED Jetzt kommt's mir natürlich so vor. – Wir hatten eine Segelfahrt gemacht, hinaus aufs Meer – dann sind wir noch am Strand spazierengegangen in der Abendkühle –

ROBERT »Wir« –!

ALFRED Nun ja – eine größere Gesellschaft. – Und wie ich ins Hotel gekommen bin, habe ich vielleicht noch eine Viertelstunde von meinem Fenster aufs Meer hinausgesehen. Dann hab' ich erst Licht gemacht – und da ist das Telegramm auf dem Tisch gelegen. Ah – *Pause. – Er hält die Hand vor die Augen. Olga betrachtet Robert, der vor sich hinschaut.*

ALFRED *nimmt die Hand von den Augen* Das ist ja *Stockt* ihr Zimmer.

ROBERT Ja.

ALFRED Wie oft sind wir hier auf dem Balkon gesessen. *Sich wendend, sieht er auf die Straße, die Kirchhofmauer, bebt zusammen* – Dort –?

ROBERT *nickt.*

ALFRED – Morgen früh gehen wir zusammen hin.

ROBERT So kannst du deinen Kranz selbst hintragen – er ist eben gebracht worden. –

Pause.

ALFRED Und – was wirst du denn nun eigentlich zunächst tun?

ROBERT Wie meinst du das?

OLGA Ich habe den Professor gebeten, sich in der nächsten Zeit möglichst viel bei uns in der Villa aufzuhalten.

ALFRED Er sollte überhaupt nicht hierbleiben. Du sollst nicht hier im Ort bleiben. –

ROBERT In den ersten Oktobertagen übersiedle ich jedenfalls in die Stadt. Bis dahin ist's nicht mehr lang. Auch werde ich vorher ein paarmal ins Laboratorium schauen – die zwei Amerikaner vom vorigen Jahr arbeiten seit Ende August.

ALFRED Ja, das hast du mir in deinem letzten Brief geschrieben. Aber deswegen mußt du doch nicht in die Stadt ziehen, du wirst doch nicht gleich zu arbeiten anfangen. –

ROBERT Du machst mich wirklich nervös; was soll ich denn sonst tun? Ich versichere dir, daß ich zu gar nichts anderem gelaunt bin als zum Arbeiten.

ALFRED Du wirst nicht fähig sein, jetzt –

ROBERT Du sprichst auch wie die andern. Ich fühle mich vollkommen fähig; ich habe eine wahre Sehnsucht danach.

ALFRED Das versteh' ich ganz gut; aber diese Sehnsucht ist doch eigentlich trügerisch. Ich will dir was vorschlagen: *Herzlich* Fahre mit mir fort. Du gibst mir noch ein paar Tage Urlaub, und ich nehme dich mit. Was sagen Sie dazu, gnädige Frau?

OLGA *mühsam* Es wäre ganz klug.

ROBERT Du willst fort? Jetzt willst du fort?

ALFRED Ich hätte mir jedenfalls noch einige Tage von dir erbeten.

ROBERT Ja, wohin willst du denn?

ALFRED Ich möchte noch einmal an die See.

ROBERT Zurück?

ALFRED Ja, aber mit dir. Es wird dir wohltun – glaub mir! Hab' ich nicht recht, gnädige Frau?

OLGA O ja.

ALFRED Du wirst mit mir nach Scheveningen fahren und dort ein paar ruhige Tage mit uns verbringen.

ROBERT Mit uns – du sagst uns?

ALFRED *leicht befangen* Ja.

ROBERT Was heißt denn das: mit uns? Bist du denn nicht allein?

ALFRED Gewiß bin ich allein, aber es gibt natürlich einige Menschen in Scheveningen, mit denen ich verkehre, einige mit denen ich –

ROBERT Nun –?

ALFRED Ich wollte es dir erst in ein paar Tagen mitteilen, aber da es sich nun so fügt – kurz – ich habe mich nämlich da oben verlobt.

ROBERT *ganz kalt* Ah.

ALFRED Ob ich dir das morgen sage oder heut, nicht wahr – das Leben geht eben weiter – es ist seltsam genug, daß gerade jetzt –

ROBERT Ja – ich gratuliere.

ALFRED Darum sagt' ich früher »mit uns«. Und du wirst jetzt verstehen, daß ich noch einmal zurück möchte.

ROBERT Das ist allerdings leicht zu verstehen.

ALFRED Und ich bitte dich, komm mit. Ihre Eltern wären wahrhaft glücklich, dich kennenzulernen. Ich habe ihnen soviel von dir erzählt. Es sind vortreffliche Menschen. Und was das Mädchen anbelangt, – nun: du wirst sie ja sehen.

ROBERT Ich glaube nicht – ich glaube nicht – es wird sich später Gelegenheit ergeben – *Mit großer Mühe, aber vollkommenem Gelingen spielt er weiter den Ruhigen* Es ist ja wirklich eine ganz verrückte Idee von dir, daß ich jetzt an die Nordsee fahren soll, mir deine Braut vorstellen zu lassen. – Wieviel Millionen hat sie übrigens?

ALFRED *befremdet* Wie kommst du auf diese Frage? Es liegt doch wirklich nicht in meinem Wesen, daß ich des Geldes wegen –

ROBERT Also eine große Leidenschaft.

ALFRED Robert, ich bitte dich, laß uns heute nichts mehr davon reden. Es ist wie – *Er will sagen »Entweihung«.*

ROBERT Warum nicht? – »Das Leben geht weiter«, wie du sehr richtig bemerkt hast. Reden wir von den Lebendigen. Woher kennst du sie?

ALFRED Sie ist eine Wienerin.

ROBERT Ah, jetzt weiß ich alles.

ALFRED Das ist nicht gut möglich.

ROBERT Du hast mir einmal erzählt – erinnerst du dich – die

Jugendliebe mit den blonden Locken – als du noch Student warst –

ALFRED Was soll's mit der sein?

ROBERT Nun – Wiedersehen nach vielen Jahren – Erwachen der alten Liebe –

ALFRED Daran denkst du noch? – Nein, die ist es nicht. Ich kenne meine Braut erst seit zwei Jahren und bin um ihretwillen an die See gereist.

ROBERT Und dort hast du dich in sie verliebt?

ALFRED Oh, ich weiß seit langem, daß sie meine Frau werden wird.

ROBERT Wahrhaftig?

ALFRED Wir sind im stillen seit einem Jahr verlobt.

ROBERT Und davon hast du mir – uns – kein Wort gesagt? – Oh –

ALFRED Es waren gewisse Rücksichten zu beobachten – ihre Familie war anfangs – aber wir waren die ganze Zeit einig – ich kann sagen, wir haben einander vom ersten Augenblick an geliebt.

ROBERT Zwei Jahre?

ALFRED – Ja. –

ROBERT Hast du sie geliebt?

ALFRED Ja. –

ROBERT Und – sie?

ALFRED *fast mechanisch* Und sie –?

ROBERT Und die andere – die andere?

ALFRED Welche andere?

ROBERT *ihn bei der Schulter haltend, mit der anderen Hand nach der Straße weisend* Die da!

Alfred wirft einen Blick auf Olga.

ROBERT Was hast du aus der gemacht?

ALFRED *nach einer Pause, sich auflehnend* – Warum spielst du so lange mit mir, wenn du's weißt? Warum hast du mit Freundesworten zu mir gesprochen, wenn du's weißt? Du hattest das Recht, mit mir zu tun, was du willst, aber zu spielen hast du kein Recht.

ROBERT Es ist kein Spiel gewesen. Ich hätte dich vom Boden aufgehoben, wenn dich der Schmerz gebrochen hätte – an ihr Grab wär' ich mit dir gegangen – wenn es deine Geliebte wäre, die da draußen liegt – aber du hast sie zu deiner Dirne gemacht – und dieses Haus hast du bis an die Decke mit Schmutz und Lüge so angefüllt, daß mich ekelt – und darum – darum, ja darum jag' ich dich hinaus –.

ALFRED Auch hierauf gäb' es vielleicht eine Antwort.

ROBERT Geh – geh – geh!

Alfred geht.

ROBERT Also davor haben Sie mich bewahren wollen – ja, jetzt verstehe ich Sie – wohl ihr, daß sie hingeschieden ist, ohne zu ahnen – was sie für ihn war.

OLGA *wendet sich ihm zu* Ohne zu ahnen –?

ROBERT Was wollen Sie – sagen –?

OLGA *nach kurzem Bedenken* Sie hat es – gewußt –

ROBERT Was – hat sie –

OLGA Was sie für ihn war – hat sie gewußt. – Fassen Sie's denn noch nicht ganz? – Er hat sie weder betrogen noch erniedrigt – und auf seine Heirat war sie seit langem vorbereitet, wie auf etwas, das sich von selbst versteht – und als er ihr's schrieb – *Weist auf den Schreibtisch* hat sie so wenig um ihn geweint – als er um sie. – Nie wären sie zu Ihnen gekommen – Sie um ihre Freiheit bitten – die Freiheit, die sie wollten, haben sie gehabt –

ROBERT Sie hat's gewußt –? Und Sie, die diese Briefe vor mir verstecken wollten – jetzt sagen Sie mir dieses letzte –?

OLGA Geb' ich Ihnen damit nicht Ihre Freiheit wieder? Jahrelang haben Sie um diese Frau gelitten – haben sich von einem Selbstbetrug in den anderen gestürzt, um sie weiter lieben und weiter leiden zu dürfen – und jetzt wollen Sie sich noch weiter quälen, um eines Schicksals willen, das Sie sich nur einbilden, das diese Frau überhaupt nicht erleiden konnte, weil das Leben so leicht für sie war – wie Menschen Ihrer Art gar nicht begreifen können –?

ROBERT Und alles dies erst heut –? Erst jetzt! – Warum haben

Sie's mit angesehen – und mich aus meiner Feigheit nicht emporgerüttelt? – Warum hab ich's nicht vor einem Jahr wissen dürfen – nicht vor drei Tagen –?

OLGA Davor hab' ich ja gezittert – wie Sie selbst – ja, wie Sie! Nie haben Sie's wissen dürfen – oder heut! –

ROBERT Ist es jetzt etwas anderes, weil sie tot ist –? –

OLGA Nichts anderes – aber klar ist es – wie es sonst nie gewesen wäre –. Solang sie gelebt hat, hätte dieses erbärmliche nichtige Abenteuer – einfach von ihrem Dasein – von ihrem Lächeln den Schein des Wichtigen geliehen –. Sie hätten nicht fühlen können – was Sie heute fühlen müssen, da sie jenseits Ihres Zornes ist – und was Ihnen den Frieden geben wird: wie fern, wie unendlich fern von Ihnen diese Frau gelebt hat – die zufällig in diesem Hause gestorben ist – – *Sie geht.*

ROBERT *eine Weile still. Dann versperrt er die Schreibtischlade; dann steht er auf, geht zur Tür und ruft* Franz!

DIENER Herr Professor –?

ROBERT Morgen früh reise ich ab. Bereiten Sie alles vor – und sorgen Sie, daß ein Wagen um sieben Uhr vor dem Hause ist.

DIENER Jawohl, Herr Professor.

ROBERT *nach einer kurzen Pause* Alle näheren Anweisungen gebe ich Ihnen morgen. Gehen Sie jetzt schlafen. *Auf ein Zögern des Dieners* Dieses Zimmer sperre ich selbst ab – es wird verschlossen bleiben, bis ich wiederkomme.

DIENER Sehr wohl, Herr Professor.

PROFESSOR Gute Nacht.

DIENER Gute Nacht, Herr Professor. *Ab rechts.*

Robert sperrt gleich hinter ihm zu. Dann geht er zum Balkon; wie er schließen will, sieht er den Kranz. Er nimmt ihn, bringt ihn ins Zimmer und legt ihn auf den Schreibtisch. Dann geht er zur Tür links, das Licht in der Hand; an der Türe bleibt er stehen, wendet sich um, betrachtet das ganze Zimmer noch einmal. Er atmet tief, lächelt dann wie befreit, geht ab; man hört ihn zusperren. Das dunkle Zimmer bleibt eine Weile leer, dann fällt der Vorhang.

Der grüne Kakadu

Groteske in einem Akt

Personen

EMILE HERZOG VON CADIGNAN
FRANÇOIS VICOMTE VON NOGEANT
ALBIN CHEVALIER DE LA TREMOUILLE
DER MARQUIS VON LANSAC
SEVERINE, *seine Frau*
ROLLIN, *Dichter*
PROSPERE, *Wirt, vormals Theaterdirektor*
HENRI
BALTHASAR
GUILLAUME
SCAEVOLA
JULES
ETIENNE
MAURICE
GEORGETTE
MICHETTE
FLIPOTTE } *seine Truppe*
LEOCADIE, *Schauspielerin, Henris Frau*
GRASSET, *Philosoph*
LEBRET, *Schneider*
GRAIN, *ein Strolch*
DER KOMMISSÄR
ADELIGE, SCHAUSPIELER, SCHAUSPIELERINNEN,
BÜRGER *und* BÜRGERFRAUEN

Spielt in Paris am Abend des 14. Juli 1789 in der Spelunke Prospères.

Wirtsstube »Zum grünen Kakadu«.
Ein nicht großer Kellerraum, zu welchem rechts (ziemlich weit hinten) sieben Stufen führen, die nach oben durch eine Tür abgeschlossen sind. Eine zweite Tür, welche kaum sichtbar ist, befindet sich im Hintergrunde links. Eine Anzahl von einfachen hölzernen Tischen, um diese Sessel, füllen beinahe den ganzen Raum aus. Links in der Mitte der Schanktisch; hinter demselben eine Anzahl Fässer mit Pipen. Das Zimmer ist durch Öllämpchen beleuchtet, die von der Decke herabhängen.

Der WIRT PROSPERE; *es treten ein die Bürger* LEBRET *und* GRASSET.

GRASSET *noch auf den Stufen* Hier herein, Lebrêt; die Quelle kenn' ich. Mein alter Freund und Direktor hat immer noch irgendwo ein Faß Wein versteckt, auch wenn ganz Paris verdurstet.

WIRT Guten Abend, Grasset. Läßt du dich wieder einmal blikken? Aus mit der Philosophie? Hast du Lust, wieder bei mir Engagement zu nehmen?

GRASSET Ja freilich! Wein sollst du bringen. Ich bin der Gast – du der Wirt.

WIRT Wein? Woher soll ich Wein nehmen, Grasset? Heut nacht haben sie ja alle Weinläden von Paris ausgeplündert. Und ich möchte wetten, daß du mit dabeigewesen bist.

GRASSET Her mit dem Wein. Für das Pack, das in einer Stunde nach uns kommen wird... *Lauschend* Hörst du was, Lebrêt?

LEBRET Es ist wie ein leiser Donner.

GRASSET Brav – Bürger von Paris... *Zu Prospère* Für das Pack hast du sicher noch einen in Vorrat. Also her damit. Mein Freund und Bewunderer, der Bürger Lebrêt, Schneider aus der Rue St. Honoré, zahlt alles.

LEBRET Gewiß, gewiß, ich zahle.

PROSPERE *zögert.*

GRASSET Na, zeig ihm, daß du Geld hast, Lebrêt.

LEBRET *zieht seinen Geldbeutel heraus.*

WIRT Nun, ich will sehen, ob ich... *Er öffnet den Hahn zu einem Faß und füllt zwei Gläser* Woher kommst du, Grasset? Aus dem Palais Royal?

GRASSET Jawohl... ich habe dort eine Rede gehalten. Ja, mein Lieber, jetzt bin ich an der Reihe. Weißt du, nach wem ich gesprochen habe?

WIRT Nun?

GRASSET Nach Camille Desmoulins! Jawohl, ich hab' es gewagt. Und sage mir, Lebrêt, wer hat größeren Beifall gehabt, Desmoulins oder ich?

LEBRET Du... zweifellos.

GRASSET Und wie hab' ich mich ausgenommen?

LEBRET Prächtig.

GRASSET Hörst du's, Prospère? Ich habe mich auf den Tisch gestellt... ich habe ausgesehen wie ein Monument... jawohl – und alle die Tausend, Fünftausend, Zehntausend haben sich um mich versammelt – gerade so wie früher um Camille Desmoulins... und haben mir zugejubelt.

LEBRET Es war ein stärkerer Jubel.

GRASSET Jawohl... nicht um vieles, aber er war stärker. Und nun ziehen sie alle hin zur Bastille... und ich darf sagen: sie sind meinem Ruf gefolgt. Ich schwöre dir, vor abends haben wir sie.

WIRT Ja, freilich, wenn die Mauern von eueren Reden zusammenstürzten!

GRASSET Wieso... Reden! – Bist du taub?... Jetzt wird geschossen. Unsere braven Soldaten sind dabei. Sie haben dieselbe höllische Wut auf das verfluchte Gefängnis wie wir. Sie wissen, daß hinter diesen Mauern ihre Brüder und Väter gefangen sitzen... Aber sie würden nicht schießen, wenn wir nicht geredet hätten. Mein lieber Prospère, die Macht der Geister ist groß. Da – *Zu Lebrêt* Wo hast du die Schriften?

LEBRET Hier... *Zieht Broschüren aus der Tasche.*

GRASSET Hier sind die neuesten Broschüren, die eben im Palais Royal verteilt wurden. Hier eine von meinem Freunde Cerutti, Denkschrift für das französische Volk, hier eine von Desmoulins, der allerdings besser spricht, als er schreibt... ›Das freie Frankreich‹.

WIRT Wann wird denn endlich die deine erscheinen, von der du immer erzählst?

GRASSET Wir brauchen keine mehr. Die Zeit zu Taten ist gekommen. Ein Schuft, der heute in seinen vier Wänden sitzt. Wer ein Mann ist, muß auf die Straße!

LEBRET Bravo, bravo!

GRASSET In Toulon haben sie den Bürgermeister umgebracht, in Brignolles haben sie ein Dutzend Häuser geplündert... nur wir in Paris sind noch immer die Langweiligen und lassen uns alles gefallen.

PROSPERE Das kann man doch nicht mehr sagen.

LEBRET *der immer getrunken hat* Auf, ihr Bürger, auf!

GRASSET Auf!... Sperre deine Bude und komm jetzt mit uns!

WIRT Ich komme schon, wenn's Zeit ist.

GRASSET Ja freilich, wenn's keine Gefahr mehr gibt.

WIRT Mein Lieber, ich liebe die Freiheit wie du – aber vor allem hab' ich meinen Beruf.

GRASSET Jetzt gibt es für die Bürger von Paris nur einen Beruf: ihre Brüder befreien.

WIRT Ja für die, die nichts anderes zu tun haben!

LEBRET Was sagt er da!... Er verhöhnt uns!

WIRT Fällt mir gar nicht ein. – Schaut jetzt lieber, daß ihr hinauskommt – meine Vorstellung fängt bald an. Da kann ich euch nicht brauchen.

LEBRET Was für eine Vorstellung?... Ist hier ein Theater?

WIRT Gewiß ist das ein Theater. Ihr Freund hat noch vor vierzehn Tagen hier mitgespielt.

LEBRET Hier hast du gespielt, Grasset?... Warum läßt du dich von dem Kerl da ungestraft verhöhnen!

GRASSET Beruhige dich... es ist wahr; ich habe hier gespielt, denn es ist kein gewöhnliches Wirtshaus... es ist eine Verbrecherherberge... komm...

WIRT Zuerst wird gezahlt.

LEBRET Wenn das hier eine Verbrecherherberge ist, so zahle ich keinen Sou.

WIRT So erkläre doch deinem Freunde, wo er ist.

GRASSET Es ist ein seltsamer Ort! Es kommen Leute her, die Verbrecher spielen – und andere, die es sind, ohne es zu ahnen.

LEBRET So –?

GRASSET Ich mache dich aufmerksam, daß das, was ich eben sagte, sehr geistreich war; es könnte das Glück einer ganzen Rede machen.

LEBRET Ich verstehe nichts von allem, was du sagst.

GRASSET Ich sagte dir ja, daß Prospère mein Direktor war. Und er spielt mit seinen Leuten noch immer Komödie; nur in einer anderen Art als früher. Meine einstigen Kollegen und Kolleginnen sitzen hier herum und tun, als wenn sie Verbrecher wären. Verstehst du? Sie erzählen haarsträubende Geschichten, die sie nie erlebt – sprechen von Untaten, die sie nie begangen haben... und das Publikum, das hierher kommt, hat den angenehmen Kitzel, unter dem gefährlichsten Gesindel von Paris zu sitzen – unter Gaunern, Einbrechern, Mördern – und –

LEBRET Was für ein Publikum?

WIRT Die elegantesten Leute von Paris.

GRASSET Adelige...

WIRT Herren vom Hof –

LEBRET Nieder mit ihnen!

GRASSET Das ist was für sie. Das rüttelt ihnen die erschlafften Sinne auf. Hier hab' ich angefangen, Lebrêt, hier hab' ich meine erste Rede gehalten, als wenn es zum Spaß wäre... und hier hab' ich die Hunde zu hassen begonnen, die mit ihren schönen Kleidern, parfümiert, angefressen, unter uns saßen... und es ist mir ganz recht, mein guter Lebrêt, daß du auch einmal die Stätte siehst, von wo dein großer Freund ausgegangen ist. *In anderem Ton* Sag, Prospère, wenn die Sache schiefginge...

WIRT Welche Sache?

GRASSET Nun, die Sache mit meiner politischen Carrière... würdest du mich wieder engagieren?

WIRT Nicht um die Welt!

GRASSET *leicht* Warum? – Es könnte vielleicht noch einer neben deinem Henri aufkommen.

WIRT Abgesehen davon... ich hätte Angst, daß du dich einmal vergessen könntest – und über einen meiner zahlenden Gäste im Ernst herfielst.

GRASSET *geschmeichelt* Das wäre allerdings möglich. –

WIRT Ich... ich hab' mich doch in der Gewalt –

GRASSET Wahrhaftig, Prospère, ich muß sagen, daß ich dich wegen deiner Selbstbeherrschung bewundern würde, wenn ich nicht zufällig wüßte, daß du ein Feigling bist.

WIRT Ach, mein Lieber, mir genügt das, was ich in meinem Fach leisten kann. Es macht mir Vergnügen genug, den Kerlen meine Meinung ins Gesicht sagen zu können und sie zu beschimpfen nach Herzenslust – während sie es für Scherz halten. Es ist auch eine Art, seine Wut loszuwerden. – *Zieht einen Dolch und läßt ihn funkeln.*

LEBRET Bürger Prospère, was soll das bedeuten?

GRASSET Habe keine Angst. Ich wette, daß der Dolch nicht einmal geschliffen ist.

WIRT Da könntest du doch irren, mein Freund; irgendeinmal kommt ja noch der Tag, wo aus dem Spaß Ernst wird – und darauf bin ich für alle Fälle vorbereitet.

GRASSET Der Tag ist nah. Wir leben in einer großen Zeit! Komm, Bürger Lebrêt, wir wollen zu den Unsern. Prospère, leb wohl, du siehst mich als großen Mann wieder oder nie.

LEBRET *torkelig* Als großen Mann... oder... nie –

Sie gehen ab.

WIRT *bleibt zurück, setzt sich auf einen Tisch, schlägt eine Broschüre auf und liest vor sich hin* »Jetzt steckt das Vieh in der Schlinge, erdrosselt es!« – Er schreibt nicht übel, dieser kleine Desmoulins. »Noch nie hat sich Siegern eine reichere Beute dargeboten. Vierzigtausend Paläste und Schlösser, zwei Fünftel aller Güter in Frankreich werden der Lohn der Tapferkeit sein, – die sich für Eroberer halten, werden unterjocht, die Nation wird gereinigt werden.«

DER KOMMISSÄR *tritt ein.*

WIRT *mißt ihn* Na, das Gesindel rückt ja heute früh ein!

KOMMISSÄR Mein lieber Prospère, mit mir machen Sie keine Witze; ich bin der Kommissär Ihres Bezirks.

WIRT Und womit kann ich dienen?

KOMMISSÄR Ich bin beauftragt, dem heutigen Abend in Ihrem Lokal beizuwohnen.

WIRT Es wird mir eine besondere Ehre sein.

KOMMISSÄR Es ist nicht darum, mein bester Prospère. Die Behörde will Klarheit haben, was bei Ihnen eigentlich vorgeht. Seit einigen Wochen –

WIRT Es ist ein Vergnügungslokal, Herr Kommissär, nichts weiter.

KOMMISSÄR Lassen Sie mich ausreden. Seit einigen Wochen soll dieses Lokal der Schauplatz wüster Orgien sein.

WIRT Sie sind falsch berichtet, Herr Kommissär. Man treibt hier Späße, nichts weiter.

KOMMISSÄR Damit fängt es an. Ich weiß. Aber es hört anders auf, sagt mein Bericht. Sie waren Schauspieler?

WIRT Direktor, Herr Kommissär, Direktor einer vorzüglichen Truppe, die zuletzt in Denis spielte.

KOMMISSÄR Das ist gleichgültig. Dann haben Sie eine kleine Erbschaft gemacht?

WIRT Nicht der Rede wert, Herr Kommissär.

KOMMISSÄR Ihr Truppe hat sich aufgelöst?

WIRT Meine Erbschaft nicht minder.

KOMMISSÄR *lächelnd* Ganz gut. *Beide lächeln. – Plötzlich ernst* Sie haben sich ein Wirtsgeschäft eingerichtet?

WIRT Das miserabel gegangen ist.

KOMMISSÄR – Worauf Sie eine Idee gefaßt haben, der man eine gewisse Originalität nicht absprechen kann.

WIRT Sie machen mich stolz, Herr Kommissär.

KOMMISSÄR Sie haben Ihre Truppe wieder gesammelt und lassen sie hier eine sonderbare und nicht unbedenkliche Komödie spielen.

WIRT Wäre sie bedenklich, Herr Kommissär, so hätte ich nicht mein Publikum – ich kann sagen, das vornehmste Publikum von Paris. Der Vicomte von Nogeant ist mein täglicher Gast. Der Marquis von Lansac kommt öfters; und der Herzog von Cadignan, Herr Kommissär, ist der eifrigste Bewunderer meines ersten Schauspielers, des berühmten Henri Baston.

KOMMISSÄR Wohl auch der Kunst oder der Künste Ihrer Künstlerinnen.

WIRT Wenn Sie meine kleinen Künstlerinnen kennen würden, Herr Kommissär, würden Sie das niemandem auf der Welt übelnehmen.

KOMMISSÄR Genug. Es ist der Behörde berichtet worden, daß die Belustigungen, welche Ihre – wie soll ich sagen –

WIRT Das Wort »Künstler« dürfte genügen.

KOMMISSÄR Ich werde mich zu dem Wort »Subjekte« entschließen – daß die Belustigungen, welche Ihre Subjekte bieten, in jedem Sinne über das Erlaubte hinausgehen. Es sollen hier von Ihren – wie soll ich sagen – von Ihren künstlichen Verbrechern Reden geführt werden, die – wie sagt nur mein Bericht? *Er liest wie schon früher in einem Notizbuch nach* – nicht nur unsittlich, was uns wenig genieren würde, sondern auch höchst aufrührerisch zu wirken geeignet sind – was in einer so erregten Epoche, wie die ist, in der wir leben, der Behörde durchaus nicht gleichgültig sein kann.

WIRT Herr Kommissär, ich kann auf diese Anschuldigung nur mit der höflichen Einladung erwidern, sich die Sache selbst einmal anzusehen. Sie werden bemerken, daß hier gar nichts Aufrührerisches vorgeht, schon aus dem Grunde, weil mein Publikum sich nicht aufrühren läßt. Es wird hier einfach Theater gespielt – das ist alles.

KOMMISSÄR Ihre Einladung nehme ich natürlich nicht an, doch werde ich kraft meines Amtes hierbleiben.

WIRT Ich glaube, Ihnen die beste Unterhaltung versprechen zu können, Herr Kommissär, doch würde ich mir den Rat erlauben, daß Sie Ihre Amtstracht ablegen und in Zivilkleidern hier erscheinen. Wenn man nämlich einen Kommissär in Uniform hier sähe, würde sowohl die Naivetät meiner Künstler als die Stimmung meines Publikums darunter leiden.

KOMMISSÄR Sie haben recht, Herr Prospère, ich werde mich entfernen und als junger eleganter Mann wiederkehren.

WIRT Das wird Ihnen leicht sein, Herr Kommissär, auch als Halunke sind Sie mir willkommen – das würde nicht auffallen – nur nicht als Kommissär.

KOMMISSÄR Adieu. *Geht.*

WIRT *verbeugt sich* Wann wird der gesegnete Tag kommen, wo ich dich und deinesgleichen...

KOMMISSÄR *trifft in der Tür mit Grain zusammen, der äußerst zerlumpt ist und erschrickt, wie er den Kommissär sieht. Dieser mißt ihn zuerst, lächelt dann, wendet sich verbindlich zu Prospère* Schon einer Ihrer Künstler?... *Ab.*

GRAIN *spricht weinerlich, pathetisch* Guten Abend.

WIRT *nachdem er ihn lang angesehen* Wenn du einer von meiner Truppe bist, so will ich dir meine Anerkennung nicht versagen, denn ich erkenne dich nicht.

GRAIN Wie meinen Sie?

WIRT Also keinen Scherz, nimm die Perücke ab, ich möchte doch wissen, wer du bist. *Er reißt ihn an den Haaren.*

GRAIN O weh!

WIRT Das ist ja echt – Donnerwetter... wer sind Sie?... Sie scheinen ja ein wirklicher Strolch zu sein?

GRAIN Jawohl.

WIRT Was wollen Sie denn von mir?

GRAIN Ich habe die Ehre mit dem Bürger Prospère?... Wirt vom grünen Kakadu?

WIRT Der bin ich.

GRAIN Ich nenne mich Grain... zuweilen Carniche... in manchen Fällen der schreiende Bimsstein – aber unter dem Namen Grain war ich eingesperrt, Bürger Prospère – und das ist das Wesentliche.

WIRT Ah – ich verstehe. Sie wollen sich bei mir engagieren lassen und spielen mir gleich was vor. Auch gut. Weiter.

GRAIN Bürger Prospère, halten Sie mich für keinen Schwindler. Ich bin ein Ehrenmann. Wenn ich sage, daß ich eingesperrt war, so ist es die volle Wahrheit.

Wirt sieht ihn mißtrauisch an.

GRAIN *zieht aus dem Rock ein Papier* Hier, Bürger Prospère. Sie ersehen daraus, daß ich gestern nachmittags vier Uhr entlassen wurde.

WIRT Nach einer zweijährigen Haft – Donnerwetter, das ist ja echt! –

GRAIN Haben Sie noch immer gezweifelt, Bürger Prospère?

WIRT Was haben Sie denn angestellt, daß man Sie auf zwei Jahre –

GRAIN Man hätte mich gehängt; aber zu meinem Glück war ich noch ein halbes Kind, als ich meine arme Tante umbrachte.

WIRT Ja, Mensch, wie kann man denn seine Tante umbringen?

GRAIN Bürger Prospère, ich hätte es nicht getan, wenn die Tante mich nicht mit meinem besten Freunde hintergangen hätte.

WIRT Ihre Tante?

GRAIN Jawohl – sie stand mir näher, als sonst Tanten ihren Neffen zu stehen pflegen. Es waren sonderbare Familienverhältnisse ... ich war verbittert, höchst verbittert. Darf ich Ihnen davon erzählen?

WIRT Erzählen Sie immerhin, wir werden vielleicht ein Geschäft miteinander machen können.

GRAIN Meine Schwester war noch ein halbes Kind, als sie aus dem Hause lief – und was glauben Sie – mit wem? –

WIRT Es ist schwer zu erraten.

GRAIN Mit ihrem Onkel. Und der hat sie sitzenlassen – mit einem Kinde.

WIRT Mit einem ganzen – will ich hoffen.

GRAIN Es ist unzart von Ihnen, Bürger Prospère, über solche Dinge zu scherzen.

WIRT Ich will Ihnen was sagen, Sie schreiender Bimsstein. Ihre Familiengeschichten langweilen mich. Glauben Sie, ich bin dazu da, mir von einem jeden hergelaufenen Lumpen erzählen zu lassen, wen er umgebracht hat? Was geht mich das alles an? Ich nehme an, Sie wollen irgendwas von mir –

GRAIN Jawohl, Bürger Prospère, ich komme, Sie um Arbeit bitten.

WIRT *höhnisch* Ich mache Sie aufmerksam, daß es bei mir keine Tanten zu ermorden gibt; es ist ein Vergnügungslokal.

GRAIN Oh, ich hab' an dem einen Mal genug gehabt. Ich will ein anständiger Mensch werden – man hat mich an Sie gewiesen.

WIRT Wer, wenn ich fragen darf?

GRAIN Ein liebenswürdiger junger Mann, den sie vor drei Tagen zu mir in die Zelle gesperrt haben. Jetzt ist er allein. Er heißt Gaston . . . und Sie kennen ihn. –

WIRT Gaston! Jetzt weiß ich, warum ich ihn drei Abende lang vermißt habe. Einer meiner besten Darsteller für Taschendiebe. – Er hat Geschichten erzählt; – ah, man hat sich geschüttelt.

GRAIN Jawohl. Und jetzt haben sie ihn erwischt!

WIRT Wieso erwischt? Er hat ja nicht wirklich gestohlen.

GRAIN Doch. Es muß aber das erste Mal gewesen sein, denn er scheint mit einer unglaublichen Ungeschicklichkeit vorgegangen zu sein. Denken Sie – *Vertraulich* – auf dem Boulevard des Capucines einfach einer Dame in die Tasche gegriffen – und die Börse herausgezogen – ein rechter Dilettant. – Sie flößen mir Vertrauen ein, Bürger Prospère – und so will ich Ihnen gestehn – es war eine Zeit, wo ich auch dergleichen kleine Stückchen aufführte, aber nie ohne meinen lieben Vater. Als ich noch ein Kind war, als wir noch alle zusammen wohnten, als meine arme Tante noch lebte –

WIRT Was jammern Sie denn? Ich finde das geschmacklos! Hätten Sie sie nicht umgebracht!

GRAIN Zu spät. Aber worauf ich hinauswollte – nehmen Sie mich bei sich auf. Ich will den umgekehrten Weg machen wie Gaston. Er hat den Verbrecher gespielt und ist einer geworden – ich...

WIRT Ich will's mit Ihnen probieren. Sie werden schon durch Ihre Maske wirken. Und in einem gegebenen Moment werden Sie einfach die Sache mit der Tante erzählen. Wie's war. Irgendwer wird Sie schon fragen.

GRAIN Ich danke Ihnen, Bürger Prospère. Und was meine Gage anbelangt –

WIRT Heute gastieren Sie auf Engagement, da kann ich Ihnen noch keine Gage zahlen. – Sie werden gut zu essen und zu trinken bekommen... und auf ein paar Francs für ein Nachtlager soll's mir auch nicht ankommen.

GRAIN Ich danke Ihnen. Und bei Ihren anderen Mitgliedern stellen Sie mich einfach als einen Gast aus der Provinz vor.

WIRT Ah nein... denen sagen wir gleich, daß Sie ein wirklicher Mörder sind. Das wird ihnen viel lieber sein.

GRAIN Entschuldigen Sie, ich will ja gewiß nichts gegen mich vorbringen – aber das versteh' ich nicht.

WIRT Wenn Sie länger beim Theater sind, werden Sie das schon verstehen.

SCAEVOLA *und* JULES *treten ein.*

SCAEVOLA Guten Abend, Direktor!

WIRT Wirt... Wie oft soll ich dir noch sagen, der ganze Spaß geht flöten, wenn du mich »Direktor« nennst.

SCAEVOLA Was immer du seist, ich glaube, wir werden heut nicht spielen.

WIRT Warum denn?

SCAEVOLA Die Leute werden nicht in der Laune sein – –. Es ist ein Höllenlärm in den Straßen, und insbesondere vor der Bastille schreien sie wie die Besessenen.

WIRT Was geht das uns an? Seit Monaten ist das Geschrei, und unser Publikum ist uns nicht ausgeblieben. Es amüsiert sich wie früher.

SCAEVOLA Ja, es hat die Lustigkeit von Leuten, die nächstens gehenkt werden.

WIRT Wenn ich's nur erlebe!

SCAEVOLA Vorläufig gib uns was zu trinken, damit ich in Stimmung komme. Ich bin heut durchaus nicht in Stimmung.

WIRT Das passiert dir öfter, mein Lieber. Ich muß dir sagen, daß ich gestern durchaus unzufrieden mit dir war.

SCAEVOLA Wieso, wenn ich fragen darf?

WIRT Die Geschichte von dem Einbruch, die du zum besten gegeben hast, war einfach läppisch.

SCAEVOLA Läppisch?

WIRT Jawohl. Vollkommen unglaubwürdig. Das Brüllen allein tut's nicht.

SCAEVOLA Ich habe nicht gebrüllt.

WIRT Du brüllst ja immer. Es wird wahrhaftig notwendig werden, daß ich die Sachen mit euch einstudiere. Auf euere Einfälle kann man sich nicht verlassen. Henri ist der einzige.

SCAEVOLA Henri und immer Henri. Henri ist ein Kulissenreißer. Der Einbruch von gestern war ein Meisterstück. So was bringt Henri sein Lebtag nicht zusammen. – Wenn ich dir nicht genüge, mein Lieber, so geh' ich einfach zu einem ordentlichen Theater. Hier ist ja doch nur eine Schmiere... Ah... *Bemerkt Grain* Wer ist denn das?... Der gehört ja nicht zu uns? Hast du vielleicht einen neu engagiert? Was hat der Kerl für Maske?

WIRT Beruhige dich, es ist kein Schauspieler von Beruf. Es ist ein wirklicher Mörder.

SCAEVOLA Ach so... *Geht auf ihn zu* Sehr erfreut, Sie kennenzulernen. Scaevola ist mein Name.

GRAIN Ich heiße Grain.

Jules ist die ganze Zeit in der Schenke herumgegangen, manchmal auch stehengeblieben, wie ein innerlich Gequälter.

WIRT Was ist denn mit dir, Jules?

JULES Ich memoriere.

WIRT Was denn?

JULES Gewissensbisse. Ich mache heute einen, der Gewissensbisse hat. Sieh mich an. Was sagst du zu der Falte hier auf der Stirn? Seh' ich nicht aus, als wenn alle Furien der Hölle... *Geht auf und ab.*

SCAEVOLA *brüllt* Wein – Wein her!

WIRT Beruhige dich... es ist ja noch kein Publikum da.

HENRI *und* LEOCADIE *kommen.*

HENRI Guten Abend! *Er begrüßt die Hintensitzenden mit einer leichten Handbewegung* Guten Abend, meine Herren!

WIRT Guten Abend, Henri! Was seh' ich! Mit Léocadie!

GRAIN *hat Léocadie aufmerksam betrachtet; zu Scaevola* die kenn' ich ja... *Spricht leise mit den anderen.*

LEOCADIE Ja, mein lieber Prospère, ich bin's!

WIRT Ein Jahr lang hab' ich dich nicht gesehen. Laß dich begrüßen. *Er will sie küssen.*

HENRI Laß das! – *Sein Blick ruht öfters auf Léocadie mit Stolz, Leidenschaft, aber auch mit einer gewissen Angst.*

WIRT Aber Henri... Alte Kollegen!... Dein einstiger Direktor, Léocadie!

LEOCADIE Wo ist die Zeit, Prospère!...

WIRT Was seufzest du! Wenn eine ihren Weg gemacht hat, so bist du's! Freilich, ein schönes junges Weib hat's immer leichter als wir.

HENRI *wütend* Laß das.

WIRT Was schreist du denn immer so mit mir? Weil du wieder einmal mit ihr beisammen bist?

HENRI Schweig! – Sie ist seit gestern meine Frau.

WIRT Deine...? *Zu Léocadie* Macht er einen Spaß?

LEOCADIE Er hat mich wirklich geheiratet. Ja. –

WIRT So gratulier' ich. Na... Scaevola, Jules – Henri hat geheiratet.

SCAEVOLA *kommt nach vorn* Meinen Glückwunsch! *Zwinkert Léocadie zu.*

JULES *drückt gleichfalls beiden die Hand.*

GRAIN *zum Wirt* Ah, wie sonderbar – diese Frau hab' ich gesehn... ein paar Minuten nachdem ich wieder frei war.

WIRT Wieso?

GRAIN Es war die erste schöne Frau, die ich nach zwei Jahren gesehen habe. Ich war sehr bewegt. Aber es war ein anderer Herr, mit dem – *Spricht weiter mit dem Wirt.*

HENRI *in einem hochgestimmten Ton, wie begeistert, aber nicht deklamatorisch* Léocadie, meine Geliebte, mein Weib!... Nun ist alles vorbei, was einmal war. In einem solchen Augenblick löscht vieles aus.

Scaevola und Jules sind nach hinten gegangen, Wirt wieder vorn.

WIRT Was für ein Augenblick?

HENRI Nun sind wir durch ein heiliges Sakrament vereinigt. Das ist mehr, als menschliche Schwüre sind. Jetzt ist Gott über uns, man darf alles vergessen, was vorher geschehen ist. Léocadie, eine neue Zeit bricht an. Léocadie, alles wird heilig, unsere Küsse, so wild sie sein mögen, sind von nun an heilig. Léocadie, meine Geliebte, mein Weib!... *Er betrachtet sie mit einem glühenden Blick* Hat sie nicht einen anderen Blick, Prospère, als du ihn früher an ihr kanntest? Ist ihre Stirn nicht rein? Was war, ist ausgelöscht. Nicht wahr, Léocadie?

LEOCADIE Gewiß, Henri.

HENRI Und alles ist gut. Morgen verlassen wir Paris, Léocadie tritt heute zum letzten Male in der Porte St. Martin auf, und ich spiele heute das letzte Mal bei dir.

WIRT *betroffen* Bist du bei Trost, Henri? – Du willst mich verlassen? Und dem Direktor der Porte St. Martin wird's doch nicht einfallen, Léocadie ziehen zu lassen! Sie macht ja das Glück seines Hauses. Die jungen Herren strömen ja hin, wie man sagt.

HENRI Schweig. Léocadie wird mit mir gehen. Sie wird mich nie verlassen. Sag' mir, daß du mich nie verlassen wirst, Léocadie. *Brutal* Sag's mir!

LEOCADIE Ich werde dich nie verlassen!

HENRI Tätest du's, ich würde dich... *Pause* Ich habe dieses Leben satt. Ich will Ruhe, Ruhe will ich haben.

WIRT Aber was willst du denn tun, Henri? Es ist ja lächerlich. Ich will dir einen Vorschlag machen. Nimm Léocadie meinethalben von der Porte St. Martin fort – aber sie soll hier, bei mir bleiben. Ich engagiere sie. Es fehlt mir sowieso an talentierten Frauenspersonen.

HENRI Mein Entschluß ist gefaßt, Prospère. Wir verlassen die Stadt. Wir gehen aufs Land hinaus.

WIRT Aufs Land? Wohin denn?

HENRI Zu meinem alten Vater, der allein in unserem armen Dorf lebt, – den ich seit sieben Jahren nicht gesehen habe. Er hat kaum mehr gehofft, seinen verlorenen Sohn wiederzusehen. Er wird mich mit Freuden aufnehmen.

WIRT Was willst du auf dem Lande tun? Auf dem Lande verhungert man. Da geht's den Leuten noch tausendmal schlechter als in der Stadt. Was willst du denn dort machen? Du bist nicht der Mann dazu, die Felder zu bebauen. Bilde dir das nicht ein.

HENRI Es wird sich zeigen, daß ich auch dazu der Mann bin.

WIRT Es wächst bald kein Korn mehr in ganz Frankreich. Du gehst ins sichere Elend.

HENRI Ins Glück, Prospère. Nicht wahr, Léocadie? Wir haben oft davon geträumt. Ich sehne mich nach dem Frieden der weiten Ebene. Ja, Prospère, in meinen Träumen seh' ich mich mit ihr abends über die Felder gehn, in einer unendlichen Stille, den wunderbaren tröstlichen Himmel über uns. Ja, wir fliehen diese schreckliche und gefährliche Stadt, der große Friede wird über uns kommen. Nicht wahr, Léocadie, wir haben es oft geträumt.

LEOCADIE Ja, wir haben es oft geträumt.

WIRT Höre, Henri, du solltest es dir überlegen. Ich will dir deine Gage gerne erhöhen, und Léocadie will ich ebensoviel geben als dir.

LEOCADIE Hörst du, Henri?

WIRT Ich weiß wahrhaftig nicht, wer dich hier ersetzen soll. Keiner von meinen Leuten hat so köstliche Einfälle als du, keiner ist bei meinem Publikum so beliebt als du … Geh nicht fort!

HENRI Das glaub' ich wohl, daß mich niemand ersetzen wird.

WIRT Bleib bei mir, Henri! *Wirft Léocadie einen Blick zu, sie deutet an, daß sie's schon machen wird.*

HENRI Und ich verspreche dir, der Abschied wird ihnen schwer werden – ihnen, nicht mir. Für heute – für mein letztes Auftreten hab' ich mir was zurechtgelegt, daß es sie alle schaudern wird... eine Ahnung von dem Ende ihrer Welt wird sie anwehen... denn das Ende ihrer Welt ist nahe. Ich aber werd' es nur mehr von fern erleben... man wird es uns draußen erzählen, Léocadie, viele Tage später, als es geschehen... Aber sie werden schaudern, sag' ich dir. Und du selbst wirst sagen: So gut hat Henri nie gespielt.

WIRT Was wirst du spielen? Was? Weißt du's, Léocadie?

LEOCADIE Ich weiß ja nie etwas.

HENRI Ahnt denn irgendeiner, was für ein Künstler in mir steckt?

WIRT Gewiß ahnt man es, drum sag' ich ja, daß man sich mit einem solchen Talent nicht aufs Land vergräbt. Was für ein Unrecht an dir! An der Kunst!

HENRI Ich pfeife auf die Kunst. Ich will Ruhe. Du begreifst das nicht, Prospère. Du hast nie geliebt.

WIRT Oh! –

HENRI Wie ich liebe. – Ich will mit ihr allein sein – das ist es... Léocadie, nur so können wir alles vergessen. Aber dann werden wir so glücklich sein, wie nie Menschen gewesen sind. Wir werden Kinder haben, du wirst eine gute Mutter werden, Léocadie, und ein braves Weib. Alles, alles wird ausgelöscht sein. *Große Pause.*

LEOCADIE Es wird spät, Henri, ich muß ins Theater. Leb wohl, Prospère, ich freue mich, endlich einmal deine berühmte Bude gesehen zu haben, wo Henri solche Triumphe feiert.

WIRT Warum bist du denn nie hergekommen?

LEOCADIE Henri hat's nicht haben wollen – na, weißt du, wegen der jungen Leute, mit denen ich da sitzen müßte.

HENRI *ist nach rückwärts gegangen* Gib mir einen Schluck, Scaevola. *Er trinkt.*

WIRT *zu Léocadie, da ihn Henri nicht hört* Ein rechter Narr, der Henri – wenn du nur immer mit ihnen gesessen wärst.

LEOCADIE Du, solche Bemerkungen verbitt' ich mir.

WIRT Ich rate dir, gib acht, du blöde Kanaille. Er wird dich einmal umbringen.

LEOCADIE Was gibt's denn?

WIRT Schon gestern hat man dich wieder mit einem deiner Kerle gesehen.

LEOCADIE Das war kein Kerl, du Dummkopf, das war...

HENRI *wendet sich rasch* Was habt ihr? Keine Späße, wenn's beliebt. Aus mit dem Flüstern. Es gibt keine Geheimnisse mehr. Sie ist meine Frau.

WIRT Was hast du ihr denn zum Hochzeitsgeschenk gemacht?

LEOCADIE Ach Gott, an solche Dinge denkt er nicht.

HENRI Nun, du sollst es noch heute bekommen.

LEOCADIE Was denn?

SCAEVOLA, JULES Was gibst du ihr?

HENRI *ganz ernst* Wenn du mit deiner Szene zu Ende bist, darfst du hierherkommen und mich spielen sehen. *Man lacht.*

HENRI Nie hat eine Frau ein prächtigeres Hochzeitsgeschenk bekommen. Komm, Léocadie; auf Wiedersehen, Prospère, ich bin bald wieder zurück.

Henri und Léocadie ab. – Es treten zugleich ein:

FRANÇOIS VICOMTE VON NOGEANT, ALBIN CHEVALIER DE LA TREMOUILLE.

SCAEVOLA Was für ein erbärmlicher Aufschneider.

WIRT Guten Abend, ihr Schweine.

Albin schreckt zurück.

FRANÇOIS *ohne darauf zu achten* War das nicht die kleine Léocadie von der Porte St. Martin, die da mit Henri wegging?

WIRT Freilich war sie's. Was? – Die könnte am Ende sogar dich erinnern, daß du noch so was wie ein Mann bist, wenn sie sich große Mühe gäbe.

FRANÇOIS *lachend* Es wäre nicht unmöglich. Wir kommen heute etwas früh, wie mir scheint?

WIRT Du kannst dir ja unterdes mit deinem Lustknaben die Zeit vertreiben.

Albin will auffahren.

FRANÇOIS So laß doch. Ich hab' dir ja gesagt, wie's hier zugeht. Bring uns Wein.

WIRT Ja, das will ich. Es wird schon die Zeit kommen, wo ihr mit Seinewasser sehr zufrieden sein werdet.

FRANÇOIS Gewiß, gewiß... aber für heute möchte ich um Wein gebeten haben, und zwar um den besten.

Wirt zum Schanktisch.

ALBIN Das ist ja ein schauerlicher Kerl.

FRANÇOIS Denk doch, daß alles Spaß ist. Und dabei gibt es Orte, wo du ganz ähnliche Dinge im Ernst hören kannst.

ALBIN Ist es denn nicht verboten?

FRANÇOIS *lacht* Man merkt, daß du aus der Provinz kommst.

ALBIN Ah, bei uns geht's auch recht nett zu in der letzten Zeit. Die Bauern werden in einer Weise frech... man weiß nicht mehr, wie man sich helfen soll.

FRANÇOIS Was willst du? Die armen Teufel sind hungrig; das ist das Geheimnis.

ALBIN Was kann denn ich dafür? Was kann denn mein Großonkel dafür?

FRANÇOIS Wie kommst du auf deinen Großonkel?

ALBIN Ja, ich komme darauf, weil sie nämlich in unserem Dorf eine Versammlung abgehalten haben – ganz öffentlich – und da haben sie meinen Großonkel, den Grafen von Tremouille, ganz einfach einen Kornwucherer genannt.

FRANÇOIS Das ist alles...?

ALBIN Na, ich bitte dich!

FRANÇOIS Wir wollen morgen einmal ins Palais Royal, da sollst du hören, was die Kerle für lasterhafte Reden führen. Aber wir lassen sie reden; es ist das Beste, was man tun kann; im Grunde sind es gute Leute, man muß sie auf diese Weise austoben lassen.

ALBIN *auf Scaevola usw. deutend* Was sind das für verdächtige Subjekte? Sieh nur, wie sie einen anschauen. *Er greift nach seinem Degen.*

FRANÇOIS *zieht ihm die Hand weg* Mach dich nicht lächerlich! *Zu den Dreien* Ihr braucht noch nicht anzufangen, wartet, bis mehr Publikum da ist. *Zu Albin* Es sind die anständigsten Leute von der Welt, Schauspieler. Ich garantiere dir, daß du schon mit ärgeren Gaunern an einem Tisch gesessen bist.

ALBIN Aber sie waren besser angezogen.

Wirt bringt Wein.

MICHETTE *und* FLIPOTTE *kommen.*

FRANÇOIS Grüß' euch Gott, Kinder, kommt, setzt euch da zu uns.

MICHETTE Da sind wir schon. Komm nur, Flipotte. Sie ist noch etwas schüchtern.

FLIPOTTE Guten Abend, junger Herr!

ALBIN Guten Abend, meine Damen!

MICHETTE Der Kleine ist lieb. *Sie setzt sich auf den Schoß Albins.*

ALBIN Also bitte, erkläre mir, François, sind das anständige Frauen?

MICHETTE Was sagt er?

FRANÇOIS Nein, so ist das nicht, die Damen, die hierherkommen – Gott, bist du dumm, Albin!

WIRT Was darf ich den Herzoginnen bringen?

MICHETTE Bring mir einen recht süßen Wein.

FRANÇOIS *auf Flipotte deutend* Eine Freundin?

MICHETTE Wir wohnen zusammen. Ja, wir haben zusammen nur ein Bett!

FLIPOTTE *errötend* Wird dir das sehr unangenehm sein, wenn du zu ihr kommst? *Setzt sich auf François' Schoß.*

ALBIN Die ist ja gar nicht schüchtern.

SCAEVOLA *steht auf, düster, zu dem Tisch der jungen Leute* Hab' ich dich endlich wieder! *Zu Albin* Und du miserabler Verführer, wirst du schaun, daß du... Sie ist mein!

Wirt sieht zu.

FRANÇOIS *zu Albin* Spaß, Spaß...

ALBIN Sie ist nicht sein –?

MICHETTE Geh, laß mich doch sitzen, wo's mir beliebt.

Scaevola steht mit geballten Fäusten da.

WIRT *hinter ihm* Nun, nun!

SCAEVOLA Ha, ha!

WIRT *faßt ihn beim Kragen* Ha, ha! *Beiseite zu ihm* Sonst fällt dir nichts ein! Nicht für einen Groschen Talent hast du. Brüllen! Das ist das einzige, was du kannst.

MICHETTE *zu François* Er hat es neulich besser gemacht –

SCAEVOLA *zum Wirt* Ich bin noch nicht in Stimmung. Ich mach' es später noch einmal, wenn mehr Leute da sind; du sollst sehen, Prospère; ich brauch' Publikum.

DER HERZOG VON CADIGNAN *tritt ein.*

HERZOG Schon höchst bewegt!

Michette und Flipotte auf ihn zu.

MICHETTE Mein süßer Herzog!

FRANÇOIS Guten Abend, Emile!... *Stellt vor* Mein junger Freund Albin Chevalier von Tremouille – der Herzog von Cadignan.

HERZOG Ich bin sehr erfreut, Sie kennenzulernen. *Zu den Mädchen, die an ihm hängen* Laßt mich, Kinder! – *Zu Albin* Sie sehen sich auch dieses komische Wirtshaus an?

ALBIN Es verwirrt mich aufs höchste!

FRANÇOIS Der Chevalier ist erst vor ein paar Tagen in Paris angekommen.

HERZOG *lachend* Da haben Sie sich eine nette Zeit ausgesucht.

ALBIN Wieso?

MICHETTE Was er wieder für ein Parfüm hat! Es gibt überhaupt keinen Mann in Paris, der so angenehm duftet. *Zu Albin*... So merkt man das nicht.

HERZOG Sie spricht nur von den siebenhundert oder achthundert, die sie so gut kennt wie mich.

FLIPOTTE Erlaubst du, daß ich mit deinem Degen spiele? – *Sie zieht ihm den Degen aus der Scheide und läßt ihn hin und her funkeln.*

GRAIN *zum Wirt* Mit dem!... Mit dem hab' ich sie gesehn! – *Wirt läßt sich erzählen, scheint erstaunt.*

HERZOG Henri ist noch nicht da? *Zu Albin* Wenn Sie den sehen werden, werden Sie's nicht bereuen, hierhergekommen zu sein.

WIRT *zum Herzog* Na, bist du auch wieder da? Das freut mich. Lang werden wir ja das Vergnügen nicht mehr haben.

HERZOG Warum? Mir behagt's sehr gut bei dir.

WIRT Das glaub' ich. Aber da du auf alle Fälle einer der ersten sein wirst...

ALBIN Was bedeutet das?

WIRT Du verstehst mich schon. – Die ganz Glücklichen kommen zuerst dran!... *Geht nach rückwärts.*

HERZOG *nach einem Sinnen* Wenn ich der König wäre, würde ich ihn zu meinem Hofnarren machen, das heißt, ich würde mir viele Hofnarren halten, aber er wäre einer davon.

ALBIN Wie hat er das gemeint, daß Sie zu glücklich sind?

HERZOG Er meint, Chevalier...

ALBIN Ich bitte, sagen Sie mir nicht Chevalier. Alle nennen mich Albin, einfach Albin, weil ich nämlich so jung ausschaue.

HERZOG *lächelnd* Schön... aber da müssen Sie mir Emile sagen, ja?

ALBIN Wenn Sie erlauben, gern, Emile.

HERZOG Sie werden unheimlich witzig, diese Leute.

FRANÇOIS Warum unheimlich? Mich beruhigt das sehr. Solange das Gesindel zu Späßen aufgelegt ist, kommt's doch nicht zu was Ernstem.

HERZOG Es sind nur gar zu sonderbare Witze. Da hab' ich heute wieder eine Sache erfahren, die gibt zu denken.

FRANÇOIS Erzählen Sie.

FLIPOTTE, MICHETTE Ja, erzähle, süßer Herzog!

HERZOG Kennen Sie Lelange?

FRANÇOIS Freilich – das Dorf... der Marquis von Montferrat hat dort eine seiner schönsten Jagden.

HERZOG Ganz richtig; mein Bruder ist jetzt bei ihm auf dem

Schloß, und der schreibt mir eben die Sache, die ich Ihnen erzählen will. In Lelange haben sie einen Bürgermeister, der sehr unbeliebt ist.

FRANÇOIS Wenn Sie mir einen nennen können, der beliebt ist –

HERZOG Hören Sie nur. – Da sind die Frauen des Dorfes vor das Haus des Bürgermeisters gezogen – mit einem Sarg...

FLIPOTTE Wie?... Sie haben ihn getragen? Einen Sarg getragen? Nicht um die Welt möcht' ich einen Sarg tragen.

FRANÇOIS Schweig doch – es verlangt ja niemand von dir, daß du einen Sarg trägst. *Zum Herzog* Nun?

HERZOG Und ein paar von den Weibern sind darauf in die Wohnung des Bürgermeisters und haben ihm erklärt, er müsse sterben – aber man werde ihm die Ehre erweisen, ihn zu begraben. –

FRANÇOIS Nun, hat man ihn umgebracht?

HERZOG Nein – wenigstens schreibt mir mein Bruder nichts davon.

FRANÇOIS Nun also!... Schreier, Schwätzer, Hanswürste – das sind sie. Heut brüllen sie in Paris zur Abwechslung die Bastille an – wie sie's schon ein halbes dutzendmal getan...

HERZOG Nun – wenn ich der König wäre, ich hätte ein Ende gemacht... längst...

ALBIN Ist es wahr, daß der König so gütig ist?

HERZOG Sie sind Seiner Majestät noch nicht vorgestellt?

FRANÇOIS Der Chevalier ist ja das erste Mal in Paris.

HERZOG Ja, Sie sind unglaublich jung. Wie alt, wenn man fragen darf?

ALBIN Ich sehe nur so jung aus, ich bin schon siebzehn...

HERZOG Siebzehn – wie viel liegt noch vor Ihnen. Ich bin schon vierundzwanzig... ich fange an zu bereuen, wie viel von meiner Jugend ich versäumt habe.

FRANÇOIS *lacht* Das ist gut! Sie, Herzog... für Sie ist doch jeder Tag verloren, an dem Sie nicht eine Frau erobert oder einen Mann totgestochen haben.

HERZOG Das Unglück ist nur, daß man beinah nie die Richtige erobert – und immer den Unrichtigen totsticht. Und so versäumt man seine Jugend doch. Es ist ganz, wie Rollin sagt.

FRANÇOIS Was sagt Rollin?

HERZOG Ich dachte an sein neues Stück, das sie in der Comédie geben – da kommt so ein hübscher Vergleich vor. Erinnern Sie sich nicht?

FRANÇOIS Ich habe gar kein Gedächtnis für Verse –

HERZOG Ich leider auch nicht... ich erinnere mich nur an den Sinn... Er sagt, die Jugend, die man nicht genießt, ist wie ein Federball, den man im Sand liegenläßt, statt ihn in die Luft zu schnellen.

ALBIN *altklug* Das find' ich sehr richtig.

HERZOG Nicht wahr? – Die Federn werden allmählich doch farblos, fallen aus. Es ist noch besser, er fällt in ein Gebüsch, wo man ihn nicht wiederfindet.

ALBIN Wie ist das zu verstehen, Emile?

HERZOG Es ist mehr zu empfinden. Wenn ich die Verse wüßte, verstünden Sie's übrigens gleich.

ALBIN Es kommt mir vor, Emile, als könnten Sie auch Verse machen, wenn Sie nur wollten.

HERZOG Warum?

ALBIN Seit Sie hier sind, scheint es mir, als wenn das Leben aufflammte –

HERZOG *lächelnd* Ja? Flammt es auf?

FRANÇOIS Wollen Sie sich nicht endlich zu uns setzen?

Unterdessen kommen zwei Adelige und setzen sich an einen etwas entfernten Tisch; der Wirt scheint ihnen Grobheiten zu sagen.

HERZOG Ich kann nicht hierbleiben. Aber ich komme jedenfalls noch einmal zurück.

MICHETTE Bleib bei mir!

FLIPOTTE Nimm mich mit!

Sie wollen ihn halten.

WIRT *nach vorn* Laßt ihn nur! Ihr seid ihm noch lang nicht schlecht genug. Er muß zu einer Straßendirne laufen, dort ist ihm am wohlsten.

HERZOG Ich komme ganz bestimmt zurück, schon um Henri nicht zu versäumen.

FRANÇOIS Denken Sie, als wir kamen, ging Henri eben mit Léocadie fort.

HERZOG So. – Er hat sie geheiratet. Wißt ihr das?

FRANÇOIS Wahrhaftig? – Was werden die andern dazu sagen?

ALBIN Was für andern?

FRANÇOIS Sie ist nämlich allgemein beliebt.

HERZOG Und er will mit ihr fort... was weiß ich... man hat's mir erzählt.

WIRT So? Hat man's dir erzählt? – *Blick auf den Herzog.*

HERZOG *Blick auf den Wirt, dann* Es ist zu dumm. Léocadie ist geschaffen, die größte, die herrlichste Dirne der Welt zu sein.

FRANÇOIS Wer weiß das nicht?

HERZOG Gibt es etwas Unverständigeres, als jemanden seinem wahren Beruf entziehen? *Da François lacht* Ich meine das nicht im Scherz. Auch zur Dirne muß man geboren sein – wie zum Eroberer oder zum Dichter.

FRANÇOIS Sie sind paradox.

HERZOG Es tut mir leid um sie – und um Henri. Er sollte hierbleiben – nicht h i e r – ich möchte ihn in die Comédie bringen – obwohl auch dort – mir ist immer, als verstünd' ihn keiner so ganz wie ich. Das kann übrigens eine Täuschung sein – denn ich habe diese Empfindung den meisten Künstlern gegenüber. Aber ich muß sagen, wär' ich nicht der Herzog von Cadignan, so möcht' ich gern ein solcher Komödiant – ein solcher...

ALBIN Wie Alexander der Große...

HERZOG *lächelnd* Ja – wie Alexander der Große. *Zu Flipotte* Gib mir meinen Degen. *Er steckt ihn in die Scheide. Langsam* Es ist doch die schönste Art, sich über die Welt lustig zu machen; einer, der uns vorspielen kann, was er will, ist doch mehr als wir alle.

Albin betrachtet ihn verwundert.

HERZOG Denken Sie nicht nach über das, was ich sage: Es ist alles nur im selben Augenblick wahr. – Auf Wiedersehen!

MICHETTE Gib mir einen Kuß, bevor du gehst!

FLIPOTTE Mir auch!

Sie hängen sich an ihn, der Herzog küßt beide zugleich und geht. – Währenddem:

ALBIN Ein wunderbarer Mensch!...

FRANÇOIS Das ist schon wahr... aber daß solche Menschen existieren, ist beinah ein Grund, nicht zu heiraten.

ALBIN Erklär mir im übrigen, was das für Frauenzimmer sind.

FRANÇOIS Schauspielerinnen. Sie sind auch von der Truppe Prospère, der jetzt der Spelunkenwirt ist. Freilich haben sie früher nicht viel anderes gemacht als jetzt.

GUILLAUME *stürzt herein, wie atemlos.*

GUILLAUME *zum Tisch hin, wo die Schauspieler sitzen, die Hand ans Herz, mühselig, sich stützend* Gerettet, ja, gerettet!

SCAEVOLA Was gibt's, was hast du?

ALBIN Was ist dem Mann geschehn?

FRANÇOIS Das ist jetzt Schauspiel. Paß auf!

ALBIN Ah–?

MICHETTE, FLIPOTTE *rasch zu Guillaume hin* Was gibt's? Was hast du?

SCAEVOLA Setz' dich, nimm einen Schluck!

GUILLAUME Mehr! Mehr!... Prospère, mehr Wein! – – Ich bin gelaufen! Mir klebt die Zunge. Sie waren mir auf den Fersen.

JULES *fährt zusammen* Ah, gebt acht, sie sind uns überhaupt auf den Fersen.

WIRT So erzähl doch endlich, was ist denn passiert?... *Zu den Schauspielern* Bewegung! Mehr Bewegung!

GUILLAUME Weiber her... Weiber! – Ah – *Umarmt Flipotte* Das bringt einen auch wieder zum Leben! *Zu Albin, der höchst betroffen ist* Der Teufel soll mich holen, mein Junge, wenn ich gedacht habe, ich werde dich lebendig wiedersehn... *Als wenn er lauschte* Sie kommen, sie kommen! – *Zur Tür hin* Nein, es ist nichts. – Sie...

ALBIN Wie sonderbar!... Es ist wirklich ein Lärm, wie wenn Leute draußen sehr rasch vorbeijagten. Wird das auch von hier aus geleitet?

SCAEVOLA *zu Jules* Jedesmal hat er die Nuance... es ist zu dumm! –

WIRT So sag uns doch endlich, warum sie dir wieder auf den Fersen sind.

GUILLAUME Nichts Besonderes. Aber wenn sie mich hätten, würde es mir doch den Kopf kosten – ein Haus hab' ich angezündet.

Während dieser Szene kommen wieder junge Adelige, die an den Tischen Platz nehmen.

WIRT *leise* Weiter, weiter!

GUILLAUME *ebenso* Was weiter? Genügt das nicht, wenn ich ein Haus angezündet habe?

FRANÇOIS Sag mir doch, mein Lieber, warum du das Haus angezündet hast.

GUILLAUME Weil der Präsident des Obersten Gerichtshofes darin wohnt. Mit dem wollten wir anfangen. Wir wollen den guten Pariser Hausherren die Lust nehmen, Leute in ihr Haus zu nehmen, die uns arme Teufel ins Zuchthaus bringen.

GRAIN Das ist gut! Das ist gut!

GUILLAUME *betrachtet Grain und staunt; spricht dann weiter* Die Häuser müssen alle dran. Noch drei Kerle wie ich, und es gibt keine Richter mehr in Paris!

GRAIN Tod den Richtern!

JULES Ja... es gibt doch vielleicht einen, den wir nicht vernichten können.

GUILLAUME Den möcht' ich kennenlernen.

JULES Den Richter in uns.

WIRT *leise* Das ist abgeschmackt. Laß das, Scaevola! Brülle! Jetzt ist der Moment!

SCAEVOLA Wein her, Prospère, wir wollen auf den Tod aller Richter in Frankreich trinken!

Während der letzten Worte traten ein:

Der MARQUIS VON LANSAC *mit seiner Frau* SEVERINE, ROLLIN, *der Dichter.*

SCAEVOLA Tod allen, die heute die Macht in Händen haben! Tod!

MARQUIS Sehen Sie, Séverine, so empfängt man uns.

ROLLIN Marquise, ich hab' Sie gewarnt.

SEVERINE Warum?

FRANÇOIS *steht auf* Was seh' ich! Die Marquise! Erlauben Sie, daß ich Ihnen die Hand küsse. Guten Abend, Marquis! Grüß' Gott, Rollin! Marquise, Sie wagen sich in dieses Lokal!

SEVERINE Man hat mir soviel davon erzählt. Und außerdem sind wir heute schon in Abenteuern drin – nicht wahr, Rollin?

MARQUIS Ja, denken Sie, Vicomte – was glauben Sie, woher wir kommen? – Von der Bastille.

FRANÇOIS Machen sie dort noch immer so einen Spektakel?

SEVERINE Ja freilich! – Es sieht aus, wie wenn sie sie einrennen wollten.

ROLLIN *deklamiert*

Gleich einer Flut, die an die Ufer brandet,
Und tief ergrimmt, daß ihr das eigne Kind,
Die Erde widersteht –

SEVERINE Nicht, Rollin! – Wir haben dort unsern Wagen in der Nähe halten lassen. Es ist ein prächtiger Anblick; Massen haben doch immer was Großartiges.

FRANÇOIS Ja, ja, wenn sie nur nicht so übel riechen würden.

MARQUIS Und nun hat mir meine Frau keine Ruhe gegeben... ich mußte sie hierher führen.

SEVERINE Also was gibt's denn da eigentlich Besonderes?

WIRT *zu Lansac* Na, bist du auch da, verdorrter Halunke? Hast du dein Weib mitgebracht, weil sie dir zu Haus nicht sicher genug ist?

MARQUIS *gezwungen lachend* Er ist ein Original!

WIRT Gib nur acht, daß sie dir nicht gerade hier weggefischt wird. Solche vornehmen Damen kriegen manchmal eine verdammte Lust, es mit einem richtigen Strolch zu versuchen.

ROLLIN Ich leide unsäglich, Séverine.

MARQUIS Mein Kind, ich habe Sie vorbereitet – es ist noch immer Zeit, daß wir gehen.

SEVERINE Was wollen Sie denn? Ich finde es reizend. Setzen wir uns doch endlich nieder!

FRANÇOIS Erlauben Sie, Marquise, daß ich Ihnen den Chevalier de la Tremouille vorstelle. Er ist auch das erste Mal hier. Der Marquis von Lansac; Rollin, unser berühmter Dichter.

ALBIN Sehr erfreut. *Komplimente; man nimmt Platz.*

ALBIN *zu François* Ist das eine von denen, die spielt oder... ich kenne mich gar nicht aus.

FRANÇOIS Sei doch nicht so begriffsstutzig! – Das ist die wirkliche Frau des Marquis von Lansac... eine höchst anständige Dame.

ROLLIN *zu Séverine* Sage, daß du mich liebst.

SEVERINE Ja, ja, aber fragen Sie mich nicht jeden Augenblick.

MARQUIS Haben wir schon irgendeine Szene versäumt?

FRANÇOIS Nicht viel. Der dort spielt einen Brandstifter, wie es scheint.

SEVERINE Chevalier, Sie sind wohl der Vetter der kleinen Lydia de la Tremouille, die heute geheiratet hat?

ALBIN Jawohl, Marquise, das war mit einer der Gründe, daß ich nach Paris gekommen bin.

SEVERINE Ich erinnere mich, Sie in der Kirche gesehen zu haben.

ALBIN *verlegen* Ich bin höchst geschmeichelt, Marquise.

SEVERINE *zu Rollin* Was für ein lieber kleiner Junge.

ROLLIN Ah, Séverine, Sie haben noch nie einen Mann kennengelernt, der Ihnen nicht gefallen hätte.

SEVERINE Oh, doch; den hab' ich auch gleich geheiratet.

ROLLIN Oh, Séverine, ich fürchte immer – es gibt sogar Momente, wo Ihnen Ihr eigener Mann gefährlich ist.

WIRT *bringt Wein* Da habt ihr! Ich wollte, es wäre Gift, aber es ist vorläufig noch nicht gestattet, euch Kanaillen das vorzusetzen.

FRANÇOIS Wird schon kommen, Prospère.

SEVERINE *zu Rollin* Was ist's mit diesen beiden hübschen Mädchen? Warum kommen sie nicht näher? Wenn wir schon einmal da sind, will ich alles mitmachen. Ich finde überhaupt, daß es hier höchst gesittet zugeht.

MARQUIS Haben Sie nur Geduld, Séverine.

SEVERINE Auf der Straße, find' ich, unterhält man sich in der letzten Zeit am besten. – Wissen Sie, was uns gestern passiert ist, als wir auf der Promenade von Longchamps spazierenfuhren?

MARQUIS Ach bitte, meine liebe Séverine, wozu...

SEVERINE Da ist ein Kerl aufs Trittbrett unserer Equipage gesprungen und hat geschrieen: Nächstes Jahr werden Sie hinter Ihrem Kutscher stehen, und wir werden in der Equipage sitzen.

FRANÇOIS Ah, das ist etwas stark.

MARQUIS Ach Gott, ich finde, man sollte von diesen Dingen gar nicht reden. Paris hat jetzt etwas Fieber, das wird schon wieder vergehen.

GUILLAUME *plötzlich* Ich sehe Flammen, Flammen, überall, wo ich hinschaue, rote, hohe Flammen.

WIRT *zu ihm hin* Du spielst einen Wahnsinnigen, nicht einen Verbrecher.

SEVERINE Er sieht Flammen?

FRANÇOIS Das ist alles noch nicht das Richtige, Marquise.

ALBIN *zu Rollin* Ich kann Ihnen gar nicht sagen, wie wirr ich schon von dem allen bin.

MICHETTE *kommt zum Marquis* Ich hab' dich ja noch gar nicht begrüßt, mein süßes altes Schwein.

MARQUIS *verlegen* Sie scherzt, liebe Séverine.

SEVERINE Das kann ich nicht finden. Sag einmal, Kleine, wieviel Liebschaften hast du schon gehabt?

MARQUIS *zu François* Es ist bewunderungswürdig, wie sich die Marquise, meine Gemahlin, gleich in jede Situation zu finden weiß.

ROLLIN Ja, es ist bewunderungswürdig.

MICHETTE Hast du deine gezählt?

SEVERINE Als ich noch jung war wie du... gewiß. –

ALBIN *zu Rollin* Sagen Sie mir, Herr Rollin, spielt die Marquise oder ist sie wirklich so – ich kenne mich absolut nicht aus.

ROLLIN Sein... spielen... kennen Sie den Unterschied so genau, Chevalier?

ALBIN Immerhin.

ROLLIN Ich nicht. Und was ich hier so eigentümlich finde, ist, daß alle scheinbaren Unterschiede sozusagen aufgehoben sind. Wirklichkeit geht in Spiel über – Spiel in Wirklichkeit. Sehen Sie doch einmal die Marquise an. Wie sie mit diesen Geschöpfen plaudert, als wären sie ihresgleichen. Dabei ist sie...

ALBIN Etwas ganz anderes.

ROLLIN Ich danke Ihnen, Chevalier.

WIRT *zu Grain* Also, wie war das?

GRAIN Was?

WIRT Die Geschichte mit der Tante, wegen der du zwei Jahre im Gefängnis gesessen bist?

GRAIN Ich sagte Ihnen ja, ich habe sie erdrosselt.

FRANÇOIS Der ist schwach. Das ist ein Dilettant. Ich hab' ihn noch nie gesehn.

GEORGETTE *kommt rasch, wie eine Dirne niedrigsten Rangs gekleidet* Guten Abend, Kinder! Ist mein Balthasar noch nicht da?

SCAEVOLA Georgette! Setz dich zu mir! Dein Balthasar kommt noch immer zurecht.

GEORGETTE Wenn er in zehn Minuten nicht da ist, kommt er nicht mehr zurecht – da kommt er überhaupt nicht wieder.

FRANÇOIS Marquise, auf die passen Sie auf. Die ist in Wirklichkeit die Frau von diesem Balthasar, von dem sie eben spricht und der sehr bald kommen wird. – Sie stellt eine ganz gemeine Straßendirne dar, Balthasar ihren Zuhälter. Dabei ist es die treueste Frau, die man überhaupt in Paris finden kann.

BALTHASAR *kommt.*

GEORGETTE Mein Balthasar! *Sie läuft ihm entgegen, umarmt ihn* Da bist du ja!

BALTHASAR Es ist alles in Ordnung. *Stille ringsum.* Es war nicht der Mühe wert. Es hat mir beinah leid um ihn getan. Du solltest dir deine Leute besser ansehn, Georgette – ich bin es satt, hoffnungsvolle Jünglinge wegen ein paar Francs umzubringen.

FRANÇOIS Famos...
ALBIN Wie? –
FRANÇOIS Er pointiert so gut.

Der KOMMISSÄR *kommt, verkleidet, setzt sich an einen Tisch.*

WIRT *zu ihm* Sie kommen in einem guten Moment, Herr Kommissär. Das ist einer meiner vorzüglichsten Darsteller.
BALTHASAR Man sollte sich überhaupt einen anderen Verdienst suchen. Meiner Seel', ich bin nicht feig, aber das Brot ist sauer verdient.
SCAEVOLA Das will ich glauben.
GEORGETTE Was hast du nur heute?
BALTHASAR Ich will's dir sagen, Georgette; – ich finde, du bist ein bißchen zu zärtlich mit den jungen Herren.
GEORGETTE Seht, was er für ein Kind ist. Sei doch vernünftig, Balthasar! Ich muß ja zärtlich sein, um ihnen Vertrauen einzuflößen.
ROLLIN Was sie da sagt, ist geradezu tief.
BALTHASAR Wenn ich einmal glauben müßte, daß du etwas empfindest, wenn dich ein anderer...
GEORGETTE Was sagt ihr dazu! Die dumme Eifersucht wird ihn noch ins Grab bringen.
BALTHASAR Ich hab' heut einen Seufzer gehört, Georgette, und das war in einem Augenblick, wo sein Vertrauen bereits groß genug war!
GEORGETTE Man kann nicht so plötzlich aufhören, die Verliebte zu spielen.
BALTHASAR Nimm dich in acht, Georgette, die Seine ist tief. *Wild* Wenn du mich betrügst. –
GEORGETTE Nie, nie!
ALBIN Das versteh' ich absolut nicht.
SEVERINE Rollin, das ist die richtige Auffassung!
ROLLIN Sie finden?
MARQUIS *zu Séverine* Wir können noch immer gehen, Séverine.

SEVERINE Warum? Ich fang' an, mich sehr wohl zu fühlen.
GEORGETTE Mein Balthasar, ich bete dich an. *Umarmung.*
FRANÇOIS Bravo! Bravo! –
BALTHASAR Was ist das für ein Kretin?
KOMMISSÄR Das ist unbedingt zu stark – das ist –

MAURICE *und* ETIENNE *treten auf; sie sind wie junge Adelige gekleidet, doch merkt man, daß sie nur in verschlissenen Theaterkostümen stekken.*

VOM TISCH DER SCHAUSPIELER Wer sind die?
SCAEVOLA Der Teufel soll mich holen, wenn das nicht Maurice und Etienne sind.
GEORGETTE Freilich sind sie's.
BALTHASAR Georgette!
SEVERINE Gott, sind das bildhübsche junge Leute!
ROLLIN Es ist peinlich, Séverine, daß Sie jedes hübsche Gesicht so heftig anregt.
SEVERINE Wozu bin ich denn hergekommen?
ROLLIN So sagen Sie mir wenigstens, daß Sie mich lieben.
SEVERINE *mit einem Blick* Sie haben ein kurzes Gedächtnis.
ETIENNE Nun, was glaubt ihr, woher wir kommen?
FRANÇOIS Hören Sie zu, Marquis, das sind ein paar witzige Jungen.
MAURICE Von einer Hochzeit.
ETIENNE Da muß man sich ein wenig putzen. Sonst sind gleich diese verdammten Geheimpolizisten hinter einem her.
SCAEVOLA Habt ihr wenigstens einen ordentlichen Fang gemacht?
WIRT Laßt sehen.
MAURICE *aus seinem Wams Uhren herausnehmend* Was gibst du mir dafür?
WIRT Für die da? Einen Louis!
MAURICE Freilich!
SCAEVOLA Sie ist nicht mehr wert!
MICHETTE Das ist ja eine Damenuhr. Gib sie mir, Maurice.

MAURICE Was gibst du mir dafür?

MICHETTE Sieh mich an!... Genügt das? –

FLIPOTTE Nein, mir; – sieh mich an –

MAURICE Meine lieben Kinder, das kann ich haben, ohne meinen Kopf zu riskieren.

MICHETTE Du bist ein eingebildeter Affe.

SEVERINE Ich schwöre, daß das keine Komödie ist.

ROLLIN Freilich nicht, überall blitzt etwas Wirkliches durch. Das ist ja das Entzückende.

SCAEVOLA Was war denn das für eine Hochzeit?

MAURICE Die Hochzeit des Fräuleins La Tremouille – sie hat den Grafen von Banville geheiratet.

ALBIN Hörst du, François? – Ich versichere dich, das sind wirkliche Spitzbuben.

FRANÇOIS Beruhige dich, Albin. Ich kenne die zwei. Ich hab' sie schon ein dutzendmal spielen sehen. Ihre Spezialität ist die Darstellung von Taschendieben.

Maurice zieht einige Geldbörsen aus seinem Wams.

SCAEVOLA Na, ihr könnt heut splendid sein.

ETIENNE Es war eine sehr prächtige Hochzeit. Der ganze Adel von Frankreich war da. Sogar der König hat sich vertreten lassen.

ALBIN *erregt* Alles das ist wahr!

MAURICE *läßt Geld über den Tisch rollen* Das ist für euch, meine Freunde, damit ihr seht, daß wir zusammenhalten.

FRANÇOIS Requisiten, lieber Albin. *Er steht auf und nimmt ein paar Münzen* Für uns fällt doch auch was ab.

WIRT Nimm nur... so ehrlich hast du in deinem Leben nichts verdient!

MAURICE *hält ein Strumpfband, mit Diamanten besetzt, in der Luft* Und wem soll ich das schenken?

Georgette, Michette, Flipotte haschen danach.

MAURICE Geduld, ihr süßen Mäuse, darüber sprechen wir noch. Das geb' ich der, die eine neue Zärtlichkeit erfindet.

SEVERINE *zu Rollin* Möchten Sie mir nicht erlauben, da mitzukonkurrieren?

ROLLIN Sie machen mich wahnsinnig, Séverine.

MARQUISE Séverine, wollen wir nicht gehen? Ich denke...

SEVERINE O nein. Ich befinde mich vortrefflich. *Zu Rollin* Ah, ich komm' in eine Stimmung –

MICHETTE Wie bist du nur zu dem Strumpfband gekommen?

MAURICE Es war ein solches Gedränge in der Kirche... und wenn eine denkt, man macht ihr den Hof...

Alle lachen, Grain hat dem François seinen Geldbeutel gezogen.

FRANÇOIS *mit dem Gelde zu Albin* Lauter Spielmarken. Bist du jetzt beruhigt?

Grain will sich entfernen.

WIRT *ihm nach; leise* Geben Sie mir sofort die Börse, die Sie diesem Herrn gezogen haben.

GRAIN Ich –

WIRT Auf der Stelle... oder es geht Ihnen schlecht.

GRAIN Sie brauchen nicht grob zu werden. *Gibt sie ihm.*

WIRT Und hiergeblieben. Ich hab' jetzt keine Zeit, Sie zu untersuchen. Wer weiß, was Sie noch eingesteckt haben. Gehen Sie wieder auf ihren Platz zurück.

FLIPOTTE Das Strumpfband werd' ich gewinnen.

WIRT *zu François; wirft ihm den Beutel zu* Da hast du deinen Geldbeutel. Du hast ihn aus der Tasche verloren.

FRANÇOIS Ich danke Ihnen, Prospère. *Zu Albin* Siehst du, wir sind in Wirklichkeit unter den anständigsten Leuten von der Welt.

HENRI *ist bereits längere Zeit dagewesen, hinten gesessen, steht plötzlich auf.*

ROLLIN Henri, da ist Henri. –

SEVERINE Ist das der, von dem Sie mir so viel erzählt haben?

MARQUIS Freilich. Der, um dessentwillen man eigentlich hierherkommt.

Henri tritt vor, ganz komödiantenhaft; schweigt.

DIE SCHAUSPIELER Henri, was hast du?

ROLLIN Beachten Sie den Blick. Eine Welt von Leidenschaft. Er spielt nämlich den Verbrecher aus Leidenschaft.

SEVERINE Das schätze ich sehr!

ALBIN Warum spricht er denn nicht?

ROLLIN Er ist wie entrückt. Merken Sie nur. Geben Sie acht... er hat irgendeine fürchterliche Tat begangen.

FRANÇOIS Er ist etwas theatralisch. Es ist, wie wenn er sich zu einem Monolog vorbereiten würde.

WIRT Henri, Henri, woher kommst du?

HENRI Ich hab' einen umgebracht.

ROLLIN Was hab' ich gesagt?

SCAEVOLA Wen?

HENRI Den Liebhaber meiner Frau.

Der Wirt sieht ihn an, hat in diesem Augenblick offenbar die Empfindung, es könnte wahr sein.

HENRI *schaut auf* Nun, ja, ich hab' es getan, was schaut ihr mich so an? Es ist nun einmal so. Ist es denn gar so verwunderlich? Ihr wißt doch alle, was meine Frau für ein Geschöpf ist; es hat so enden müssen.

WIRT Und sie – wo ist sie?

FRANÇOIS Sehen Sie, der Wirt geht drauf ein. Merken Sie, das macht die Sache so natürlich.

Lärm draußen, nicht zu stark.

JULES Was ist das für ein Lärm da draußen?

LANSAC Hören Sie, Séverine?

ROLLIN Es klingt, wie wenn Truppen vorüberzögen.

FRANÇOIS O nein, das ist unser liebes Volk von Paris, hören Sie nur, wie sie grölen. *Unruhe im Keller; draußen wird es still* Weiter, Henri, weiter.

WIRT So erzähl uns doch, Henri! – Wo ist deine Frau? Wo hast du sie gelassen?

HENRI Ah, es ist mir nicht bang um sie. Sie wird nicht daran sterben. Ob der, ob der, was liegt den Weibern dran? Noch tausend andere schöne Männer laufen in Paris herum – ob der oder der –

BALTHASAR Möge es allen so gehn, die uns unsere Weiber nehmen.

SCAEVOLA Allen, die uns nehmen, was uns gehört.

KOMMISSÄR *zum Wirt* Das sind aufreizende Reden.

ALBIN Es ist erschreckend... die Leute meinen es ernst.

SCAEVOLA Nieder mit den Wucherern von Frankreich! Wollen wir wetten, daß der Kerl, den er bei seiner Frau erwischt hat, wieder einer von den verfluchten Hunden war, die uns auch um unser Brot bestehlen.

ALBIN Ich schlage vor, wir gehn.

SEVERINE Henri! Henri!

MARQUIS Aber Marquise!

SEVERINE Bitte, lieber Marquis, fragen Sie den Mann, wie er seine Frau erwischt hat... oder ich frag' ihn selbst.

MARQUIS *nach Wehren* Sagen Sie, Henri, wie ist es Ihnen denn gelungen, die zwei abzufassen?

HENRI *der lang in Sinnen versunken war* Kennt Ihr denn mein Weib? – Es ist das schönste und niedrigste Geschöpf unter der Sonne. – Und ich habe sie geliebt. – Sieben Jahre kennen wir uns... aber erst seit gestern ist sie mein Weib. In diesen sieben Jahren war kein Tag, aber nicht ein Tag, an dem sie mich nicht belogen, denn alles an ihr lügt. Ihre Augen wie ihre Lippen, ihre Küsse und ihr Lächeln.

FRANÇOIS Er deklamiert ein wenig.

HENRI Jeder Junge und jeder Alte, jeder, der sie gereizt – und jeder, der sie bezahlt hat, ich denke, jeder, der sie wollte, hat sie gehabt – und ich hab' es gewußt!

SEVERINE Das kann nicht jeder von sich sagen.

HENRI Und dabei hat sie mich geliebt, meine Freunde, kann das einer von euch verstehen? Immer wieder ist sie zu mir zurückgekommen – von überall her wieder zu mir – von den Schönen und den Häßlichen – den Klugen und den Dummen, den Lumpen und den Kavalieren – immer wieder zu mir. –

SEVERINE *zu Rollin* Wenn ihr nur ahntet, daß eben dieses Zurückkommen die Liebe ist.

HENRI Was hab' ich gelitten... Qualen, Qualen!

ROLLIN Es ist erschütternd!

HENRI Und gestern hab' ich sie geheiratet. Wir haben einen Traum gehabt. Nein – ich hab' einen Traum gehabt. Ich wollte mit ihr fort von hier. In die Einsamkeit, aufs Land, in den großen Frieden. Wie andere glückliche Ehepaare wollten wir leben – auch von einem Kind haben wir geträumt.

ROLLIN *leise* Séverine.

SEVERINE Nun ja, es ist schon gut.

ALBIN François, dieser Mensch spricht die Wahrheit.

FRANÇOIS Gewiß, diese Liebesgeschichte ist wahr, aber es handelt sich um die Mordgeschichte.

HENRI Ich hab' mich um einen Tag verspätet... sie hatte noch einen vergessen, sonst – glaub' ich – hat ihr keiner mehr gefehlt... aber ich hab' sie zusammen erwischt... und er ist hin.

DIE SCHAUSPIELER Wer?... Wer? Wie ist es geschehen?... Wo liegt er? – Wirst du verfolgt?... Wie ist es geschehen?... Wo ist sie?

HENRI *immer erregter* Ich hab' sie begleitet... ins Theater... zum letzten Male sollt' es heute sein... ich hab' sie geküßt... an der Tür – und sie ist hinauf in ihre Garderobe, und ich bin fortgegangen wie einer, der nichts zu fürchten hat. – Aber schon nach hundert Schritten hat's begonnen... in mir... versteht ihr mich... eine ungeheure Unruhe... und es war, als zwänge mich irgendwas, umzukehren... und ich bin umgekehrt und hingegangen. Aber da hab' ich mich geschämt und bin wieder fort... und wieder war ich hundert Schritt weit vom Theater... da hat es mich gepackt... und wieder bin ich zurück. Ihre Szene war zu Ende... sie hat ja nicht viel zu tun, steht nur eine Weile auf der Bühne, halbnackt – und dann ist sie fertig... ich stehe vor ihrer Garderobe, ich lehne mein Ohr an die Tür und höre flüstern. Ich kann kein Wort unterscheiden... das Flüstern verstummt... ich stoße die Tür auf... *Er brüllt wie ein wildes Tier* – es war der Herzog von Cadignan, und ich hab' ihn ermordet. –

WIRT *der es endlich für wahr hält* Wahnsinniger!

Henri schaut auf, sieht den Wirt starr an.

SEVERINE Bravo! Bravo!

ROLLIN Was tun Sie, Marquise? Im Augenblick, wo Sie Bravo!

rufen, machen Sie das alles wieder zum Theater – und das angenehme Gruseln ist vorbei.

MARQUIS Ich finde das Gruseln nicht so angenehm. Applaudieren wir, meine Freunde, nur so können wir uns von diesem Banne befreien.

WIRT *zu Henri, während des Lärms* Rette dich, flieh, Henri!

HENRI Was? Was?

WIRT Laß es jetzt genug sein und mach, daß du fortkommst!

FRANÇOIS Ruhe! ... Hören wir, was der Wirt sagt!

WIRT *nach kurzer Überlegung* Ich sag' ihm, daß er fort soll, bevor die Wachen an den Toren der Stadt verständigt sind. Der schöne Herzog war ein Liebling des Königs – sie rädern dich! Hättest du doch lieber die Kanaille, dein Weib, erstochen!

FRANÇOIS Was für ein Zusammenspiel ... Herrlich!

HENRI Prospère, wer von uns ist wahnsinnig, du oder ich? – *Er steht da und versucht in den Augen des Wirts zu lesen.*

ROLLIN Es ist wunderbar, wir alle wissen, daß er spielt, und doch, wenn der Herzog von Cadignan jetzt hereinträte, er würde uns erscheinen wie ein Gespenst. *Lärm draußen – immer stärker. Es kommen Leute herein, man hört schreien. Ganz an ihrer Spitze Grasset, andere, unter ihnen Lebrêt, drängen über die Stiege nach. Man hört Rufe: Freiheit, Freiheit!*

GRASSET Hier sind wir, Kinder, da herein!

ALBIN Was ist das? Gehört das dazu?

FRANÇOIS Nein.

MARQUIS Was soll das bedeuten?

SEVERINE Was sind das für Leute?

GRASSET Hier herein! Ich sag' es euch, mein Freund Prospère hat immer noch ein Faß Wein übrig, und wir haben's verdient! *Lärm von der Straße*

Freund! Bruder! Wir haben sie, wir haben sie!

RUFE DRAUSSEN Freiheit! Freiheit!

SEVERINE Was gibt's?

MARQUIS Entfernen wir uns, entfernen wir uns, der Pöbel rückt an.

ROLLIN Wie wollen Sie sich entfernen?

GRASSET Sie ist gefallen, die Bastille ist gefallen!

WIRT Was sagst du? – Spricht er die Wahrheit?

GRASSET Hörst du nicht?

Albin will den Degen ziehen.

FRANÇOIS Laß das jetzt, sonst sind wir alle verloren.

GRASSET *torkelt über die Stiege herein* Und wenn ihr euch beeilt, könnt ihr noch draußen was Lustiges sehen... auf einer sehr hohen Stange den Kopf unseres teueren Delaunay.

MARQUIS Ist der Kerl verrückt?

RUFE Freiheit! Freiheit!

GRASSET Einem Dutzend haben wir die Köpfe abgeschlagen, die Bastille gehört uns, die Gefangenen sind frei! Paris gehört dem Volke!

WIRT Hört ihr! Hört ihr! Paris gehört uns!

GRASSET Seht, wie er jetzt Mut kriegt. Ja, schrei nur, Prospère, jetzt kann dir nichts mehr geschehn.

WIRT *zu den Adligen* Was sagt ihr dazu? Ihr Gesindel! Der Spaß ist zu Ende.

ALBIN Hab' ich's nicht gesagt?

WIRT Das Volk von Paris hat gesiegt.

KOMMISSÄR Ruhe! – *Man lacht* Ruhe!... Ich untersage die Fortsetzung der Vorstellung!

GRASSET Wer ist der Tropf?

KOMMISSÄR Prospère, ich mache Sie verantwortlich für alle die aufreizenden Reden –

GRASSET Ist der Kerl verrückt?

WIRT Der Spaß ist zu Ende, begreift ihr nicht? Henri, so sag's ihnen doch, jetzt darfst du's ihnen sagen! Wir schützen dich... das Volk von Paris schützt dich.

GRASSET Ja, das Volk von Paris.

Henri steht stieren Blicks da.

WIRT Henri hat den Herzog von Cadignan wirklich ermordet.

ALBIN, FRANÇOIS, MARQUIS Was sagt er da?

ALBIN *und andere* Was bedeutet das alles, Henri?

FRANÇOIS Henri, sprechen Sie doch!

WIRT Er hat ihn bei seiner Frau gefunden – und er hat ihn umgebracht.

HENRI Es ist nicht wahr!

WIRT Jetzt brauchst du dich nicht mehr zu fürchten, jetzt kannst du's in die Welt hinausschrein. Ich hätte dir schon vor einer Stunde sagen können, daß sie die Geliebte des Herzogs ist. Bei Gott, ich bin nahe daran gewesen, dir's zu sagen... Sie schreiender Bimsstein, nicht wahr, wir haben's gewußt?

HENRI Wer hat sie gesehn? Wo hat man sie gesehn?

WIRT Was kümmert dich das jetzt! Er ist ja verrückt... Du hast ihn umgebracht, mehr kannst du doch nicht tun.

FRANÇOIS Um Himmels willen, so ist es wirklich wahr oder nicht?

WIRT Ja, es ist wahr!

GRASSET Henri – du sollst von nun an mein Freund sein. Es lebe die Freiheit! Es lebe die Freiheit!

FRANÇOIS Henri, reden Sie doch!

HENRI Sie war seine Geliebte? Sie war die Geliebte des Herzogs? Ich hab' es nicht gewußt... er lebt... er lebt. –
Ungeheure Bewegung.

SEVERINE *zu den anderen* Nun, wo ist jetzt die Wahrheit?

ALBIN Um Gottes willen!

DER HERZOG *drängt sich durch die Masse auf der Stiege.*

SEVERINE *die ihn zuerst sieht* Der Herzog!

EINIGE Der Herzog!

HERZOG Nun ja, was gibt's denn?

WIRT Ist es ein Gespenst?

HERZOG Nicht daß ich wüßte! Laßt mich da herüber!

ROLLIN Was wetten wir, daß alles arrangiert ist? Die Kerls da gehören zur Truppe von Prospère. Bravo, Prospère, das ist dir gelungen!

HERZOG Was gibt's? Spielt man hier noch, während draußen... Weiß man denn nicht, was da draußen für Dinge vorgehen? Ich habe den Kopf Delaunays auf einer Stange vorbeitragen sehen. Ja, was schaut ihr mich denn so an – *Tritt herunter* Henri –

FRANÇOIS Hüten Sie sich vor Henri.

Henri stürzt wie ein Wütender auf den Herzog und stößt ihm den Dolch in den Hals.

KOMMISSÄR *steht auf* Das geht zu weit! –

ALBIN Er blutet!

ROLLIN Hier ist ein Mord geschehen!

SEVERINE Der Herzog stirbt!

MARQUIS Ich bin fassungslos, liebe Séverine, daß ich Sie gerade heute in dieses Lokal bringen mußte!

SEVERINE Warum? *Mühsam* Es trifft sich wunderbar. Man sieht nicht alle Tage einen wirklichen Herzog wirklich ermordet.

ROLLIN Ich fasse es noch nicht.

KOMMISSÄR Ruhe! – Keiner verlasse das Lokal! –

GRASSET Was will der??

KOMMISSÄR Ich verhafte diesen Mann im Namen des Gesetzes.

GRASSET *lacht* Die Gesetze machen wir, ihr Dummköpfe! Hinaus mit dem Gesindel! Wer einen Herzog umbringt, ist ein Freund des Volkes. Es lebe die Freiheit!

ALBIN *zieht den Degen* Platz gemacht! Folgen Sie mir, meine Freunde!

LEOCADIE *stürzt herein, über die Stufen.*

RUFE Léocadie!

ANDERE Seine Frau!

LEOCADIE Laßt mich hier herein! Ich will zu meinem Mann! *Sie kommt nach vorne, sieht, schreit auf* Wer hat das getan? Henri!

Henri schaut sie an.

LEOCADIE Warum hast du das getan?

HENRI Warum?

LEOCADIE Ja, ja, ich weiß warum. Meinetwegen. Nein, nein, sag' nicht meinetwegen. Soviel bin ich mein Lebtag nicht wert gewesen.

GRASSET *beginnt eine Rede* Bürger von Paris, wir wollen unsern Sieg feiern. Der Zufall hat uns auf dem Weg durch die Straßen von Paris zu diesem angenehmen Wirt geführt. Es hat sich nicht schöner treffen können. Nirgends kann der Ruf: »Es lebe die Freiheit!« schöner klingen als an der Leiche eines Herzogs.

RUFE Es lebe die Freiheit! Es lebe die Freiheit!

FRANÇOIS Ich denke, wir gehen – das Volk ist wahnsinnig geworden. Gehn wir.

ALBIN Sollen wir ihnen die Leiche hierlassen?

SEVERINE Es lebe die Freiheit! Es lebe die Freiheit!

MARQUIS Sind Sie verrückt?

DIE BÜRGER, DIE SCHAUSPIELER Es lebe die Freiheit! Es lebe die Freiheit!

SEVERINE *an der Spitze der Adligen, dem Ausgange zu* Rollin, warten Sie heut nacht vor meinem Fenster. Ich werfe den Schlüssel hinunter wie neulich – wir wollen eine schöne Stunde haben – ich fühle mich angenehm erregt.

Rufe: Es lebe die Freiheit! Es lebe Henri! Es lebe Henri!

LEBRET Schaut die Kerle an – sie laufen uns davon.

GRASSET Laßt sie für heute – laßt sie. – Sie werden uns nicht entgehen.

Vorhang

Bibliographischer Nachweis

Reigen. Zehn Dialoge. Geschrieben Winter 1896–97. Erste Buchausgabe: Privatdruck 1900. Erste öffentliche Buchausgabe: Wiener Verlag, Wien und Leipzig 1903 (= Textvorlage).

Das Vermächtnis. Schauspiel in drei Akten. (1897/98). Erste Buchausgabe: S. Fischer Verlag, Berlin 1899 (= Textvorlage).

Paracelsus. Versspiel in einem Akt. (1898). Erstmals in ›Cosmopolis‹, Jg. 12, H. 25, Wien 1898. Aufgenommen in A. Schnitzler, ›Der grüne Kakadu – Paracelsus – Die Gefährtin‹, S. Fischer Verlag, Berlin 1899 (= Textvorlage).

Die Gefährtin. Schauspiel in einem Akt. (1897/98). Aufgenommen in A. Schnitzler, ›Der grüne Kakadu – Paracelsus – Die Gefährtin‹, S. Fischer Verlag, Berlin 1899 (= Textvorlage).

Der grüne Kakadu. Groteske in einem Akt. (1898). Erstmals in ›Neue Deutsche Rundschau‹, Jg. 10, H. 3, Berlin, März 1899. Aufgenommen in A. Schnitzler, ›Der grüne Kakadu – Paracelsus – Die Gefährtin‹, S. Fischer Verlag, Berlin 1899 (= Textvorlage).

Arthur Schnitzler

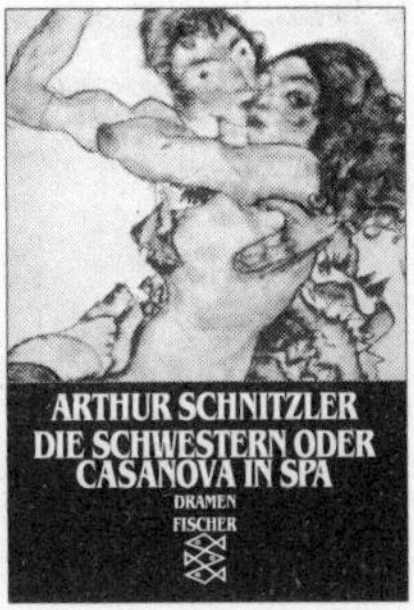

Der Weg ins Freie
Roman 1908
Band 9405

Anatol
Dramen
1888-1891
Band 11501

Freiwild
Dramen
1892-1896
Band 11502

Das Vermächtnis
Dramen
1896-1898
Band 11503

Lebendige Stunden
Dramen
1900-1904
Band 11505

Zwischenspiel
Dramen
1905-1909
Band 11506

Das weite Land
Dramen
1909-1912
Band 11508

Komödie der Worte
Dramen
1914-1916
Band 11509

Die Schwestern oder Casanova in Spa
Dramen
1919-1924
Band 11510

Therese
Chronik eines Frauenlebens
1928
Band 9412

Reigen/Liebelei
Band 7009

Jugend in Wien
Autobiographie
Band 2068

Medizinische Schriften
Zusammengestellt und mit einem Vorwort von Horst Thomé
Band 9425

Fischer Taschenbuch Verlag

fi 297 / 1 b

Arthur Schnitzler

Abenteurer-novellen
Band 11408

Sterben
Erzählungen
1880-1892
Band 9401

Komödiantinnen
Erzählungen
1893-1898
Band 9402

Frau Berta Garlan
Erzählungen
1899-1900
Band 9403

Der blinde Geronimo und sein Bruder
Erzählungen
1900-1907
Band 9404

Die Hirtenflöte
Erzählungen
1909-1912
Band 9406

Doktor Gräsler, Badearzt
Erzählung 1914
Band 9407

Flucht in die Finsternis
Erzählungen 1917
Band 9408

Die Frau des Richters
Erzählungen
1923-1924
Band 9409

Traumnovelle
1925
Band 9410

Ich
Erzählungen
1926-1931
Band 9411

Fräulein Else
und andere
Erzählungen
Band 9102

Spiel im Morgengrauen
Erzählung
Band 9101

Casanovas Heimfahrt
Novelle
Band 11597

Frau Beate und ihr Sohn
Novelle
Band 9318

Fischer Taschenbuch Verlag

fi 297 / 13 a

ARTHUR SCHNITZLER

Reigen

ZEHN DIALOGE

Liebelei

SCHAUSPIEL IN DREI AKTEN

Mit einem Vorwort von Günther Rühle
und einem Nachwort von Richard Alewyn
Band 7009

Sechzig Jahre lang war Arthur Schnitzlers *Reigen* nicht auf der Bühne zu sehen. Nach zwei skandalbegleiteten Aufführungen in Berlin (1920) und Wien (1921) hatte Schnitzler jede weitere Aufführung des *Reigen* verboten. Nachdem mit dem 31.12.1981 – 50 Jahre nach dem Tod des Autors – die Urheberschutzfrist in den an das deutschsprachige Gebiet angrenzenden Ländern ablief, entschloß sich Heinrich Schnitzler, Sohn und Nachlaßverwalter Arthur Schnitzlers, die Aufführungssperre für Länder mit längerer Urheberschutzfrist, wie Deutschland und Österreich, aufzuheben. Seit dem 1.1.1982 gibt es nun wieder so etwas wie eine fortgesetzte Aufführungsgeschichte des *Reigen*. Das Stück, zeigt sich, hat auch nach sechzig Jahren nichts von seiner Aktualität eingebüßt. »Die beiden kleinen Stücke, die hier miteinander gesellt sind, sein [Schnitzlers] berühmtestes und sein berüchtigstes, scheinen sich schlecht miteinander zu vertragen: die gemütvolle *Liebelei* und der ungemütliche *Reigen*, die rührende Tragödie und das *zynische* Satyrspiel, das eine ein Volksstück, gesättigt mit Lokalkolorit – es gibt keine Dichtung, in der mehr Wiener Luft wehte – mit allen öffentlichen Ehren im Burgtheater aufgeführt, das andere als Konterbande lange im Schreibtisch des Dichters versteckt und von Ärgernissen und Skandalen umwittert.

FISCHER TASCHENBUCH VERLAG

fi 1120 / 2

Arthur Schnitzler

Briefe 1875 - 1912

Herausgegeben von Therese Nickl und Heinrich Schnitzler
1047 Seiten. Leinen

Arthur Schnitzler erweist sich ein halbes Jahrhundert nach seinem Tod als lebendiger Dichter. Sein Werk beschwört mit einer vergangenen Epoche, einer vergangenen Gesellschaft gleichermaßen Grundmächte und nur äußerlich sich wandelnde Gesetze des Lebens. Erst heute erkennen wir Schnitzlers illusionslosen Ernst und seine unerbittliche Wahrhaftigkeit ganz: Aus seinen Briefen gewinnen wir ein Selbstporträt und Schicksalsbild. Der erste Band führt von einem Gruß des Dreizehnjährigen an die Mutter bis zur Lebenshöhe, zu der Vollendung des »Professors Bernhardi«, dem fünfzigsten Geburtstag und der ersten Werkausgabe, die S. Fischer ihm bereitete. Die Mehrzahl der Briefe wird hier zum ersten Mal veröffentlicht.

Briefe 1913 - 1931

Herausgegeben von Peter Michael Braunwarth,
Richard Miklin, Susanne Pertlik und Heinrich Schnitzler
1198 Seiten. Leinen

Die Briefe sind Spiegelungen, Reaktionen, unerschrockene Stellungnahmen und Klärungen. Krieg. Krise und Scheidung der Ehe, Verhandlungen mit dem Verleger, mit Theatern und Schauspielern (z.B. Elisabeth Bergner). Reisen. Das schöne Vater-Sohn-Verhältnis zwischen ihm und Heinrich, die Vater- oder Tochtertragödie: der Selbstmord der noch nicht neunzehnjährigen Lili. Die tiefe, anhaltende Trauer um Hofmannsthal. Nicht zuletzt, vielmehr immer wieder: Politik. Diese Briefe sind geschrieben mit Bedacht auf den Adressaten, nicht auf spätere Publikation.

S. Fischer

fi 1123 / 2

ARTHUR SCHNITZLER

Aphorismen und Betrachtungen

1. BAND
Buch der Sprüche und Bedenken
Aphorismen und Fragmente
Band 11805

2. BAND
Der Geist im Wort
und der Geist in der Tat
Bemerkungen und Aufzeichnungen
Band 11968

3. BAND
Über Kunst und Kritik
Materialien zu einer Studie, Methoden und Kritisches
Band 11969

»Nicht so leicht hätte mich etwas so bewegen können, wie dieses Buch mit einer Auswahl Ihrer Betrachtungen und Aphorismen... der Rhythmus Ihres Denkens rührt mich unmittelbar an, und damit das wahre unauflösliche Geheimnis Ihrer Person.«
Hugo von Hofmannsthal an
Arthur Schnitzler, 29. Dezember 1927

FISCHER TASCHENBUCH VERLAG

fi 1072 / 5